EVEREST 1128

AYŞE KULİN / ESERLER

1. *Güneşe Dön Yüzünü* (Öykü)
2. *Bir Tatlı Huzur* (Biyografi)
3. *Foto Sabah Resimleri* (Öykü)
4. *Adı: Aylin* (Biyografik Roman)
5. *Geniş Zamanlar* (Öykü)
6. *Sevdalinka* (Roman)
7. *Füreya* (Biyografik Roman)
8. *Köprü* (Roman)
9. *İçimde Kızıl Bir Gül Gibi* (Deneme)
10. *Babama* (Şiir)
11. *Nefes Nefese* (Roman)
12. *Kardelenler* (Araştırma)
13. *Gece Sesleri* (Roman)
14. *Bir Gün* (Roman)
15. *Bir Varmış Bir Yokmuş* (Öykü)
16. *Veda* (Roman), *Veda* (Çizgi Roman)
17. *Sit Nene'nin Masalları* (Çocuk Kitabı)
18. *Umut* (Roman)
19. *Taş Duvar Açık Pencere* (Derleme)
20. *Türkan-Tek ve Tek Başına* (Anı-Roman)
21. *Hayat-Dürbünümde Kırk Sene* (Anı-Roman)
22. *Hüzün-Dürbünümde Kırk Sene* (Anı-Roman)
23. *Gizli Anların Yolcusu* (Roman)
24. *Saklı Şiirler* (Şiir)
25. *Sessiz Öyküler* (Öykü Derlemesi)

ÖDÜLLER

1988-89 / Tiyatro ve TV Yazarları Derneği, En İyi Çevre Düzeni Dalında Televizyon Başarı Ödülü.

1995 / Haldun Taner Öykü Ödülü Birincisi

1996 / Sait Faik Hikâye Armağanı Ödülü

1996 / 3. UAT En Başarılı Yazar Ödülü

1997 / Oriflame Roman Dalında Yılın En Başarılı Kadın Yazarı Ödülü

1997 / *Nokta* Dergisi DORUKTAKİLER Edebiyat Ödülü

1977 / İ.Ü. İletişim Fakültesi, Roman Dalında Yılın En Başarılı Yazarı Ödülü

1998 / Oriflame Edebiyat Dalında Yılın En Başarılı Kadın Yazarı Ödülü

1998 / İ.Ü. İletişim Fakültesi Roman Dalında Yılın En Başarılı Yazarı Ödülü

1999 / Oriflame Edebiyat Dalında Yılın En Başarılı Kadın Yazarı Ödülü

1999 / İ.Ü. İletişim Fakültesi Roman Dalında Yılın En Başarılı Yazarı Ödülü

2000 / Rotaract Yılın Yazarı Ödülü

2001 / Ankara Fen Lisesi Özel Bilim Okulları Yılın Yazarı Ödülü

2002 / Tepe Özel İletişim Kurumları Yılın En İyi Edebiyatçısı Ödülü

2003 / AVON Yılın En Başarılı Kadın Yazarı Ödülü

2003 / Best FM Yılın En Başarılı Yazarı Ödülü

2004 / İstanbul Kültür Üniversitesi Yürekli Kadın Ödülü

2004 / Pertevniyal Lisesi Yılın En İyi Yazarı Ödülü

2007 / Bağcılar Atatürk İ.Ö.O. & Esenler-İsveç Kardeşlik İ.Ö.O. Yılın Edebiyat Yazarı Ödülü

2007 / Türkiye Yazarlar Birliği *VEDA* isimli romanı ile Yılın En Başarılı Yazarı

2008/ European Council of Jewish Communities Roman Ödülü

2009 / TED Bilim Kurulu Eğitim Hizmet Ödülü

2009 / Kocaeli, 2. Altın Çınar Dostluk ve Barış Ödülü

2009 / Kabataşlılar Derneği Yılın En İyi Yazarı Ödülü

2010 / BEST FM 1998-2008, 10 Yılın En Başarılı Kitabı

2010 / Kabataşlılar Derneği Yılın En İyi Yazarı Ödülü

2011 / İTÜ EMÖS Yaşam Boyu Başarı Ödülü

2011 / Orkunoğlu Eğitim Kurumları, Yılın En Başarılı Yazarı Ödülü

2011 / ESKADER Kültür & Sanat Ödülleri, Hatırat dalında *HAYAT&HÜZÜN*

2011 / *FAREWELL* (*VEDA*) ile Dublin IMPAC Edebiyat Ödülü Ön Adayı

Sevdalinka'nın Bosna-Hersek'teki telif geliri savaş mağduru çocuklara, *Kardelenler*'in telif geliri Kardelen Projesi'ne, *Sit Nene'nin Masalları*'nın telif geliri UNICEF Anaokulu Projesi'ne, *Türkan-Tek ve Tek Başına*'nın özel baskısının ve *Türkan* tiyatro oyununun telif gelirleri ise ÇYDD eğitim projelerine bağışlanmıştır.

BORA'NIN KİTABI

Ayşe Kulin

§

Yayın No **1128**

Türkçe Edebiyat **401**

Bora'nın Kitabı

Ayşe Kulin

Yayına hazırlayan: Çiğdem Su Uğurlu
Kapak tasarım: t.AG/Ali Gürevin
Mizanpaj: Bahar Kuru Yerek

1. Basım: Eylül 2012 (100.000 adet)

ISBN: 978 - 605 - 141 - 528 - 4
Sertifika No: 10905

EVEREST YAYINLARI
Ticarethane Sokak No: 53 Cağaloğlu/İSTANBUL
Tel: (212) 513 34 20-21 Faks: (212) 512 33 76
e-posta: info@everestyayinlari.com
www.everestyayinlari.com
www.twitter.com/everestkitap

Baskı ve Cilt: Melisa Matbaacılık
Matbaa Sertifika No: 12088
Tel: (0212) 674 97 23
Faks: (0212) 674 97 29

Everest, Alfa Yayınları'nın tescilli markasıdır.

BORA'NIN KİTABI

FIRTINALI BİR GECEDE DOĞMUŞUM

Siz beni tanımazsınız
Uzaktan geliyorum
Şiirin satırlarında saklı kimliğim
Kavak yellerinde gizlidir
Cevval bir kısrak gibi oynak
*esmer güzelliğim.**

Ben, rüzgârın şiddetinden dalların kırıldığı, fırtınalı bir gecede doğmuşum!

Aşırı yağmurdan doğuma vaktinde yetişemeyen ebe, evin kapısından içeri, uçuşan yapraklarla birlikte girerken söylemiş anama kehanetini, "Hayatı fırtınalı geçecek bu bebenin," demiş, "nah şu yapraklar gibi savuracak onu kaderi, bir yerlere çalacak, bir göklere uçuracak. Öyle der büyüklerimiz fırtınayla gelenler için."

Yanımda gözlerimin içine bakan sevgilim, elimde içki bardağım, önümde meze tepsimle uçağın pahalı koltuklarından birine uzanmış Çin'den dönerken gelmemişti de, dün pencerenin

* Ayşe Kulin, *Saklı Şiirler*, "Şiirin Satırlarında Saklı Kimliğim."

önünde akşamüstü inceden başlayıp, giderek hızlanan yağmuru seyrederken gelmişti aklıma bu kehanet. Kaderimin, yerlerde sürünme faslını tamamlayıp göklerde uçma faslına geçmiş olduğunu düşünerek, gülümsemiştim keyifle!

Göklerde uçma faslı, hem de ne biçim!

Ben, Çin diye bir ülkenin ve ünlü duvarının varlığını hayatımda ilk kez duyduğumda, ilkokulun dördüncü sınıfındaydım. Öğretmenden dinlediğim "sarı ırk"ı hayal etmeye çalışmış, becerememiştim. Bizim oralarda herkes birbirine benzerdi; orta boylu, kahverengi ya da ela gözlü, hayat şartlarının ağırlığından dolayı gülümsemeyi bilmeyen, asık suratlı insanlardık. Çoğumuz esmerdi. Sarışınların dahi nerdeyse göze battığı bir coğrafyada, çekik gözlü, sarı benizli bir Çinli'yi gözümde bir türlü canlandıramamıştım ama Çin Seddi'ni hemen hayal etmiş, hatta üzerinde defalarca yürüdüğümü, koştuğumu, bir yolunu bulup, duvar taşlarına tutuna tutuna duvarın öte yanına indiğimi bile düşünmüştüm. Bin atlı Türk akıncıları bulacağımı sandığım duvarın öte yanı, uçsuz bucaksız kıraç bir ovaydı.

"Heyy, sen! Yine nerelere gittin? Sınıfa dön, sınıfa!" diye bağırmıştı öğretmen.

Yıllar sonra, çocukluğumda hayalini kurduğum duvarın üstünde, şansıma inanamayarak yürürken, kıraç topraklar olarak hayal ettiğim coğrafyanın yeşilliği, ağaçların bolluğu karşısında hayrete düşmüştüm. İçimden coşkulu çığlıklar atmak gelmişti, ama duygularımızı belli etmememizi çok sıkı tembihlemiş Kör Hoca'dan dolayı, aşırı mutluluğumu sevgilimden gizlemiş, tutmuştum kendimi. Biraz da kızmıştım kendime, ondan ve hurafelerinden hâlâ kurtulamamış olduğum için!

Kehanetler, fallar, nazara gelmemek için türlü önlemler, duyguları dışa vuramayan içe dönük yaşamlar, her işe besmeleyle başlamalar ve tüm bu tedbirlere karşın sonsuz mutsuzluk, umutsuzluk, karamsarlık, imkânsızlık, yasaklar, ayıplar, boğulma duygusu... Hepsini geride bıraktığımı sanarken, Kör Hoca'nın yıllarca başımın üzerinde taç gibi taşıdığım etkisi işte yine yakalamıştı beni hiç umulmadık bir yerde. Düşüncelerimden kurtulmak için silkelenir gibi bir hareket yapınca, "Üşüdün mü yoksa?" diye sormuştu sevgilim.

"Yok artık! Yaz günü üşünür mü?"

"Yüksekler her zaman esintili olur."

Haklıydı, gerçekten de bulunduğumuz irtifada sinsi bir rüzgâr vardı.

"Rüzgâr iyidir," demiştim usulca, "severim rüzgârı ben."

Dünyaya fırtına eşliğinde gelen ben değil miydim! Severdim elbette!

Ebenin kehanetini, dün yağmuru seyrederken hatırlayınca adeta ferahlamıştım. Evet, şu kesindi; hayatımın sürünme, üzülme, korkma, kaçma faslı kapanmış, mutluluk ve başarı faslı açılmıştı!

Göklerde uçmak! Nihayet!

Bundan böyle ben hep göklerde kalmalıydım!

Dün gece bu duygular içinde keyifle girdiğim yatağımda mutlu uyanmıştım bu sabah. Yorganın altında tembel kediler gibi gerinip durmuştum kalkmadan önce. Sonra kalkmış, bayatlamış ekmeği bir zamanlar köyde yaptığım gibi geceden kalan tarhana çorbasına doğrayarak ağız tadıyla içmiştim. Oysa ben ekmek dilimlerini sevgilimin armağanı kızartıcıda kızartıp çeşitli reçeller, peynirlerle kahvaltı ediyordum; o hayatıma girdiğinden beri. Bir gün buradan taşınacak olursam, mutlaka gazetelerimi ve fırından yeni çıkmış taze ekmeğimi her sabah erkenden kapıma getirecek kapıcısı olan bir eve geçecektim. Aslında gazete pek umurumda değildi, nasılsa işyerine sürüyle gazete alınıyordu ama ekmek taze olmayınca kahvaltının tadı çıkmıyordu! İşte bu yüzden çoğu sabah, hava güzelse fırına kadar yürüyor, üşendiğimde ise kızartıveriyordum bir gün öncesinin bayatlamış dilimlerini. Uzun zaman var ki, kahvaltı niyetine çorbaya ekmek doğramamıştım!

Özlemişim!

Dumanı tüten tarhanaya kırmızıbiberi bolca serpip boğazımı yaka yaka içtikten sonra giyindim, çıktım evden.

Gece başlayan yağmur sabaha karşı durmuştu ama güneşin gücü kaldırımları kurutmaya yetmemişti. Kaldırım çukurlarındaki su birikintileri ışık vurdukça gümüş gibi parıldıyor, yolumu aydınlatıyorlardı. Cihangir'den Sıraselviler'e çıkan arka yolları dudaklarımda bir ıslıkla yürüdüm. Simitçi köşebaşındaki yerini almış, simitlerin üzerine ne olur ne olmaz diye bir muşamba örtü çekmişti.

"Yağmur dindi, örtüyü kaldırabilirsin," dedim simidimi alırken.

"Ağaçlardan su damlıyor abi, ıslatıyor simitleri," dedi.

Paramı ödedim, çıtır simitten bir ısırık aldım!

Bana ne güzel bir gün başlıyordu yine! Ne kadar şanslıydım. Yok hayır, şanslı değil, şansını dönüştürmeyi başarmış biriydim. Tuttuğumu koparmıştım. Hayatın dizginleri avucumun içindeydi! O dizginleri sımsıkı tutmuş, önce yokuş yukarı tırmanmış, derken düzlüğe erişmiş, sonra da doludizgin koşmaya başlamıştım. Başımda serin *İstanbul havası*... Ah Nâzım, geç tanıyıp tanışır tanışmaz vurulduğum kadersiz şair, bazıları bey konağında doğar, mahpuslarda çürür, doğup doğacağına pişman olur senin gibi, bazısının da benim gibi şansı yaver gider, zindanından kurtarır kendini, dünyaya kanat açar diye düşündüm ve yanından geçmekte olduğum ağaca üç kere tık tık vurdum parmaklarımı bükerek!

İnsanın nazarı en çok kendine değer, demişti anam, aslanlar gibi dört erkek çocuğuyla başlık parası getireceği kesin akça pakça iki kızının ardından Cemile'yi doğurduğunda! Kız olması yetmezmiş gibi bir de kalça çıkığı sorunuyla doğmuştu kardeşim. Kumayı eve, işte bu doğumdan sonra getirmişti babam! Bizim oralarda olağan bir işti, sakat çocuğun ya da ikinci, üçüncü kızın doğumundan sonra eve yeni bir fırın alır gibi kuma getirmek. Onlar değil miydi erkek ya da sağlıklı çocuk doğurmayı beceremeyenler; kadınlar hatalarını bilir, ister istemez boyun eğerlerdi! Sadece kadınlar değil, toprağı, davarı ya da dini sıfatı olmayan erkekler de bilirdi haddini! Herkes yerini, haddini bilirdi. Gücün karşısında boyunlar hep eğik olurdu! Hayatın, işte bazıları için böylesine acımaz seyrettiği bir coğrafyanın çocuğu olarak, Çiçek Pasajı'na saparken hâlâ düşünüyordum, şu halimi bir yıl önce rüyamda görsem hayra yormayacağımı. Bir zamanlar İstanbul'a varabilmek dahi uzak bir hayalken, İstanbul da ne kelime... Bugüne bugün Singapur'u, Pekin'i görmüş adamdım ben! Bu şehirlerin en iyi otellerinde kalmış, en lüks lokantalarında yemek yemiş, Çin Seddi'nin üzerinde yürümüş adamdım! Gerçek miydi bütün bunlar, yoksa tekrar tekrar görmekten usanmayacağım, asla uyanmak istemediğim bir rüyayı mı sürdürüyordum? Pasajın yanındaki mağazanın vitrinine yansıyan aksimi görünce, orada ağaç olmadığı için, bu kez dilimi ısırıp kulakmememi çekiştirdim nazara, kem göze karşı, sonra derin bir nefes aldım ve yapacağım alışverişlerin dökümünü yaptığım kâğıdı yokladım cebimde. Kâğıt, parmaklarımın arasında hışırdadığına göre, demek ki gerçekti işte her şey! Sabaha karşı görülmüş bir rüya değildi, uykuya dalmadan önce kurulmuş bir hayal hiç değildi. Birazdan alacağım malzemelerle akşama Çin yemekleri hazırlayacaktım sevgilime. Çin tavuğu, Çin sebzeleri, ekşi-tatlı karides ve bir Çin tatlısı pişirecek, tabakların yanına Çin'den alınmış çubukları koyacak, yine oradan getirdiğim küçük porselen çaydanlıkta yasemin çayını hazır edecektim. Eksiksiz bir sofra kuracaktım. Sevgilimin armağanı olan Çin ipeği ceketimi giyecektim. Onun bana cömertçe armağan ettiği yolculuğa, sevgiyle, özenle hazırlanmış, sürpriz bir sofrayla teşekkür edecektim. Nasıl şaşıracağını ve sevineceğini düşününce yüzüme yayılan tebessüme mâni olamadım, ağzım nerdeyse kulaklarıma kadar yayıldı.

Simidimin yarısını, pasajın girişine uzanmış, kulağı küpeli boz köpeğe vermek için eğildim. Yanıma, bana duyurmadan usta bir hırsız gibi sessizce yaklaşan bir sıska sarman, doğradığım simit parçalarından birini hızla kapıp uzaklaştı.

Şimdi hır çıkacak diye düşündüm, kedi-köpek kavgasının orta yerinde bulacağım kendimi. Ama öyle olmadı, sokak köpeği kızıp havlayacağına, kuyruğunu üşengeç bir şekilde kaldırıp iki kere yere vurdu. Bana mı teşekkür etti, yoksa kediye mi onay verdi, anlayamadım, ama köpeğin bu davranışını iyiye, sakin, sorunsuz bir güne yordum!

Balık Pazarı'nın Beyoğlu girişinden içeri doğru yürürken, alacaklarımı geçiriyordum aklımdan. Önce sebzelerle meyveleri, sonra baharatları almalıydım, karideslerle tavuğu ise, en son!

Evimin yakınlarında bir manavla bir kasap yok değildi, ama her şeyin en tazesini almak için bu yolu tepmeyi göze aldığıma göre limonları dahi tek tek elleyerek seçtim. Üç orta boy havuç, birer tane yeşil ve kırmızıbiber... meyvelerin bulunduğu tablalara yöneldim, daha önceleri varlığını bile bilmediğim ananas, kivi... Baharat alışverişi de tamamlanınca tavuğumu aldım, balıkçıya yürüdüm, karidesleri tarttırdım. Paramın üzerini beklerken biri adımı seslenince dönüp arkama baktım (Ah, ne büyük bir hata yaptım ben!) ve kalabalığın arasında, aktarın önünde duran kişiyi görür görmez tanıdım!

Gözlerimiz bir an takılı kaldı!

Hızla bir resim -Cemile'yi incecik kollarından tutmuşuz, ikimizin arasında dalgalanıyor havada- geldi geçti! Gözlerimi kaçırdım, bakışlarımla daha uzaklarda birini arıyormuş gibi yapıp çevirdim başımı. Balıkçının uzattığı parayı telaşla cebime attım, yerde duran torbalarımı kaptım, ellerimde tıklım tıkış dolu poşetlerimle koşar adım uzaklaştım oradan.

Peşimden geldi, ceketimin kolundan çekiştirerek durdurdu beni.

"Dursana lan!" dedi.

Yüzüne boş gözlerle bakmaya çalıştım!

"Lan Bedros, beni tanımadın mı lan?"

"Pardon?"

"Oğlum, Recep ben Recep!"

"Beni biriyle karıştırdınız herhalde," dedim.

"Yok ulan, ne karıştırması, bal gibi sensin işte. Tanımam mı ben seni! Karasöğüt'ten Bedri işte..."

"Ben o kişi değilim. Bırakır mısın kardeşim..."

Bırakmadı kolumu.

"İstanbullu olunca unuttun mu çıktığın deliği lan? Yapma yahu!"

"Arkadaşım, insanlar birbirine benzeyebilir, ben seni hiç tanımıyorum. Adım Bedri değil, o söylediğin yere de ömrümde gitmedim. Bırak ama kolumu."

Ben ceketimi hoyratça çekeleyince, bıraktı! Gözlerindeki şaşkınlığı ve kederi gördüm! Arkamı dönüp hızla uzaklaştım oradan, koşarak caddeye çıktım, o anda geçmekte olan ve tesadüfen önümde yavaşlayan tramvaya attım kendimi, elimdeki poşetleri yere bırakıp akıllı biletimi çıkardım cebimden, geçiş aldım ve Recep'in hâlâ peşimde olduğunu varsayarak insanları itiştire kakıştıra arkaya doğru ilerledim, tramvayın arka kapısından caddeye atlayıp koşarak önüme ilk gelen sokağa daldım. Rasgele girdiğim apartmanın sahanlığında nefeslenip bekledim!

O karanlık ve rutubet kokulu yerde ne kadar kaldım, bilemiyorum. Kalp atışlarım yavaşlayıp nefesim normale dönünce kafamı kapıdan dışarı uzatıp sağa sola baktım. Ne gelen vardı ne giden! Belki de peşimden gelip tramvaya binmemişti, dönüp bakamamıştım ki korkudan!

Takip edilmediğime kanaat getirince çıktım apartmandan, Tarlabaşı Bulvarı'na kadar koşup önümden ilk geçen taksiyi durdurdum, şoföre adresimi verdim.

"Keşke yolun karşı tarafından bineydiniz," dedi şoför, "şimdi taa nerelere gideceğiz geri dönmek için."

"Olsun. Borcum neyse öderim."

Yola koyulduk. Ben iyice büzüldüm oturduğum yerde, adeta hedef küçülttüm dışardan görünmemek için. Yoğunlaşan trafikte zar zor ilerlerken ayaklarımın dibindeki torbadan karides kokuları geldi. Şoför homurdanarak camını yarıya kadar açtı. Homurtusunu duymamazlığa geldim! Evin önüne geldiğimizde paramı arabanın içinde ödeyip hemen daldım apartmana!

Evime girince torbaları kapının hemen yanına bırakıp pencereye koştum, perdeyi siper ederek dışarıya baktım! Sokağın sağ kaldırımında, aralarında konuşarak ağır ağır yürüyen iki yaşlı kadından başka kimseler yoktu görünürde. Bir sokak köpeği, karşıdan karşıya geçip çöp bidonunun yanına kıvrıldı, bidonun tepesine üşüşmüş kediler oralı bile olmadılar! Bu şehrin her an kavgaya hazır insanlarına inat, kedileriyle köpeklerinin uysallıklarına bir kere daha şaşarak biraz daha durdum perdenin gerisinde. Arka arkaya birkaç taksi, birkaç da özel araba geçip gitti penceremin önünden!

Takip edilmediğime emin olunca kapının yanında bıraktığım torbaları toparlayıp mutfağa geçtim. Malzemeleri poşetlerinden çıkardım, önce sebzelerle meyveleri yıkadım, sonra da karidesleri. Pekin'de aldığım İngilizce yemek kitabını, İngilizce-Türkçe sözlüğü ve bir başka Çin mutfağı kitabını, yapacağım yemeklerin sayfalarını açarak tezgâha yaydım, işe koyuldum.

Sebzeleri doğrarken ellerim titriyordu, aklımı işime veremiyordum. Sabahki neşemden eser kalmamış, huzurum kaçmıştı. Doğrama işi bitince dayanamadım, ön tarafa geçip tülün ardından bir kez daha baktım sokağa!

Kalabalıklaşmıştı sokak, gelip geçenlerle, park yeri arayan arabalarla doluydu. Gözlerim karşı kaldırımda telaşlı telaşlı yürüyen birine takıldı. O muydu yoksa?! Dikkatli baktım uzaklaşan gence, yok hayır, o değildi, ama ne tuhaf, izimi kaybettirmiş olmanın ferahlığı yerine, yüreğimde ince bir hayal kırıklığı vardı adeta. Nerdeyse belli belirsiz bir özlem! Farkına bile varmadan yükselmişim parmak uçlarımda, baba evimin çocukken boyuma yüksek gelen, dar, kare penceresine uzanmak istermişçesine.

Buradakiler gibi geniş ve çift kanatlı değildi benim köyümdeki evlerin pencereleri. Kışın soğuğuna karşı oldukça küçük, içerisi gözükmesin diye de yüksekçeydiler. Dışarıyı zahmetsizce görebilmek için çocukların ya boylarının uzamasını beklemeleri ya da bir taburenin üzerine çıkmaları gerekirdi. Bu yüzden, ilkokuldayken, evin karşısında dikilen arkadaşımı görmek için anamın en büyük tenceresini ters çevirir, üzerine çıkardım. Yakalandımsa, kıçıma bir tekme sallar, bir de küfür ederdi anam. Hiç oralı olmazdım, yeter ki Recep gelmiş, sıska bacaklarına kısa gelen pantolonuyla, ayaklarında teki yanından patlamış lastik ayakkabılarıyla evin karşısındaki ağaca yaslanıp beni bekliyor olsun!

Onu gördüğüm an fırlardım evden! Anam sokağa kaçtığımı fark edip bağırmaya başladığında, biz evin köşe yaptığı sokağı çoktan dönmüş olurduk! Evdekiler yangın yerinde top oynayan çocukların arasına katıldığımızı zannederdi. Oysa biz koruya kadar koşar, önce ağaçlara tırmanır, sonra da yan yana oturup hayal kurardık.

İyi havalarda Cemile'yi de alırdık aramıza! Kollarından tutarak az yukarı kaldırıp ayaklarını yerden kestiğimiz kardeşim, rüzgârda sallanan basma eteklik gibi uçuşurdu aramızda. Öyle narindi ki, sanki hiç ağırlığı yoktu Cemile'nin!

Anam arkamızdan, "Almayın şunu aranıza, ayakbağı olur size," diye bağırırdı.

Söylediği doğruydu ama ben hiç gocunmazdım kız kardeşimin vereceği eziyetten! Ben sevgimden, Recep sevabına; Cemile'yi aramızda kuş gibi uçururduk!

Cemile, en sevdiğim kardeşimdi! Dinlemeyi bilirdi, ondan esirgenen merhameti etrafına cömertçe saçardı, bir bacağı aksadığı halde hiçbir işten kaçmazdı. Bize katıldığı günlerin dışında, hiç gün görmezdi; bütün ömrü iki göz evin içinde geçerdi zavallının! Anamın eteğinin dibinde dolanır, patates, soğan doğrardı, ateşi yellerdi. Mutfakta oyalanmayı ben de severdim, hele de hamur yoğurmayı, reçel karıştırmayı, turşu kurmayı. Cemile'nin yapması gereken bir sürü işi, o yorulmasın diye ben üstlenmiştim, çünkü yorulunca beli ağrırdı kardeşimin! Tavukları ben yemlerdim, yemeğe konacak soğanları ben doğrardım, sofrayı ben yayar, ben kaldırırdım ve bütün bu işleri babamın önünde yapmamaya dikkat ederdim, çünkü nedense beni mutfakta görünce ifrit kesilir, avaz avaz bağırırdı, "Çalışacaksan yürü git bahçeye, karı gibi dolanma evde," diye!

Anam, "Ne var bunda! Çocuk yemek yapmayı seviyor! Belki aşçı olacak!" diye söylenirdi ama bunu öyle alçak sesle söylerdi ki, babam duymazdı! Anam da çocukları gibi korkardı babamdan. Babamı kızdırmak için bir kabahat işlemeye de gerek yoktu çünkü. Yüzü hiç gülmeyen, karları savurarak yürürken kalın siyah paltosuyla heybetli bir umacıya benzeyen babam, her zaman ürkütürdü bizi. Allah'tan evden erken çıkıp gider, ancak yemek saatine doğru geri gelirdi. Yemekten hemen sonra da biz oğulları, o istediği için Kuran kursuna gitmek üzere ayrılırdık evden. Döndüğümüzde çoğu kez yatmış olurdu. Yatmışsa rahat bir nefes alırdık, yatmamışsa geçirdiğimiz günün hesabını verirdik! Bu yüzden, eve yolu uzatarak ve ayak sürüyerek dönerdik ki, yatmış olsun!

Yaz ayları uzun kış aylarından daha keyifli geçerdi. Evde hiç durmazdık. Ağabeylerim top oynamaya yangın yerine giderlerdi. Ben ve Recep, Cemile'yi ya aramızda uçurarak ya nöbetleşe sırtımızda taşıyarak koruya giderdik. Biz dut silkelerken, Cemile bir ağacın altında oturur, bizi beklerdi. Yoğun yaprakların arasından süzülerek yüzüne vuran güneş ışığında, saçları, gözleri parlardı.

Bize eşlik etmenin, insan yerine konmanın verdiği haz bakışlarına yansırdı. Ama dereye ineceksek eğer, Cemile'yi katmazdık aramıza; suya girmek için soyunur, kirli patiska donlarımızla cıbıl kalırdık çünkü. Islak don sudan çıktığımızda bedenimize yapışır, ayıp yerlerimizi belli ederdi. Utanmazdık birbirimizden, beraber büyümüştük, her halimizi bilirdik Recep'le. Hatta bir keresinde donlarımızı taşlara serip kurutmak için kıçımızdan çıkarmış, küskülerimizi önümüzde sallanırken görünce önce biraz utanmış, kıkırdamış, sonra da birbirimizi inceleyip kiminkinin daha büyük olduğuna bakmıştık. Zaman içinde baş eğlencemiz olmuştu bu kıyaslama. Suya ilk daldığımızda hangimizinki soğuktan daha çok büzüşecek, sırtüstü yattığımızda hangimizinki ne yana düşecek, kim daha uzağa işeyecek?..

Biraz daha büyüdüğümüzde ise başka kıyaslamalar girmişti devreye!

Şimdi bunları hatırlayınca sadece yanaklarım değil, yüreğim de yanmaya başladı. Az önce, bırak yüzümü, çükümü bile ayrıntılarıyla tanıyan Recep'in gözlerinin içine baka baka, ben Bedri değilim, demiştim. Elbette inanmamıştı! Araya giren yılların görüntümü değiştirdiğini sanmak, ne büyük bir budalalıktı! Sadece budala değil, üstelik haindim ben! Nasıl yapmıştım bunu en sevgili çocukluk arkadaşıma? Neden yapmıştım? Ödünç hayatım elimden kayar diye mi? Nazar değer diye mi? Çocukluğumuzu esir almış Kör Hoca'nın öngörüsü doğrulanıverir diye mi yoksa? Çünkü Kör Hoca'nın heceleri çatlata çatlata, yüksek sesle söylediği sözlerin, benim gibi onun da ruhuna işlemiş olduğunu hep bildim ben.

"Allah yolundan ayrılanlar en kötü şeytanlara dönüşür, cehennemlik olurlar," diye başlardı Hoca'nın vaazları. Cehenneme gitme ihtimali korkuturdu bizi. Yüreğimiz ağzımızda, ürpererek dinlerdik Hoca'yı. Söyledikleri gece rüyalarımıza girerdi. Yüksek sesle gülmenin bile günah sayıldığı iklimde, her dediğine yürekten inanmasak da, masum kalmaya çabalarken bunalırdık. Allah'tan kış aylarının soğuğu, yaramazlığa pek fırsat vermezdi. Mecburen dua ezberlemekle, ibadetle geçerdi boş zamanlarımız. Ama bir de düşüncelerimiz ve hayallerimiz vardı ki, dondurucu soğuğun bile onlara mâni olması mümkün değildi. Hele de rüyalarımız! Ne yaz ne kış tanırdı başıbozuk rüyalar! Bu kez de kurduğumuz hayaller ve rüyalarımız, her şeyi gören, bilen yüce Rab'dan saklanamayacağı için suçluluk duyguları altında ezilirdik, bu duygudan kurtulmak için okul sonrasında Hoca'nın vaazlarını can kulağı ile dinler, dualarını iyi ezber ederdik.

Sonra havalar ısınmaya başlardı ve baharla birlikte Kör Hoca'nın başka köylere, kasabalara gitmek üzere yollara düşme zamanı gelirdi.

Yaşasın vicdanların hafifleme mevsimi!

Yaşasın Hoca'dan kurtuluş mevsimi!

Kör Hoca yoksa, suç da yoktu!

Yaz yaklaştı mıydı, Recep'le okul sonraları, canlanmaya başlayan doğanın içinde çimenle, toprakla, kır çiçekleriyle hemhal olur, keçi gibi dağlara tırmanır, koruda koşturur, dereye inerdik ama Hoca'dan kesin kurtuluş imkânsız olmalı ki, an gelir hatırlardık Hoca'nın bazı sözlerini. Bir keresinde suya girmek için soyunurken, tıpkı Hoca gibi heceleri çatlata çatlata, "Sen çizgili donlu bir şeytan oldun!" demişti Recep, üstümde babamın eskimiş pijamasının paçaları kesilerek boyuma uydurulmuş çizgili donu görünce. Çok gülmüştük.

Yosunlu taşlara basa basa, ayağımızın ucunu suya sokmak için dereye yaklaşmıştık, sonra ben şeytanlığımın hakkını vermek için onu dereye itmiştim, o da suya düşerken bana sarılmıştı. Coff diye birlikte düştüğümüz buz gibi sudan hemen çıkmış, soğuktan morarmış bedenlerimizi ısıtmak için zıp zıp sıçramış, sonra da ıslak donlarımızı çıkarıp tişörtlerimizle birbirimizi kurulamıştık. Önce sırtlarımızı, göğüslerimizi, karnımızı, derken bacaklarımızı, bacaklarımızın iç kısımlarını... Recep'in eli bacaklarımın arasına girdiğinde tuhaf bir haz duymuştum. İçim çekilir gibi olmuştu. Elini itip tişörtü arkadaşımın elinden almıştım ama aslında elini sımsıkı tutup oralarımda gezdirmek istiyordum!

Hoca'nın sözünü ettiği şeytanlaşma sanırım ilk böyle başlamıştı tenimde. Sonra, ben de onun apışlarını kurularken, Recep kıkırdamış, "Gıdıklanıyorum lan," demişti.

"Başka?"

"Ne başkası?"

"Sadece gıdıklanıyor musun?"

"Evet. Sen de gıdıklanmadın mı?"

Çekip almıştı tişörtü elimden, top gibi havaya fırlatmıştı. Yüksekçe bir çalının tepesine düşmüştü tişört. Böylece benim aklımı bacak aramdan çelip bize oldukça zor ve eziyetli bir oyun kurmuştu Recep. Tişörtü dikenli çalının tepesinden almaca oyunu. O, oyun peşindeydi, bense ilk kez duyumsadığım tuhaf ve yoğun hazzın şaşkınlığı içinde!

Birbirimizin kasıklarını kurularken neler hissetmişsem artık, o gece rüyamda sabaha dek Recep'i bacaklarımın arasında tişörtü gezdirirken görmüştüm.

Benim cinsel dürtülerim Recep'in bacak aralarımı kuruladığı o yaz gününe takılı kaldı!

Çocuklukla gençliğin arasına sıkışmış, ayıp hayallerin kurulduğu, ıslak rüyaların görüldüğü, cinselliğin davetsiz misafir gibi gelip bedenlerimizi ele geçirmeye başladığı dönemde dahi, ben rüyamda güzel bir kız göremedim. Gözlerimi kapatıp kızları hayal etmeyi de beceremedim. Benim ıslak rüyalarıma hep erkek bedenleri, erkek yüzleri neden oldu. Bundan inanılmaz rahatsızlık ve utanç duyardım. Dualar ederdim Allah'ın bana kızları göreceğim rüyaları nasip etmesi için. Bir kez olsun bu duamı kabul etmedi Tanrı!

Ben de tüm çabalarıma karşın hayallerime hükmedemedim.

Biz Recep'le feleğin çemberinden yaptıklarımızdan dolayı değil de, sırf başına buyruk hayallerimiz ve gözlemlediklerimizden dolayı geçmiş çocuklardık. Etrafımızda olup biteni algılıyor, uygulamasını hayallerimize bırakıyorduk. Öyle masum, öyle saftık ki... Mesela bir yaz gecesi evin az ötesindeki helaya giderken, rüzgârda havalanan perdenin gerisinde babamı kumanın üzerinde görmüştüm! Bir kenara sinip seyretmiştim bir müddet. Ertesi sabah Recep'e, "Yat aşağı," demiştim, "bu iş nasıl yapılır, göstereceğim sana!"

Recep yere yatmıştı.

"Öyle değil, sırtüstü yat!"

Döndü, sırtüstü yattı. Recep'in üstüne çıktım. Babamın bir gece önce yaptığı gibi gittim geldim üzerinde.

"Ne lan bu! Ata biner gibi! Öyle olmaz bu iş! İn üstümden!"

"Vallahi de böyle! Gördüm diyorum sana. İki gözüm önüme aksın!"

"Ters yatırdın beni, aptal!"

Kaydım üstünden Recep'in. Yan yana oturduk.

"Yanlış görmüşsün karanlıkta! Köpekler, kediler filan düzüşürken hiç mi seyretmedin lan! Bu iş öyle olur, onların yaptığı gibi."

"İnsanlar böyle yapıyor ama!"

"İddiaya var mısın?"

"Nesine?"

"Eğer benim dediğim doğruysa, bana sapan için lastik al. Yoksa ben sana alırım."

"Ben sapan istemiyorum. Kuşları vurmak hoşuma gitmiyor."

"Sen ne biçim çocuksun be! Sapan atmasını sevmezsin, futbol sevmezsin."

"Sen de ağaçlara tırmanmayı sevmiyorsun."

"Yalan! Senin gibi kozalak toplamayı sevmiyorum ben!"

"Ben kozalakları boyuyorum... Şey yapıyorum onlarla!"

"Boş ver kozalağı! Şimdi sen futbola geliyor musun benimle, onu söyle!"

"Hayır!"

"Neden ama! Sabah topa gidelim, sonra da ben seninle kozalak toplamaya gelirim."

"Ya gelmezsen?"

"Gelirim. Söz!"

"Erkek sözü mü?"

"Erkek sözü!"

Erkeklik esastı coğrafyamızda!

Birbirimize erkek sözü verirdik! Erkeklere yakışan oyunlar oynardık! Erkekliğin bu denli vurgulandığı ortamda, erkek gibi davranmak için elimden geleni yapardım. Recep'in hatırına top oynardım, Eco'nun gönlü olsun diye uzuneşek. Ama bana kalsa, kozalakları boyayıp onlarla Cemile'ye oyuncaklar yapmak en keyifli işti. Hem elime yakışırdı bir şeyler tasarlamak, hem içimden gelirdi. Bu gibi işleri erkeklerin de yapabileceğine, köyden çıktıktan yıllar sonra ikna oldum! Rahat ettim, mutlu oldum, gevşedim. Ama kendimi yıllarca nasıl sıkmış, nasıl baskı altında tutmuş olmalıyım ki, içimde bir nokta, hâlâ ince ince sızlar!

Mutfağa döndüm.

Tavuk haşlanmış çoktan, ben pencerenin önünde bunları düşünürken! Soğuması için bir kepçeyle tavuğu tencereden çıkarıp tezgâhın üzerine bıraktım. Tavuktan süzülen yağlı su, tezgâhın kenarından yerlere aktı. Allah kahretsin! Alelacele çukur bir tabak alıp tavuğu içine koydum, önce tezgâhı, sonra yeri süngerle sildim. Evde başka süngerim olmadığı için iyice sabunladım yeri sildiğim süngeri. Tezgâhı kurulayıp yemek kitabının açık bıraktığım tavuk sayfasına baktım; İngilizcemin yeterli olmasını dileyerek okudum. Marjoram, kumin, tarragon... Sözlüğü açıp anlamadığım kelimelerin karşılığını aradım. Sandığımdan çok daha uzun süreceğe benziyordu bu yemek işi. Acaba hepsinden vazgeçip sevgilimi lüks bir lokantaya mı götürseydim? Böyle bir ikrama yetecek param vardı ama o gitmek ister miydi? Evli barklı biriydi o! Biz bir lokantada baş başa bir yemek yiyebilmek için taa Çin'e kadar gitmiş insanlardık! Sabırlı olmalıydım her zamanki gibi...

Bilmediğim kelimelerin karşılıklarını bir kâğıda not ettim; su bardağını kullanarak ölçtüğüm pirinci daha önce kaynattığım sıcak suyun içine bıraktım.

"Oğlum," dedim kendi kendime, "yavaş yavaş, telaş etmeden çalış, alt tarafı iki-üç kap yemek... Bunun da üstesinden geleceksin. Haydi, göreyim seni Bora!"

Bora, benim başarılı, aydınlık yüzüm, Feng Shui nedeniyle Çin dönüşü ocağın üzerine astığım aynadan gülümsedi bana. Ben de ona göz kırptım. Keyfim yerine gelmişti, dayanamadım, buzdolabından bir şişe beyaz şarap çıkarıp açtım, şarap kadehi almak için oturma odasındaki bara kadar gitmeye üşenip bir su bardağına doldurdum şarabı ve aynadaki aksime kadeh kaldırdım.

"Daha nice nice mutluluklara," dedim, "nice başarılara."

Recep, Bedri, Kör Hoca, Cemile ve Karasöğüt çok çok uzakta kaldılar.

Çalıştığım yayınevinin sahibi olan sevgilim söz verdiği saatten epeyce önce ve elinde çok pahalı bir şişe şarapla geldiğinde, erken geleceğini bilmiş gibi, hazırlıklarımı çoktan tamamlamıştım.

Çin'den döndüğümüzden beri telefonda konuşmuş ama hiç buluşmamıştık.

İşyerimiz tatilde olduğundan görüşememiştik de. Bu buluşmaya çok önem vermiştim, bu yüzden.

Oturma odasının her köşesine yasemin, çilek ve elma kokulu mumlar yakmıştım, sehpanın üzerine kurduğum soframı Çin'den aldığım her biri değişik kuş ve çiçek desenli tabaklarla, özenle hazırladığım yemeklerle donatmıştım. Üzerime sevgilimin armağanı Çin ipeği ceketimi giymiştim.

Beni ve evi böyle özenli ve değişik bulunca şaşırmıştı sevgilim! Sürprizimin hoşuna gittiği her halinden belliydi. Holde birbirimize hasretle sarılıp uzun uzun öpüştük.

Mutfağa gidip, getirdiği şarabı buzluğa koydu, oturma odasına yürürken onu elinden tutarak, yine irili ufaklı pek çok mumun yanmakta olduğu yatak odasına sürükledim.

"Özledin mi beni?" diye sordu.

"Çok. Bana arada geçen günleri, saatleri unuttur lütfen," dedim samimiyetle.

Sabahki karşılaşmanın kötü etkisinden onunla sevişirken kurtulacağımı biliyordum, nitekim aynen öyle oldu! Korkularım, suçluluk duygum, içimdeki burukluk uçtu gitti. Sevdiğimin kollarında sadece anı yaşadım!

Neden sonra, yere saçılmış giysilerimizi toparlayıp giyinirken, ona Pekin'de benim ısrarımla aldığımız ipek ceketini uzattım. İtiraz etmedi, giydi ceketi, mutfağa gitti, buzluğa eliyle koyduğu beyaz şarabı açtı. Ben şarabı, o gelmeden önce buzlukta soğuttuğum kadehlere doldururken, o Uzakdoğu tınılı bir CD seçip müzikçalara yerleştirdi. İki acemi Çinli gibi, sehpanın etrafına yerleştirdiğim yastıklara bağdaş kurarak oturduk ve kadehlerimizi daha nice keyifli, ilginç, baş başa yolculuklara kaldırdık!

Yemek boyunca yolculuk anılarımızı konuştuk, ofis dedikodusu yaptık, yaratıcı bölümde çalışan kızların hiç bitmeyen sevda sorunlarına güldük!

"Sevda sorunlu kızların arasına yakında bir kişi daha katılacak galiba," dedi sevgilim.

"Yeni bir eleman mı alıyorsun?"

"Ben almıyorum, o kendi geliyor."

"Nasıl yani?"

"Benim kız Bora... Bir sene *gap year* yapmak istiyor da..."

"O da nesi?"

"Hiç sorma! İngiliz sisteminin bir saçmalığı. Lise bitiren öğrencilere üniversiteye gitmeden önce bir yıl izin verilir, ya staj yapsınlar ya da dünyayı gezip tanısınlar diye. Kısacası Hanya'yı Konya'yı anlamanın yılı!"

"Hanya'yla Konya'yı anlama" tabirini de, *gap year*'i de hayatımda ilk kez duyuyordum! Her ikisi de hoşuma gitti.

"Hanya'yı Konya'yı anlamak için çok geç kalmadımsa, ben de bu hakkımı kullanabilir miyim?" diye sordum.

"Hangi hakkını?"

"Dünyayı gezip tanıma hakkımı!"

"Geç kaldın! Çok istiyorsan seni Konya'ya bizzat götürür, Hanya'yı da sana bizzat anlatırım. Anne tarafım Hanyalı'dır!"

"Ben Konya'yı gördüm canım! Eskişehir'de üniversitedeyken arkadaşlarla gitmiştik. Sen bana Hanya'yı anlat."

"Bak, sen ne uysalsın. Derya öyle değil ne yazık ki. Laf dinlemiyor! Tutturdu yayınevinde çalışmak istiyorum diye! Ona reklamcı arkadaşlardan birinin yanında iş ayarladım, ama illa benimle çalışacakmış!"

"Bırak gelsin yayınevine. Değişik bir kız Derya, bakarsın katkısı olur, yeni bir nefes getirir."

"Kızımla yüz göz olmak istemiyorum Bora, bizim açımızdan da tehlikeli olabilir. Her şeye burnunu sokmak ister, ben bilirim onu!"

"İşin bu tarafını düşünmedim. Haklısın galiba," dedim.

"Siz bu günlerde buluşursanız bir konsere gitmek için filan, ağzını ara bakalım. Hem de ona koca bir yılı ziyan etmesinin delilik olduğunu söyle!"

"Konuyu kendi açarsa söylerim," dedim.

İlhami'nin Londra'da okuyan on sekiz yaşındaki kızı, yılbaşı tatilinde İstanbul'a geldiğinde, benden ona "kavalyelik" (ne demekse o!) yapmamı istemişti sevgilim! Her zamanki gibi çabuk öğrenmiştim; kavalyelik yapmak, kızına flört etmeden eşlik etmek, onu gezmeye, tiyatroya, sinemaya, konsere götürmek demekti. Kız yıllardır dışarda okuduğu için İstanbul'da arkadaşları yoktu. Olsaydı dahi, öyle herkesle geçinecek tiplerden değildi. Biraz huysuz, biraz şımarık, başına buyruk, delidolu bir kızdı.Her ikimiz de birbirimizi ilginç bulmuştuk ve sonuçta iyi arkadaş olmuştuk. Sevgilimin benden kızına kötülük gelmeyeceğinden yana içi rahattı. Ben kızda bana karşı arkadaşlıktan öte bir ilgi sezinliyordum. Bana âşık mı oluyordu, yoksa modern bir kız olduğu için mi öyle davranıyordu, karar veremiyordum doğrusu. Öyle veya böyle, Derya patronumun kızıydı, ondan duygusal anlamda uzak durmam için onun da anlayabileceği geçerli bir nedenim vardı!

"Konuyu açmasını bekleme, Bora! Zamanın çok değerli olduğunu anlat ona, lütfen! Senin sözlerine önem veriyor!"

"Neden acaba?"

"Onun bugüne kadar tanımış olduğu genç erkeklerden daha değişiksin. Ayakları yere basan, kendi imkânlarıyla yetişmiş, yetenekli, yakışıklı bir Anadolu delikanlısı! Sana hayranlık duyuyor bu yüzden."

"Babası da mı bu yüzden hayran bana?"

"Babasının başka nedenleri de var!"

Elini uzatıp saçlarımı karıştırdı sevgilim, sonra laf, benim yazmış, onun da yayımlamış olduğu romanın telifini alabilmemin yolunu bulmaya geldi. Romanı benim yazdığımı ikimizden başka kimse bilmiyordu! Yaşamöykümü anlattığım kitabı, yayınevine başka birinin kitabı gibi sunmuştum. İşe, bir beyaz yalanla başlamıştım kısacası. Kitaba gerçek adımı koyarsam, yayınevindekilerin bir sürü soru soracaklarından, konuyu kurcalayacaklarından korkmuştum. Ne diğer patronum Handan Hanım'ın ne de iş arkadaşlarımın hayatımın gizli köşelerini değil öğrenmelerini, tahmin yürütmelerini dahi istemiyordum. Üstelik, Handan Hanım'a gerçeği söylemekte geç kalmıştım. Geri adım atarak, yazarın ben olduğumu söylemek her geçen gün biraz daha zorlaşırken, kitap çok satanlar listesine bile girdiği halde, param bir türlü hesabıma yatamıyordu! Uyduruk bir isme yapılacak ödemenin formülünü henüz bulamamıştık.

Sevgilim o hafta içinde, muhasebecisini bir çözüm üretmek için iyice sıkıştırmaya ve ayrıca bir avukat arkadaşına danışmaya söz verdi.

Yeniden seyahat anılarımıza döndük! İlhami'nin Çin yolculuğunu kimseye çaktırmadan kotarabilmesi için çevirmediği dolap kalmamıştı. Güya karşısına aniden çıkan bir iş fırsatını değerlendirmek üzere, ayak sürüyerek gitmişti Çin'e. Karısı, kızı, hatta ortağı Handan Hanım, bu yalanı yutmuş olmalılar ki, sonuçta biz kendimizi baş başa Uzakdoğu'da bulmuş, nefis bir on gün geçirmiştik. Çevirdiği dolaplara, söylediği yalanlara değmişti!

Küçük tabaklarda sunduğum yemekleri konuşa gülüşe tüketirken ikinci şarabı da açmış, iyice kafa bulmuştuk. Dilimiz pelteklesmeye, sohbetin hızı kesilmeye başlayınca sabahki karşılaşmayı hatırladım yine!

Zaman içinde kafamdan atabileceğimi zannederek yanılmışım; yemeğin sonuna doğru Recep'in hayaleti evime geri dönüp sofradaki yerini aldı! Neşem söndü, huzurum kaçtı. Ruh halimi sevgilime belli etmemeye çalıştım.

Yemekten sonra tabakları mutfağa sevgilimle birlikte taşıdık. Mutfak kapısında, ocağın yanında, sonra da musluğun önünde tekrar tekrar öpüştük... Dudak dudağa yatak odasına geçtik. Recep neyse ki yatak odama gelmedi, oturma odasında kaldı seviştiğim sürece. Epey sonra, yorgun ve mutlu yan yana yatarken, "Neyin var senin, bir tuhafsın?" diye sordu gözünden hiçbir şey kaçmayan sevgilim!

Sabah yaşadığımı onunla paylaşmaya karar verdim. Eğer içimi birine dökmezsem, uyuyamamaktan korkuyordum.

Olayı biraz değiştirerek anlatmaya başladım! Sevgilim doğruldu, yatağın içinde dimdik oturdu ve anlattıklarımı endişeyle dinledi. Sonra sonu gelmeyen sorularına geldi sıra.

Gerçek ismimi bilen bu kişi kimdi?

Yakınlığımız neydi?

Evimin yerini öğrenmiş miydi?

Bana bir kötülüğü dokunabilir miydi?

Onu mutlaka bulmalı, ne istediğini öğrenmeli, bana zarar vermesini önlemeliydik!

Sevgilimi, beni bekleyen bir tehlikenin olmadığına ikna etmeye boşuna çalıştım.

"Adı ne bunun?" diye sordu.

Duraladım. Recep diyemedim nedense, Hüsam dedim!

"Hüsam?"

"Evet."

"Hüsam ne? Soyadı yok mu bu adamın?"

"Hatırlayamıyorum. Neydi sahi? Ne fark eder zaten, lütfen üsteleme artık, anlatacağımı anlattım, bu konuyu kapatmak istiyorum."

"Bana bu adamın tipini tarif et," dedi. Ettim. Tatmin olmadı. Recep'in o kadar sıradan bir görünüşü vardı ki... Her an, her yerde bulunabilen binlerce, milyonlarca insandan biriydi. Orta boylu, kahverengi saçlı, kahverengi gözlü...

Hiçbir özelliği yok muydu? Yüzünde bir yara izi mesela?

Hayır, yoktu!

Karga gibi bir burnu?

Yoo, burnu normaldi.

Ya da fırlak dişleri?

Yok canım, dişleri de düzgündü!

Sorularından bunalınca, istersen sana onun bir resmini çizeyim, dedim. Kalktım yataktan, masamdan bir dosya kâğıdı alıp bir resim çizdim. Recep'in yüzünü değil de, tanıdığım bir başka adamın yüzünü!

"Bak, bu son olsun, beni tedirgin ediyorsun İlhami!"

Israr etmedi. Kalktı giyindi. Canının çok sıkılmış olduğu belliydi. Keşke hiçbir şey söylemeseydim diye geçirdim içimden ama yarım yamalak da olsa, sabah yaşadığım gerilimi biriyle paylaşmış olmak rahatlatmıştı beni.

Sevgilim, üzerine Hüsam'ın resmini çizdiğim dosya kâğıdını katlayıp cebine koydu, sonra bana çok dikkatli olmamı son kez tembihleyip çıktı evden.

O, merdivenleri inerken ben pencereye yürüdüm, arkasından baktım sevgilimin, her zamanki gibi bana el sallamadı, omuzlarına yüklediğim endişeyle, ayaklarını adeta sürüyerek arabasına yürüdü.

Perdeyi kapatıp yatak odasına geçtim, yatağa uzandım ve kâğıda niye Recep'in değil de Hüsam'ın resmini çizdiğimi düşündüm.

Recep'i kollayıp Hüsam'dan gecikmiş intikamımı almak için mi?

Mümkün olabilir miydi bu?

Ah Hüsam!

İntikam niyetine sana ne yapsam kâfi gelmez, hayatımın akışını saptırdın sen benim. İyi mi oldu, kötü mü; bunu sonumu görmeden bilemem ama ne çok yalana bulaştım, ne çok şeyi değiştirdim senin yüzünden.

Yorulmuştum. Soyundum, yatağa girdim. Uyumak istiyordum ama gözümü her kapattığımda Recep'in yüzünü görüyordum. "Nankör!" diyordu bana, "Yalancı!" diyordu. Haklıydı. Paniğe kapılıp büyük bir hata yapmıştım bu sabah. Keşke kaçacağıma yüzleşseydim Recep'le diye düşündüm, ona hasretle, sevgiyle sarılsaydım, önce kendi yaşadıklarımı anlatsaydım, sonra onun hikâyesini dinleseydim, eğer başı dertteyse baş başa verip onun için de bir çıkış yolu arasaydık! O benim canımdı, can yoldaşımdı, çocukluk arkadaşımdı, sırdaşımdı. Keşke... Keşke... Oysa ben ne yapmıştım: Recep'i yanıma alacağıma karşıma almıştım.

Acaba Recep hâlâ Hüsam'la beraber miydi?

Saatler ilerledikçe endişelerim artıyordu.

Recep'le Hüsam hâlâ beraberseler, Recep, İstanbul'da olduğuna göre, Hüsam da burada olmalıydı. Ben, onlardan ayrıldıktan sonra başlarına neler geldiğini bilmiyordum. Apar topar askere gidişimden birkaç hafta sonra Recep'ten bir mektup gelmişti. Pek değişen bir şey yoktu köyümüzde. Hayat bıraktığım gibi sürüyordu! Recep, Hüsam'ın ulağı olmaya devam ediyordu! Cemile'dense hiç söz etmemişti.

Recep'in mektubunu alır almaz, yanıt vermiştim. Benim mektubum sorularla doluydu! Neden yüksekokul yerine asker ocağında bulmuştum kendimi?

Yaşımı kim, neden büyütmüştü?

Başıma gelenin sorumlusu kimdi?

Bu soruların yanıtını Recep bilmiyor olabilirdi ama en azından sorup soruştururdu, kulaklarını açık tutar, kahvede konuşulanları dinler, bir şeyler öğrenirdi! Öğrendiklerini bana yazardı! Sorularıma mutlaka yanıt bulmasını istiyordum arkadaşımdan.

Sorularıma yanıt olarak, Cemile'nin, ona benim öğrettiğim kargacık burgacık harfleriyle başlayan ve Recep'in yazısıyla devam eden ikinci mektup gelmişti köyden!

O lanet mektup!

O mektuba verdiğim sert yanıtla, köyüme dair her şeyden, herkesten ipimi koparmıştım zaten!

Bir başka mektup hiç olmadı!

Ah, nasıl da unuttum, elbette oldu.

Bir buçuk yıl sonraydı, adımı, kimliğimi değiştirdikten sonra ben yazdım babama son mektubu! Yurtdışına çıktığımı, bir daha hiç görüşmeyeceğimizi, beni aramamasını, sormamasını, hakkını helal etmesini yazdığım mektuptu bu.

Son mektup!

Bir daha ne köyden haber geldi bana ne de ben yazdım!

Cemile dahil, kimsenin ne yaptığından, nasıl olduğundan haberim olmadı. Evimde, köyümde neler yaşandı, hiç bilmedim! Bilmek istemedim!

Aradan üç yıl mı geçti, yoksa dört mü, hatırlayamıyorum şimdi, son sınıftaydım. Yatay geçişler yapmış, şehir ve okul değiştirmiş, İstanbul'a atmıştım kapağı. Notlarım ve çizimlerim üniversite hayatım boyunca hep çok iyi olduğu için iki yıldır burslu okuyordum. Cep harçlığım için de, sunum yapacak öğrencilere para karşılığı çizim hazırlıyor, akşam sekizden itibaren de Beyoğlu'nun arka sokaklarında bir kebapçıda, dükkân kapanana dek garsonluk yapıyordum.

Bir akşam, benim gibi gece vardiyasında çalışan bir başka garip öğrenci, elinde gazete kâğıdına sardığı eski bir gömlekle gelmiş, işe başlamadan önce gömleğini değiştirmişti. İşten sonra iş tutmaya mı gideceksin diye dalgamızı geçmiştik! "Hayır! İş tutmaktan geliyorum! Bayramlık gömleği kirletmek istemedim. Koku siniyor," demişti. Doğru söylüyordu, mutfağa girip çıktıkça soğanlı, tuhaf bir koku siniyordu üstümüze başımıza.

O gece, son müşteriyi de uğurladıktan sonra, hiç ısırılmadan tabakta bırakılmış bir lahmacunu sarıp, odamı paylaştığım arkadaşa götürmek için, garson arkadaşın gömleğini sardığı gazeteyi tezgâhın üzerine yaydım, lahmacunu paketlerken çarptı gözüme haber! Yan yana iki resim ve bir başlık! Haberin başlığı resimlerden daha büyüktü.

KARASÖĞÜT'TE KÖY DÜĞÜNÜNDE DAM ÇÖKTÜ!

Gazeteyi ampulün altına götürüp dikkatle baktım. İlk resimdeki evi hemen tanıdım. Bizim köyün muhtarının evi! Damında büyük bir kalabalık vardı.

Yaklaştırdım gazeteyi gözüme, damın üzerindekileri seçmeye çalıştım. Elbette sadece erkekleri ve çocukları! Kadınların ne haddineydi dama çıkmak! Onlar evlerin odalarına tıkıştırılırlardı, düğündü, mevlitti, kutlama ya da başsağlığı ziyareti olsun, böyle günlerde! İkram damdaki, bahçedeki veya avludaki erkeklere yapılırdı önce, sonra evin sıkışık odalarına götürülürdü tepsiler, kadınlar da kalanlardan nasiplensin diye!

Silik fotoğrafta, damın üzerinde poz verenlerin çoğunu tanıdım da babamı seçemedim, herhalde fotoğraf çekilirken arka saflarda kalmış! Ne düğün dernek severdi çünkü babam ne de fotoğraf çektirmesini. Ona göre, hepsi şeytan işi!

İkinci resimde ise aynı evin yıkıntısı vardı. Dam kalabalıktan çökünce ev yerle yeksan olmuş!

Gazetenin tarihi yırtılmıştı. Orta sayfalardan biri olmalıydı elimdeki. Memleketten haberler kısmı! Ölenlerin adları... Ancak birkaç isim okuyabildim; tezgâhın üzerinde ıslanmıştı gazete, gerisi okunmuyordu.

Gazeteyi getiren arkadaş, kapıdan çıkmak üzereydi. Seslendim.

"Heyy kardeş... Baksana..."

Üstüne alınmadı. Neydi adı bu gencin be! "Hey kardeş..." Hatırladım! "Mevlut... Hey Mevlut..." Döndü, baktı.

"Şu gömleğini sardığın gazete var ya, hani şu işte..." Salladım gazeteyi elimde.

"N'olmuş?"

"Gazeteyi bugün mü aldın?"

Boş boş baktı yüzüme.

"Bir haber okudum da... Tesadüfen gözüme çarptı yani... Bizim köyden..."

"Yok yahu, çok eski gazete o! Benim arkadaş toplar, sonra satar gazeteleri... Aralarından çekip sarıvermiştim gömleği."

"Ne kadar eski?"

"Ne bileyim. Eski işte! Belki aylar öncesinindir. Baksana sararmış zaten. Yok mu tarih üzerinde?"

"Olsa sormazdım sana!"

"O kadar merak ettiysen telefon et köyüne!"

Vurdu mutfağın kapısını, çıktı gitti.

Ben elimde gazete, kalakaldım.

Pişmanlık, üzüntü, merak... Bir sürü duygu art arda sıkıştırdı yüreğimi. Önlüğü çıkardım üzerimden, ne yapacağımı bilemeden dolandım mutfakta. Kızdım kendime. Hani ben başka biri olmuştum. Başka bir dünyaya geçmiştim. Öbür dünyaya geçer gibi, tüm bağlarımı kopartarak!

Karasöğüt'te kim öldü, kim kaldı, kim ne yaptı, bana neydi! Ne diye öğrenmeye çalışıyordum ki! Bir daha köyüne dönmemek için adını sanını değiştirmiş adamın anası babası ölse ya da yaşasa ne fark eder! Ama ya Cemile de o düğün evine gittiyse! Ya yıkılan balkonun...

Gazeteye lahmacunu saramadım artık. Gazeteyi de lahmacunla birlikte attım çöpe! Sonra bir iskemleye çöktüm, tir tir titriyordum! Arkadaşlardan biri fark etti halimi, yanıma geldi, "Kül gibi oldun, iyi misin?" diye sordu.

"Tansiyonum düştü galiba," dedim.

Bir bardak ayran getirdi, içmem için ısrar etti. Bir yudum aldım ama içemedim, öğürdüm. Başıma toplandılar. Onlardan kurtulmak için kendimi sokağa dar attım! Evden çok mezbeleliği andıran pansiyona doğru ara sokakları kullanarak kestirmeden yürürken ağlamamak için zor tuttum kendimi. Nihayet kimselerin bulunmadığı bir çıkmaz sokakta bıraktım, boğazımı zorlayan hıçkırıkları serbest!

Ben değil miydim geçmişimle tüm bağını koparmak isteyen? Al işte, kopmak! Kopmak ki ne biçim! Ağabeylerim kapağı yurtdışına atmışlar, ablalarım başka köylere, kasabalara kocaya gitmişler, damı çöken evde olmaları mümkün değil, ama ya anamla babam! Ya Cemile? Onlar ölmüş mü, kalmış mı haberim yoktu! Kazadan haberim yoktu! Hiçbir şeyden yoktu haberim... Ne biçim bir insandım ben! Ne bencil, ne sevgisiz bir insandım!

Yıllar sonra, düşünüyordum şimdi, anasının, babasının, kardeşlerinin halini bilemeyen biri, arkadaşının halini nasıl bilsin ki! Şu anda Recep'le Hüsam beraber miydiler, yoksa yolları tamamen ayrılmış mıydı, elbette bir fikrim yoktu ama eğer birlikteyseler ve Recep beni gördüğünü Hüsam'a söylemişse, Hüsam yakında nasılsa bulurdu beni. Fare deliğine girsem bulurdu!

Yatağımda kalamadım, kalktım ön tarafa geçtim, camı açtım! Yüzüme İstanbul'un serin, nemli, iyotlu havası çarptı. Kafam karışık, duygularım daha beter karmakarışık, bir budala gibi durdum açık pencerenin önünde, sonra birden ağlamaya başladım! Avaz avaz, hıçkırarak ağladım. Tıpkı bir zamanlar tesadüfen Karasöğüt'teki kazayı gazetede okuduğumda ağladığım gibi...

Ağlamak iyi geldi, daha berrak düşünebiliyordum şimdi; ben kendimi zor kurtarmıştım, başkalarını kurtarmaya gücüm de yoktu imkânım da!

Şans yüzüme bir kere gülmüştü ama ben Hüsam'ın sağ kolu olmuş Recep'e yardıma kalkışsam, yüzüme gülmeye devam eder miydi?

Ona anlattığım karmakarışık öyküme inanmış görünen sevgilim, bir de Hüsam'ın öyküsünü duysa ne yapardı?

Ne yapacak? Belaya bulaşmamak için benden vazgeçerdi!

Rüzgârda çarpmaya başlayan pencereyi kapattım, koridordan gelen ışıkta pencereye yansıyan yüzüme baktım.

"Sen artık Bora'sın," dedim camdaki aksime, "sen kendini kurtarmış, başarıyı yakalamış bir adamsın; yolunu, yönünü hiçbir nedenle değiştirmemelisin! Üstelik her koyun kendi bacağından asılır! Recep'ten sana ne!"

Kendime nasıl yeni bir isim edinmişsem, sabah olur olmaz, bu kez de kendime yeni bir yüz edinmeliydim! Değil Recep'le Hüsam, beni doğuran anam, burnumun dibine girse tanıyamamalıydı beni!

İşte bu kadar!

YENİ BİR YÜZ

Kırılma noktasında durdum
Lacivert yalnızlığımın
Sapanla vurduğum kuş
Tüy tüy düşerken yere
Avaz avaz bağırdım gecelere
*Annem nerdesin!**

Geceyi kâbuslarla boğuşarak geçirdiğim yatağımdan sabahın ilk ışıklarıyla kalktım. Önce akşam dağınık bıraktığım oturma odasını toparladım, sonra mutfağa geçtim. Dün akşamki yemeğin musluğa üst üste atıverdiğim tabaklarından leş gibi kokular geliyordu. Kap kacağın dibinde kuruyup kalmış yemek artıklarını temizlemek için didindim, küçük boy bulaşık makineme sığmayan servis tabaklarını elde yıkadım, çöpleri indirip sokağa bıraktım, mutfağın yerini sildim.

İşlerim bittiğinde ter içinde kalmıştım! Duşun altında sadece terimden değil, dünden beri beni yiyip bitiren kaygıdan da kurtulmak istercesine dakikalarca sabunlandım. Kurulanıp hemen

---

* Ayşe Kulin, *Saklı Şiirler*, "Yalnız."

giyindim, az önce tertemiz ettiğim mutfağımda alelacele bir şeyler atıştırdım, çıktım evden.

Saat henüz sekiz dahi olmamıştı.

Bir üst sokaktaki erkek berberinin ilk müşterisi bendim. Çırak, yerleri paspaslama işini henüz bitirmemişti, Berber Necmi ise sabah çayını yudumlarken bir yandan da dizlerindeki gazeteye göz atıyordu. Beni bu erken saatte kapıda görünce şaşırdı.

"Hayrola? Sen erkencilerden değilsindir, yine mi yolculuk var?"

"İşbaşı yapıyoruz da bugün, patron ilk toplantımızı erken saate koymuş."

Pencerenin yanındaki koltuğa doğru seğirttim, tam oturacakken duraladım, bu koltukta oturanlar dışardan görülebiliyordu, geri çark edip kapıya yakın koltuğa yerleştim ve fikrimi değiştirmemek için bir nefeste, "Necmi Abi, bir zahmet saçlarımı sıfıra vuruver," dedim.

"Bildiğim kadarıyla sen askerliğini yapmıştın," dedi bana, bu mahalleye taşındım taşınalı saçlarımı her seferinde kendi ısrarıyla kısaltmış olan babacan berber, "bitlendin mi yoksa?" dedi.

"Sadece sıkıldım bu saçlardan, ferahlasın kafam biraz."

"Önümüz yaz olsa tamam da, kışa giriyoruz, sonra üşümesin başın?"

"Üşümez."

"Kel kafa modası geri döndü zahir!"

"Öyle bir moda mı vardı?"

"Vardı. Kafa kazıtma modası! Saçları dökülmeye başlayanlar, sıfıra vurdurup karizma kazanıyorlardı güya, ama oğlum senin yele gibi saçların var."

"Taraması zor oluyor."

"Saç kremi kullanırsan kuzu gibi olur saçların, tarağa boyun eğer."

"Kesmeyecek misin saçımı şimdi sen? Başka berbere mi gideyim Necmi Abi?" diye sordum.

"Otur oturduğun yerde, madem ısrarcısın. Elim varmıyor ama..."

Beyaz örtüyü omuzlarıma yaydı, makasını eline aldı, saçlarım tutam tutam düşmeye başladı yere. Tıpkı askere gittiğimde, teslim olmadan önce tüm taburun saçını kesen berberin koltuğunda otururken yaptığım gibi, karşımdaki aynada, saçlarım kesildikçe, çerçevesiz resim gibi kalan, yalnızlaşan, çirkinleşen yüzüme baktım ve bu yeni yüzümle birlikte kaderimin de bir kez daha değişeceğini, yolumun başka bir mecraya doğru akmaya başlayacağını hissettim.

Yeni bir ben, yeni baştan!

Allah'ın hakkı üçtür derler ya, bu saçımı üçüncü ve son kazıtışım olacaktı, inşallah!

Saçlarım sıfıra ilk vurulduğunda yedi yaşındaydım.

Babam okula başlamadan önce beni kasabadaki berbere götürmüştü. Birazdan Keloğlan'a dönüşecek olmama rağmen mutluydum, çünkü azarlamalarının dışında ilk kez, varlığımı fark ettiğini gösteren bir davranışta bulunmuştu babam. Hatta bir ara yolda birbirimize çok yakın, yan yana yürürken, ben kolumu kaldırınca parmakları elime değmişti. İçimden elini sımsıkı kavramak geçmişti ama korkmuş, yapamamıştım. Bize dokunmaz, gülümsemez, azarlamanın ve buyurmanın dışında bizimle konuşmazdı. İyice görmezden geldiği iki çocuğu ise ben ve Cemile'ydik. Cemile'yi yok saymasının nedeni sakat olmasıydı da, beni niye görmezden gelirdi, hiç anlayamazdım. Haylaz bir çocuk değildim, Kuran'ı da kurstaki çocuklar arasında ilk ben hatmetmiş, yine de memnun edememiştim babamı. O isterdi ki, ben odun keseyim; ama buna gücüm yetmezdi; isterdi ki tavuk boğazlayayım; peşine takılıp çulluk avına çıkayım ya da kurbanlıklar kesilirken yardım edeyim, postlarını yüzeyim; bu işlere de yüreğim dayanmazdı. Ben onun işe yaramayan oğluydum; bu nedenle değil benimle konuşmak, yüzüme bile bakmazdı babam!

Beni saçımı kazıtmaya götürdüğü gün bütün yolu yine hiç konuşmadan, önümüze bakarak yürümüştük. Babamın bana tek söylediği, "Okula gidiyorsun diye Hoca'dan kurtulduğunu sanma, Kuran derslerine akşam kurslarında devam edeceksin," olmuştu.

Bir şey daha yapmıştı, hiç unutamadığım; ben berberin koltuğuna tam oturmak üzereyken ceketini katlayıp altıma koymuştu boyumu yükseltmek için. Sanırım bana karşı hatırlayabildiğim tek sıcak davranışı bu oldu babamın. Hiç unutmadığım gibi, birkaç kez de rüyamda gördüm kırçıllı ceketi katlayıp altıma yerleştirmesini.

Ceketi incitmekten korkarcasına üzerine itinayla, usulca oturmuş, berberin elindeki makasın hızlı hareketini aynadan izlemeye başlamıştım.

Şık-şık-şık-şık... Her makas darbesinde saçlarım uçuşarak yere düşüp iskemlemin etrafında öbeklenirken, içimden koltuktan atlayıp kaçmak geçmişti, fakat ceketini altıma yerleştiren babamı mahcup etmemek için kıpırdamadan oturmaya devam etmiştim. Saçım iyice kısalınca elindeki makası usturayla değiştirip kafamı usturaya vurdu ve işini bitirdi berber.

Bir yeni müşterinin kapıyı açmasıyla, açık duran pencerenin yarattığı cereyanda, önce küçük siyah kuşlar gibi yerden havalanan saç tutamlarına, sonra da aynadaki aksime bakmıştım.

Tanrım!

Yamru yumru bir patatesi andıran kellemin iki yanındaki kepçe kulaklarım, ışıkta şeffaflaşıp pembeleşmişti. Komiktim, çirkindim; yerin dibine girip yeryüzünden kaybolmak istedim; babamdan korkmasam ağlayacaktım!

Ertesi sabah okulun avlusunda toplandığımızda kellikte ve çirkinlikte yalnız olmadığımı görüp teselli bulmuştum. Tıpkı benim gibi kepçe kulaklı ve yamru yumru kafalı bir düzine oğlancıktık irili ufaklı. Recep'le yan yana durduğumuzda çaktırmadan kulaklarını incelemiş, onunkilerin benimkilerden de kepçe olduğunu saptayıp için için sevinmiştim. Ama en koca kafa ve en kepçe kulak olanımız, iki gün sonra gelmişti sınıfımıza!

"Hüsam, oraya oturma oğlum, sen ikinci sınıftakilerin yanına geç," diyerek, aramıza katılmaya yeltenen, hepimizden iri ve uzun oğlanı bir üst sınıf öğrencilerinin yanına yollamıştı öğretmen.

Günün sonunda öğrenmiştik, meğer Hüsam iki yıldır birinci sınıfa devam etmekteymiş! İlk dönemin sonunda bir şey daha öğrenmiştik: Hüsam'ın sınıf atlayamaması, aptallığından değil, haylazlığındanmış!

Sınıf dediğimiz geniş odada, ilk başlayanlar ön sıralarda, ikinci ve üçüncü sınıftakiler daha gerilerde olmak üzere, kızlar pencere kenarına, oğlanlar duvar tarafına oturtulmuşlardı. Yeni gelen iri çocuk, cam tarafında oturmak isteyince, öğretmen, "Sen duvar kenarında bile buluyorsun dikkatini dağıtacak bir şey. Geç otur söylediğim yere, Hüsam!" demişti sertçe.

Dersleri bizlerden daha dikkatli dinleyen ve daha uslu olan kızların pencere kenarına, oğlanlarınsa dikkatleri dağılmasın, gelene geçene gözleri kaymasın diye duvar yanına oturtulduklarını işte o zaman anlamıştım.

Kızların kayırıldığı bir alan daha vardı; bit, kızlara da pekâlâ musallat olabilecekken, onların saçları okula başlarken usturaya vurulmuyordu. Zaten kızlar o kadar azdı ki sınıflarda... Üstelik sonbaharda okula başlayan kızların çoğu, yıl sonuna doğru, okumayı söktükten sonra gelmez olurlardı artık. Belki de okulda kalıcı olmadıkları için zahmete değmiyordu kızların saçlarıyla uğraşmak.

Benimse saçlarım eksilince aklım çoğalıvermişti sanki! Üç ayrı sınıfın okuduğu tek derslikte öğretmenin gözdesi olmayı başarmıştım. Güne başlarken öğretmenin masasını temizleme görevi önceleri sadece kızlara verilirken, defterlerim muntazam, yazım güzel olduğu için ben de o şerefe nail olmuştum! Sadece benim resimlerim duvarın başköşesine asılmaya değer bulunmuştu. Bayram süslemelerinde öğretmene yardım eden de bendim, sınıfa müfettiş geldiğinde tahtaya çağrılan da.

Sadece o kadar mı? Bazen öğretmenin bana bir üst sınıfın dersini okuttuğu bile oluyordu. Yıllar sonra liseye gönderilmem için babamı ikna edecek olan öğretmenimin beni gerçekten sevdiğinden, kolladığından emin olunca, ondan Cemile'yi de okula getirmek için izin istemiştim. "Başımı belaya sokma oğlum, henüz yaşı müsait değil. Seneye getirirsin," demişti. Sevinmiştim.

Babamın inadının devletin okula gitme yasasından güçlü olabileceğini henüz bilmiyordum. Sanıyordum ki, evde oturan ablalarım okula kendi arzularıyla gitmiyorlar!

Sıfıra vurulan saçlarımız zaman içinde yavaş yavaş uzamaya başlayınca görmüştük ki, Hüsam'ın saçları hepimizinkinden daha açık renkliymiş. Hüsam, hiç hoşlanmıyordu saçlarının açık renk oluşundan. Acaba o yüzden mi efelenip duruyordu hepimize? Ortaokula geçtiğimizde, hem saçları koyulmuş hem boyunun uzaması durmuş, bizlerden pek farkı kalmamıştı. Ama sadece görüntü olarak! Hüsam belleklerimize haydut kimliğiyle kazınmış olmalı, kendinden uzun olanları dahi sindirmeyi, cılız olanlarımızı dövmeyi ve kızları ağlatmayı okuldan ayrılana dek sürdürdü. Onu öğretmene hiç şikâyet etmedik, çünkü bizim kültürümüzde hem gammazlamak ayıptı hem de güçlünün eziyetine boyun eğmek iliklerimize sinmişti. Töre bellediğimiz alışkanlıklarımızın ürünüydük hepimiz!

Birinci sınıfın sonuna doğru, aynı sınıfta oğlu olan, varlıklı, hayırsever bir vatandaş, okulların kapandığı hafta, henüz sünnet olmamış çocukların da sünnet edileceği bir toplu sünnet düğünü düzenlemişti. Benim ve Recep'in yanı sıra üç beş kişi daha sünnet olacaktı. Bu işten kaçmanın mümkün olmadığını bildiğimiz halde, çeşitli kaçma planları yapmış, bahçedeki çalıların arkasına saklanmış, bulunduğumuzda koşup ağaçlara tırmanmış ve elbette sonunda ağaçlardan elma gibi toplanıp kaderimize razı olmuştuk!

Sünnet sonrası belediye deposundan çıkarılıp okul bahçesine yan yana dizilmiş, kim bilir hangi depremden kalma kamp yataklarında yatarken babam yanıma gelmişti. Ben hatırımı soracağını sanıp sevinmiştim. Hatırımı sormamıştı babam. Canımın acıyıp acımadığını hiç sormamıştı. Arkadaşlarımın bana kıvırcık adını takmalarına sebep olan gür siyah saçlarımı, yanımdaki yatakta yatan çocuğun babası gibi sevecen bir hareketle karıştırıvermesini, okşamasını boşuna beklemiştim. O sadece, "Artık tam bir erkek oldun," demişti, "ona göre davran!"

"Bora Bey, bak usturayı elime almadan bir kere daha soruyorum. Son kararın mı? Son pişmanlık fayda etmez, demeyeceğim, saç bu, yine uzar sonuçta, ama böyle dapdazlak kalırsın en az üç hafta. Usturaya vurayım mı sahiden?"

"Vur, usta."

"Haydi gel sen bu işi bana bırak, azıcık saç bırakacağım kafanda. Tam sıfır değil de... Şöyle gölge gibi... Sonra kızlar beğenmez seni, anlaştık mı?"

Aynada buluşan gözlerimi kaçırdım berberden.
"Anlaştık," dedim.

Tıraş bitti. Aynadaki yeni yüzüme baktığımda bir yalnızlık duygusu düştü içime. Sadece okula değil, askere başlarken de saçlarım kazınmıştı, kafaları benimkinden farksız yüzlerce erin arasında, tıpkı okulda olduğu gibi, yine kaynayıp gitmiştim. Oysa şimdi çalıştığım yerde saçları uzun bırakılmış iş arkadaşlarımın arasında tek kalacaktım çıplak kafamla. Bugüne dek tatmış olduğum çeşitli yalnızlık duygularından çok değişik, yeni bir yalnızlık bekliyordu beni!

Hep senin yüzünden diye geçirdim içimden, neden çıktın karşıma be Recep?

Sonra da böyle düşündüğüm için utandım kendimden...

Çocukluk ve ilkgençlik yıllarımın derin yalnızlığına ilaç olmuş arkadaşımdan kurtulmak için yaptığıma bakın hele!

Recep'i gördüğüm an, o ilk telaşla paniğe kapılıp apar topar kaçtığım için kendime giderek daha çok kızıyordum. İçimde köpürüp duran ekşi sıvı, önce midemi, sonra da yüreğimi yakarak boğazıma doğru ilerliyordu, boğuluyormuşum hissine kapılıyordum.

Bu his, pişmanlıktı. Recep'ten kaçtığım için...

Hata yapmıştım. Ama olan olmuştu, geri dönüşü yoktu bu işin!

Onunla konuşsaydım, her şeyi anlatsaydım, bana hak mı verirdi, beni ele mi verirdi, bilememiştim.

Oysa bilmem gerekirdi! Onca sırrımı dinlerken neyimi kınadı, neyime burun kıvırdı ki Recep! Sadece acılarla dolu ev hallerimizi, uğradığımız haksızlıkları değil, yüreğimizin en gizli köşelerini de açmadık mı birbirimize?

Gözümün önüne art arda binlerce resim açılıyordu! Çalı dikeniyle kanattığımız işaretparmaklarımızı birbirine yapıştırarak, kankardeş olduğumuz gün sımsıkı el tutuşup, "Biz artık kardeşiz! Bundan böyle anca beraber, kanca beraber!" diye üç kez tekrarladığımız yemini nasıl unuttum ben!

Aynadaki mutsuz ve saçsız yüzüme son kez baktım. Vaktim daralıyordu, toparladım kendimi, gür saçlarıma zor kıyan Necmi Usta'ya samimiyeti ve sıcak ilgisi için iyi bir bahşiş verdim, dükkândan çıkıp hemen bir taksiye atladım, Akmerkez'e gittim. Zemin kattaki gözlükçülerden birinde kalın çerçeveli gözlükleri denedim. Kaşlarımı göstermeyen bir çerçeve seçip numarasız bir cam taktırdım. Hızlı adımlarla yürüyerek yayınevine geldim.

İçeri girdiğimde, beni ilk gören kişi, girişteki masasında oturan sekreterimiz Nadide Hanım oldu.

"Kimi aramıştınız?"diye sordu.

"Bora'yı."

"Henüz gelmedi," dedi, "ne için aramıştınız Bora Bey'i?"

"Bir şey görüşecektim."

"Şu saatlerde bir toplantısı var, isterseniz öğleden sonra uğrayın."

"Ama benim işim çok acele, lütfen bırakın geçeyim içeri..."

"Durun lütfen... Aaa... Dur bakayım... Aaa... Bora? BORA! Ne oldu saçlarına? Vallahi tanımadım ayol!.. Çok değişmişsin. Ama neden böyle yaptın?"

"Sahiden tanımadınız mı beni?" diye kestim lafını, "çok mu değişmişim?"

"Konuşunca sesinden, ha bir de tabii, gözlerinden tanıdım. Neden kestin saçlarını Bora?"

"Bitlendim!" Göz kırptım Nadide Hanım'a.

"Aman, uydurmasana!" dedi, "gözlük de takmışsın?"

"Sürekli bilgisayara bakmak yoruyor gözleri, bilirsin. Doktor tavsiye etti."

"İyi de, saçların?"

"Değişiklik olsun, dedim."

"Beğenmedim. Uzat hemen! Haydi geç içeri, İlhami Bey seni sorup duruyordu."

"İlhami Bey geldi mi?"

"Çoktaan. Toplantı odasında herkes."

Heyecanlandım. Beni saçlarımla beğenip sevmiş olan sevgilimin tepkisinden korkuyordum. Gerçi, onun için önemli olan benim güzelliğim değil, selametimdi; geçmişime yakalanmamam gerektiğini biliyordu! Yine de saçları sürekli alnına düşen birini birdenbire kabak gibi görmek... Heyecanımı yenmek için elimi kalbime bastırdım, arka bölümdeki toplantı odasına geçtim.

Önce kim bu diye aval aval bakan iş arkadaşlarım beni tanıyınca odada bir şamata koptu. Kızlar etrafımı sardı, bağrışmaya başladılar. Her kafadan bir ses, bir soru çıkıyordu. Tatilde memleketime gideceğimi bilenlerden biri, "Damat tıraşı mı oldun sen yoksa?" diye sordu. Sevgilimin aramıza bu kadar çabuk katılmasını beklemediğim kızı Derya, "Aaa, evlendin mi tatilde sen?" diye bağırdı! Ellerimi tutup parmaklarımda yüzük aradı.

"Hayrola! Sen bu saatte kalkar mıydın?" diye sordum kıza!

"Tatil bitti! Ben de herkes gibi işbaşı yaptım. Artık işkadını oluyorum," dedi ellerimi bırakmadan. İşkadını! Babasının ortağı Handan Hanım, kızın bu yeni sıfatından hiç hoşlanmayacaktı herhalde!

"Duydum babandan, bizimle çalışmak istiyormuşsun. Ama elini bu kadar çabuk tutacağını tahmin etmemiştim doğrusu."

Sevgilim, işte tam o sırada girdi odaya; ben sustum ve gözlerinin içine baktım. O bile ilk bakışta beni tanıyamadı! Bir an göz göze kaldık, sonra, "Bora? Aaa Bora! Senin gözlük taktığını bilmiyordum," diye geveledi; çok şaşırmıştı ve renk vermemeye çalışıyordu!

"Yeni saç modelimi nasıl buldunuz, patron?" dedim.

"Saç modeli mi? Saç kalmamış ki başında," dedi Derya, "baksanıza kel etmiş kendini!"

"O kendini böyle beğendiyse, tercihine saygı duymak zorundayız," dedi sevgilim.

"Saçlı hali daha güzeldi," dedi Gaye.

"Bence ilginç olmuş," dedi bir başkası.

"Bari sakal da bırak ki denge olsun," dedi yine Gaye.

Niyetimin zaten öyle olduğunu söyleyeceğime, "İyi fikir! Düşüneyim bunu," dedim.

"Haydi çocuklar, bu kadar şamata yeter!" dedi patronluğunu hatırlayan sevgilim, "artık işimize bakalım, çünkü arkadaşlar, (odaya yeni girenleri başıyla selamladı) siz de oturun lütfen, anlatacağım çok önemli şeyler var!"

Hepimizin masanın ertafında yerlerimizi almamızı bekledi, boğazını temizleyip konuşmaya başlarken Gaye atıldı:

"Handan Hanım yok. Koşup haber vereyim mi?"

"Verme! O, size anlatacaklarımı biliyor!"

"Zaten gelmedi daha. Ben baktım, odasında yoktu," dedi Derya.

Handan Hanım'ı beni işe almış olduğu için severdim. O da beni, aynı sebeple kollardı. Son zamanlarda iki ortağın arasının biraz gergin olduğunu seziyordum. İçimden bir ses, benden önce bu ikisinin arasında duygusal bir şeyler geçmiş olabileceğini söylüyordu. İlhami'nin ağzını aramıştım, her seferinde lafı değiştirmişti! İlhami ketum davranınca da, bana ne, diye düşünmüştüm, ortaklardan biri beni kolluyordu, diğeriyse bana âşıktı! Bundan iyisi, Şam'da kayısı!

"Önce bir bilgilendirmeyle başlayayım. Kızımı tanıyorsunuz hepiniz değil mi?" diyordu sevgilim, "tanımayanlar için, bu Derya! (Derya'yı kolundan tutup yanına çekti, Derya biraz mahcup, gülümsedi hepimize.) Efendim, Derya üniversiteye başlamadan önce bir yıl yayınevinde staj yapmak istedi! Yayınevinin tüm bölümlerinde çalışacak sırasıyla. Editoryal çalışmaları en sona bırakacağız ki, yurtdışında bozulmaya başlayan Türkçesini toparlamaya zamanı olsun. Hepiniz onun amirisiniz, teker teker hepinize asistanlık yapsın istiyorum. (Derya'nın gülümseyen yüzü asıldı!) Arkadaşlar lütfen ona yardımcı olun, işi öğretin. (Hepimizden onay veren mırıltılar yükseldi.) Şimdi gelelim önemli noktaya! Ben yaz tatilimiz sırasında Uzakdoğu'ya gittim ve bazı olumlu gelişmelerle döndüm. Allah kısmet ederse yeni yılda Çin'e açılıyoruz. (O, şaşkınlık seslerinin kesilmesini bekledi, ben söylediklerinin gerçeklik payını bildiğim için gözlerimi kaçırdım ve yüzümün kızarmasına mâni olamadım!) Ne o! Şaşırdınız, değil mi çocuklar! Hayat böyle sürprizlerle doludur işte. Şimdi hep birlikte daha çok çalışmamız gerekiyor, çünküüü...." Göz göze geldik, bakışlarıyla saçlarımı kestirmemi onaylarcasına hafifçe gülümsedi bana, sözlerine devam etmeden önce! Canım benim, diye geçirdim içimden, seninle birlikte olabilmek için saçlarım feda olsun!

Saçlarım feda olsun ama Recep de mi feda olsun?

Toplantı odasının kalabalığında unutur gibi olduğum yürek sızısı, göğüs boşluğuma geri döndü. Sızıyla birlikte hasret... Şairin dediği gibi, *ah deli hasret, deli hasret!*

Birden burnumda buram buram tüttü, Recep!

Kendimizi kankardeş ilan ettikten sonra meşenin gövdesine sırtımızı dayamış, ayaklarımızı uzatmış, oturuyorduk toprakta.

"Sana bir sır vereceğim ama utanıyorum," demişti Recep.

"Ne utanması, biz kardeş olduk, oğlum!"

"İşte onun için zaten, yoksa söylemezdim. Kimseye anlatmak yok ama!"

"Yok!"

"Söz mü?"

"Erkek sözü!"

"Benim dedem var ya..."

"Musa mı? Babanın babası?"

"O işte."

"Eee, n'olmuş ona?"

"Onu öldüreceğim."

"Dövüyor mu seni?"

"Dövüyor, ama onun için değil..."

"Ne için?"

Recep söylemekle söylememek arasında bir süre kararsız kaldı, sonra yerden bir taş kapıp, tüm gücüyle uzağa fırlatırken bir nefeste çıkardı baklayı ağzından.

"Anamı sikiyo."

"NE?"

"Öyle işte!"

"Atma lan! Olmaz öyle şey!"

"Gördüm lan, gözlerimle gördüm."

"Yemin et!"

"İki gözüm önüme aksın."

"Allah ikisini de kahretsin inşallah! Allah belalarını versin!"

"Anamın suçu yok. O istemiyo bu işi."

"İstemese yapmaz!"

"Mecbur! Korkutmuş anamı. Oğlunla beraber sokağa atarım ikinizi de demiş, mahpustaki kocana haber yollarım, karın kötü yola düştü diye, demiş."

"Yapma ya!"

"Vallahi doğru."

"Anan mı söyledi?"

"O da söyledi, ben de gördüm. Dersleri erken paydos etmişti ya öğretmen, hani soba tütmüştü de, duman dolduydu sınıfa, hepimizi eve yolladıydı. İşte o gün... Geldim eve, ahırın önünden geçerken sesler duydum, yavaşça içeri girdim. Bu dedem olacak herif... Anamı ahırda sıkıştırmış... Geldiğimi duymadılar, yanaştım, kendimi gizleyip dinledim, kulaklarımla duydum, gözlerimle gördüm. Anamın üstüne üstüne gitti, anam ayaklarına kapanıp ağladı, yapma etme, günahtır, ayıptır diye yalvardı o deyyusa ama dinletemedi. Baktım pantolonunu çözüyor... Koştum, odunluktaki baltayı kapıp geldim, yavaş yavaş yürüdüm, arkasında durdum herifin, tam beline indirecektim ki, anam gördü beni, bir çığlık attı, sonra da kendini yere attı, kaskatı kaldı yerde! Hınzır herif anamı bayıldı sandı, telaşlandı, başına çöktü, uyansana filan diyor. Ben ona görünmeden kaçtım oradan! Anamla daha sonra evde yüzleştim! Sen kendini yere atmasaydın, ben o hınzırı gebertecektim, sonra birlikte kaçardık buralardan, dedim, çok uzaklara giderdik. Anam bu sefer de dedeme bir kötülük yapmamam için benim ayaklarıma kapandı. Kimseleri inandıramayız oğlum, dedi, beni öldürürler, seni de bu çocuk yaşında mahpusa atarlar. Olan yine ikimize olur, dedi. Musa alçağı aklından geçenleri anlarsa seni vurur, kaza oldu, der. Sakın oğlum, sakın, dedi, ayağının altını öpeyim yapma, unut gördüklerini, dedi. Bizim civar köylerde gelip geçmiş bir sürü şey anlattı. O kendini asan Kuyucuların Elif'i... Sonra şey... Hani Zehra ebenin kardeşini... öte köyden Hüsnügillerin kızını... Bütün bu kadınların başına gelenleri anlattı, ağladı durdu! Duymuşsundur sen de, ha?"

Duymuştum elbette!

Bizim buralarda olurdu böyle vakalar! Gün gelir, genç kadınlar ya ölü bulunur ya da intihar ederlerdi. Önce derin bir sessizlik olurdu. Kimse bir şey söylemez, sormaz, sanki bilmek istemezdi ölüm nedenini. Sonra, zaman içinde bir fısıldaşma başlardı. Kadınlar çeşme başlarında, evlerinin önünde, imecelerde kulaktan kulağa fısır fısır anlatır, sesler giderek yükselir, anaların eteğinde oynayan çocukların da kulağına gelir, ağızdan ağıza, kadından kadına, çocuktan çocuğa, kulaktan kulağa yayılır, kahvelere iner, tarlalara düşer, bir mırıltı gibi başlar, çığlık halini alırdı. An gelir herkes bilirdi. İşte o herkesin bildiği an, ibret zamanıydı! Gözdağı zamanıydı! Kızlara, kadınlara erkeklerin, "Sözümüzden çıkarsanız işte böyle olursunuz. Gebermekle kalmaz, dile de düşersiniz, ölünüz bile hayretmez," deme zamanı!

Sonra, kabaran denizin sakinleşmesi gibi, yavaş yavaş hızını kaybederdi dedikodu, söylenti, yakıştırma, varsayma... Adına ne derseniz deyin. Yani gerçek! Köylü yine hiç konuşmaz olurdu. Unutulurdu. Arada bir, iki boşboğaz çıkar da şikâyet ederse polise filan, köy baştanbaşa dilsiz!

Kimse ne görmüştür, ne duymuştur!

Tecavüzler, dayaklar, dayağın aşırı kaçtığı evlerde kazara ölümler olağandır çünkü! İnsanlık halidir! İnsanlığın bu halde olduğu yerde en büyük ayıp ise, aile içi olayları şikâyet etmektir! *Kol kırılır yen içinde!* Atalarımızın bu sözünü bilmek için Kör Hoca'ya derse gitmeye gerek yoktu. Her evin aile reisi belletirdi bunu kendi evinin halkına.

"Doğru söylemiş anan," dedim. "Ne yapacaksın şimdi sen?"

"Bilmiyorum kardeş! Anam dedi ki, baban dönene kadar sabredelim, sokakta kalmayalım, zaten nereye gideceğiz ki, dedi. Duvarda asılı Kuran'ı indirdi, el bastırdı kimseye bir şey anlatmamam için! Ama işte sana söyledim. Çarpılırsam bundandır, bilesin."

"Çarpılmazsın korkma," dedim. Kimse çarpılmamıştı bugüne kadar yalan söylediği için, o niye çarpılsın ki, zavallı arkadaşım benim! Zaten sillesini yemişti feleğin, babası mahpusta olan başka çocuk yoktu okulda, bir de çarpılacak değildi herhalde! Babası üç-dört yıldır içerdeydi. On beş yıla mahkûm olmuştu ama Recep o kadar yatmayacağını söylemişti bana. Anası, affa güveniyordu!

"Af ne zaman çıkacakmış?" diye sordum.

"Seçimler varmış ya yine, yakındır, dedilerdi."

"Dayanacaksın o zaman. Baban gelince kurtulursunuz."

"Gelirse eğer."

Söyleyecek laf bulamadım! Recep ağlamaya başladı. Önce usul usul, sonra avaz avaz ağladı. Ben yanında hiçbir şey yapamadan, öyle kaz gibi oturdum. Kendi başıma geleceklerden habersiz, benim babam mahpusta olmadığı için ne kadar şanslı olduğumu düşünerek... Kendi yangınım başlamamıştı henüz.

"Bu deden olacak herife dünyayı zindan edelim," dedim sonunda.

"Nasıl?"

"Ona tuzaklar hazırlarız, ayı kapanları kurarız, ahırında yangın çıkarırız, bahçesine yılan salarız, kümesine çakal sokarız, hayatını cehenneme çeviririz. Neler yapacağımızı oturup düşünelim."

"Ya yakalanırsak..."

"Yakalanmak yok! Akıllı olacağız. İntikam almak istemiyor musun?"

"Onu öldürmek istiyorum."

"Anan demiş ya, öldürmenin sana faydası yok! Gel biz onun cezasını başka türlü verelim!"

Düşmanlarımıza pusu kurmak, kızdıklarımızı tuzağa düşürmek, bizim oralarda daha çocuk yaşlarımızda büyüklerimizden görerek, duyarak edindiğimiz davranış biçimlerimizdi. Bu tür davranışların, Kuran kursunda öğrendiklerimizle çeliştiğini sorgulamak ise, hiçbirimizin aklının ucundan geçmezdi. Dedeyi de yaptıkları için jandarmaya ya da köyün ileri gelenlerine şikâyet etmeyi düşünmemiştik bile. Üstelik bu suçun büyüklüğünü de idrak edecek yaşa gelmiştik o günlerde. Cinselliği kedilerle köpeklerden öğrenmeye kalkıştığımız günler çoktan geride kalmıştı! Yaşıtlarımızdan ziyade, bizden birkaç yaş büyüklerle edilen sohbetler sayesinde, en çok da Hüsam'ın katkısıyla, bu konuda oldukça bilgilenmiştik. Dördüncü sınıfın sonuna yaklaşıyorduk. Dedeye zina suçuyla orantılı bir ceza düşündük Recep'le!

"Bora, sana bir şey sordum, duymuyor musun beni? Pek dalgınsın bugün! Hasta mısın yoksa?"

Silkindim. Sevgilim gözlerinde derin bir endişeyle yüzüme bakıyordu!

"Sadece yol yorgunuyum. Yeni döndüm de memleketten... Dün gece yoldaydım, ondandır." Bu yalanı atarken yine hafifçe kızardım, masanın etrafında oturanlardan hiçbirinin yüzüne bakamadım. Sorusunu tekrarlamadı.

"Bu gece erken yat, dinlen o halde, yarın fişek gibi ol, e mi," dedi.

"Öyle yapacağım zaten," dedim.

Patron, konuşmasının sonunda Çin'den getirdiği ufak tefek hediyeleri dağıtmaya başladı hepimize. Ben kendi hediyemin elbette ne olduğunu biliyordum, uzattığı paketi aldım elinden, kâğıdı yırtıp ilk kez görüyormuş da çok sevinmiş gibi yapmalıydım ama oyun oynayacak gücüm kalmamıştı. Kuru bir teşekkürle geçiştirdim. Arkadaşlarımın neşeli, coşkulu nidaları arasında benimki pek sönük kaldı! Coşkusuzluğumu sanırım yorgunluğuma verdiler. Çin yolculuğunda patronlarına eşlik ettiğimi gözleriyle görseler inanmazlardı herhalde!

"Benim armağanımı unuttunuz İlhami Bey," diyen Derya'nın sesi düşüncelerimi böldü.

"Siz armağanlarınızı çoktan aldınız küçükhanım, hatta içlerinden biri şu anda kulaklarınızı süslüyor," dedi sevgilim.

Baba-kızın bu tatlı atışmasına hepimiz güldük! Sevgilim birkaç kişinin sorusunu yanıtladıktan sonra toplantıyı sona erdirdi, odadan çıkmadan önce yanıma geldi, "Bir ara odama uğra da son eskizlerini göster bana," dedi, "fuara yetiştireceğimiz o iki kitabın kapakları vardı hani..."

Dün geceden sonra, bu kez de neden dalgın ve durgun olduğuma dair sorularına maruz kalmak istemiyordum.

"Tatilde çalışamadım," dedim, "size gösterebileceğim bir şey yok!"

Yüzüne bir gölge düştü! Ona karşı hırçın olmak için bir nedenim yoktu, ama içimden aksi, sevimsiz, uyumsuz olmak geliyordu, sırf kendime kızdığım için! Aslında beni hoş tutmak için çırpınan adama böyle davranmaya hakkım yoktu, geri adım attım, "Hemen bir şeyler hazırlar, size getiririm," dedim.

"Pekâlâ!"

Arkadaşlar yavaş yavaş yerlerine dönüyorlardı, ben kapıdan çıkarken İlhami kolumu tuttu, kulağıma eğildi, "Odama gelmek için akşamı bekleme. Ayrıca ben saçının bu halini çok sevdim," dedi usulca, "yakışmış sana."

Dazlaklığın bana yakışmadığını biliyordum, kendimi iyi hissedeyim diye öyle söylüyordu, çünkü nazik, iyi bir insandı ve ona böylesine bağlanmamda bana iyi davranmasının payı büyüktü! İyi muamele görmeye öyle muhtaçtım ki... Ama, haydi itiraf edeyim, uzun parmaklı ellerinin, muntazam dişlerinin, ak düşmeye başlamış açık kumral saçlarının, bir gram yağ bulunmayan atletik bedeninin tuzağına düşerken, nezaketinden, iyi huyundan haberdar değildim! Kaslı göğsü ve adaleli bacakları, bana karşı hiç değişmeyen sevecenliğinin yanı sıra, kırklarını yaşayan bir erkek için tahminlerimin ötesinde, "sevgili paketi"mden ekstra bonus olarak çıkmıştı!

Bölümüme dönerken sokak kapısının önünde, içeri yeni girmekte olan Handan Hanım'a rastladım.

"Günaydın Bora," dedi, "toplantınız bitti mi?"

"Evet. Şimdi bitti, keşke siz de..."

"Benim bu sabah bir yazarla randevum vardı..."

"Çin..."

"Biliyorum, biliyorum! İlhami'nin hayali projeleri işte!"

Yüzündeki alaylı ifadeyi anlamazdan geldim.

Odasına girmeden önce, "Bana bir koyu kahve yollat, Nadide," buyurdu!

Handan Hanım kapısını kapatınca, Nadide Hanım usulca, "Bugünlerde barut fıçısı gibi..." dedi gözleriyle kapısını işaret ederek, "Allah vere de biz etraftayken patlamasa!"
Yayınevinde işleri yolunda gitmeyen biri daha vardı demek ki!

Yerime dönüp masama oturdum, çalışmaya başladım. Bilgisayar ekranında üç saattir değişik renkte fonların üzerine çeşitli kapaklar tasarlıyordum güya! Bir çocuğun acı çeken yakın plan gözleri, yaşlar gözpınarlarından aktı akacak. Tutuşmuş samanların ve alevlerin içinde şaha kalkan bir at... Havada uçuşan yolunmuş tavuk tüyleri... Elim işimde, aklım kilometrelerce ötedeki köyümde, çocukluğumdaydı...

Güneş çoktan batmış, karanlık basmış, yatsı okunmuştu. Recep'in, dedesinin ahırında samanları tutuşturması için arkadaşıma yardım ediyordum. Ter içindeydim. Bacaklarım titriyordu. Yüreğim karnıma düşmüş, orada çarpıyordu. Gümm gümm sesi bütün bedenimi sarsarak kulağımda patlıyordu. Beygiri ahırın dışına almıştık samanları tutuşturmadan önce. Alevleri görünce acı acı kişnemiş, çifte atmaya başlamış, sonra da kaçmıştı hayvan! Bense donakalmıştım.
"Kaç... Kaç çabuk. Koş haydi! Gitsene be!"
Arkamdan itmişti beni Recep! O, sarmaşığa tırmanıp evlerinin içine camdan girerken harekete geçebildim ancak; koştum koştum, nefes nefese kendi evimin aralık bıraktığım kapısından içeri daldım! Yere açılmış yatağıma kıvrıldım, yanımda uyuyan ağabeyim uyanmadı. Oysa uyanıp bana ahır kokuyorsun demesini beklemiştim! Ahır mı kokuyordum, yoksa bedenimden sızan ekşi, keskin koku, korkunun kokusu muydu?
Gözlerimi sımsıkı kapatıp beklemiştim. Ev halkı az sonra, beni fazla bekletmeden, dışardan gelen bağrışmalarla, çığlıklarla uyanmıştı. Her kafadan bir ses çıkıyordu.

"N'OLUYOR LAN?"
"KALKIN! KALKIN! UYANIN!"
"FIRLAYIN... HAYDİ!"
"YANGIN VAR, YANGIN!"
Uyananlar uyuyanları kaldırmış, herkes ayaklanmış, kısa bir şaşkınlıktan sonra itişe kakışa hepimiz evin dışına çıkmıştık. Musagillerin oradan alevler yükseliyordu. İnsanlar koşuştururken ben bacaklarıma felç inmiş gibi taş kesilmiş, yükselen alevlere bakıyordum!

"Heyyy! Durma duvar dibinde korkuluk gibi! Şu kovayı al da koş, haydi!" diye iteklemişti beni babam. Hiç tepki vermediğimi görünce suratıma okkalı bir tokat indirmişti. "Kendine gel! Erkek olacaksın güya! Koş git, kuyudan su çek de bu tarafa doğru yayılmadan söndürelim ateşi! Haydi! Sallanma!"

Yakındaki evlerden yardıma koşanlarla birlikte, ahırdaki yangın yayılmadan, başka evlere sıçramadan kısa zamanda söndürülmüştü. Sabaha karşı evlerimize girip yatmıştık ama artık köyde kimseyi uyku tutmamıştı!

Komşular da tıpkı bizim evde olduğu gibi, yangının nasıl çıktığını konuşmuşlardı aralarında. En büyük afetlerden biriydi yangın, ama deprem, toprak kayması ya da sel gibi Allah vergisi değil, kul hatasıydı!

Acaba yangın kimin ihmali yüzünden çıkmıştı?

Maazallah hava rüzgârlı olaydı, tüm köy alevler içinde kalabilirdi! Verilmiş sadakalarımız vardı! Ertesi gün köyün ileri gelenleri bir araya gelip yangının sebebini araştırmışlardı. Musa'nın bir hatası varsa, mesela samanlıkta sigara içmek gibi, yüzüne vurulacaktı ki, sakın ola aynı hatayı bir kere daha yapmasın!

Babam ertesi akşam evde, o gün muhtarın odasında konuşulanları anlatırken ben hasta olduğum bahanesiyle yatağıma girmiş, kafama çektiğim yorganın altında dinliyordum anlattıklarını.

"Nesi var bunun?" diye sordu bir ara babam.

Anamın sesini duydum: "Dün gece ayazda üşüttü herhal!"

"Kimseye bir şey olmadı da bir tek bu mu üşüttü!"

Aman Allahım! Babam çaktı mı yoksa bu işte parmağım olduğunu! Yorganın altında öksürmeye çalıştım.

"Çelimsiz piç! En küçük diye şımarttın sen bunu, ondan böyle oldu!"

"En küçüğümüz Cemile, ben değilim ki," dedim içimden ama babam, kız olduğu için onu evlattan saymıyordu herhalde.

Benimle uğraşmayı bırakıp konusuna geri döndü babam. Ağabeylerim de ara sıra lafa karışıyor, yangının neden çıktığını anlamaya çalışıyorlardı. Musa, sigara filan içmediğine, yangın çıktığında yatağında uyumakta olduğuna göre, vardı bu işte bir bit yeniği!

Bir ara kendimi tutamadım, kafamı çıkardım yorganın altından, "Büyük bir suç işlemiş olmalı ki, Allah ona bir ceza verdi herhalde!" dedim.

"Musa suç işlemiş de Allah ceza vermiş. Laf işte! Başından büyük söz söyleme," dedi babam, "zati çocuklara laf düşmez!"

"Hoca söylüyor hep, hiçbir suç cezasız kalmaz diye! Niye yandı ahırı bir suçu yoksa?"

"Zıbar uyu!" dedi babam, "şimdi car car konuşuyorsun ama dün alevleri gördüğünde donuna ediyordun korkudan!"

Yorganı yeniden başıma çekerken, "Sen öyle zannet!" dedim yine içimden.

Gerçeği bilse kızar mıydı, yoksa gurur mu duyardı benimle, Musa'yı cezalandırdığım için?

Yangından birkaç gün sonra, Recep'le beraber okuldan çıkmış, evlerimize yürüyorduk.

"Dedem, ahırı aralarında düşmanlık olan köylülerden birinin yaktığını zannediyor," dedi Recep, "aklına bile gelmedi onu Allah'ın cezalandırabileceği!"

"Bir kâğıda, '*Hiçbir kötülük karşılıksız kalmaz, Allah mutlaka cezasını verir,*' diye yazıp dedenin cebine koyalım," dedim.

"Olmaz! Hemen anlar benim yaptığımı."

"Başka bir fikrim var: Bunu eski yazıyla Kör Hoca'ya yazdıralım, bak o zaman anlamaz işte, biz o yazıyı yazamayız çünkü. Belki o zaman Allah'tan bilir, bir daha dokunmaz anana!"

"Hoca sormaz mı niye yazdırıyorsunuz bunu diye?"

"Kötülükten uzak durmak için, deriz. Hep aklımızda olsun diye, muska gibi üstümüzde bulunsun istedik, deriz. Zaten her derste tekrar tekrar söyletmiyor mu bu lafları?"

"Bilmem ki..." Az düşündü, sonra, "tamam, öyle yapalım," dedi Recep.

Bir yandan kafayı çalıştırıyor, aramızda bin bir hinlik üretebiliyorduk, ama öte yandan hâlâ ne kadar saftık, ne kadar çocuksuyduk! Hoca'dan bu cümleyi eski Türkçeyle yazıp bize vermesini rica ettik. Yapmadı. Ya bizi ciddiye almamıştı ya da eski yazıyı bilmiyordu!

Recep'in söylediğine göre, dedesi de hiç ders almamıştı yangından, aklına bile gelmemişti bunun ona bir işaret olabileceği... Anasına musallat olmaya devam ediyordu!

Ahırı boşu boşuna yakmıştık!

Aradan biraz zaman geçti, Recep'le bu sefer de Musa'nın kümesine zarar vermek üzere bir plan yaptık.

Pazar akşamları Kuran kursu yoktu; Recep ders çalışma bahanesiyle, akşam ezanından sonra bizim eve gelecekti. Dede de, her akşam yaptığı gibi, kümesin kapısını sıkıca kapayıp evine girecekti. Sonra da biz dedenin bahçesine geçip gece çakalların tavuklara ve horoza saldırabilmeleri için kümesin kapısını aralayacaktık. Dede, Recep'i kümesin kapısını açmakla suçladığı takdirde, arkadaşımın şahidi ben olacaktım! Recep benim yanımdaydı, sundurmadan hiç ayrılmadı, diyecektim. Plan iyiydi ama gerçekleştiremedik, çünkü o hafta benim başıma öyle bir felaket geldi ki, başkasının derdini düşünecek halim kalmadı!

Önümde duran telefon çaldı, açtım, Nadide Hanım, "Bora, İlhami Bey odasında seni bekliyor," dedi.

"Tamam, Nadide Hanım."

Hızla ayağa kalkınca başım döner gibi oldu, sendeledim. Çocukluk günlerimden kopup bulunduğum ana geri dönebilmek için bir an masama tutunup bekledim. Sonra duvarlara tutuna tutuna, yavaş yavaş yürüdüm koridorda, sevgilimin odasına girdim. Beni görür görmez, "Saçını kesmekle iyi yapmışsın," diye konuya damardan girdi, sevgilim, "gerçekten değişmişsin, ben bile tanıyamadım seni ilk bakışta! Ama o adam evinin yerini öğrendiyse pek işe yaramaz!"

"Evimin yerini öğrenmedi. Öğrenmiş olsa dün dayanırdı kapıma."

"Sen yine de çok temkinli ol, istersen bir süre başka yerde kal."

"Daha neler! Her şeyim evimde benim, başka yerde nasıl yaşarım?!"

"Bak ne düşündüm, istersen ben gider, evden birkaç parça eşyanı alır getiririm, bir hafta kadar bir otele çık."

Sözünü kestim. "Tut ki evimi öğrendi, ben evde olmazsam nasıl anlayacağız eve geldiğini. Ömür boyu otelde mi oturayım?"

"Sana başka bir ev buluruz."

"Bu kadar telaş etme n'olursun. Saçsız halimle tanınmıyorum, mesai saatinden sonra evime gideyim, bu akşam da gelen giden olmazsa kaparız bu konuyu!"

"Gelecek olursa beni hemen ara ama, tamam mı?"

Ne yapacaktı acaba, evime koşturup adamı sorguya mı çekecekti? Dövecek miydi? Bunu ona sormadım, "Söz, ararım," dedim lafı uzatmamak için.

"Bora, bir şey daha söylemek istiyorum. Biliyorsun işte, benim kız bugün staja başladı yayınevinde..."

"Dün bahsediyordun ama sanki kesin karar verilmemiş gibiydi. Hani, bana onu ikna et filan demiştin de... Sonra n'oldu dün gece?"

"Senden çıkıp eve gittiğimde, baktım yatmamış, o saatte beni bekliyor! Tatil sonunda işbaşı yaptık ya bugün, madem kararı kesinmiş, illa birinci günden itibaren aramıza katılacakmış! Gecenin o saatinde itiraz edecek gücü kendimde bulamadım. Zaten anasını da kafakola almış. Biz seninle şarapları devirmişiz, kafayı bulmuşum, yorulmuşum, uykum da gelmiş. Bunlar karşımda ana-kız, dır dır dır... Tamam, dedim!"

"Hayırlısı olsun, ne diyeyim!"

"Ben üniversiteye gitmesini tercih ederdim, ama inat etti işte! Sen onunla ilgilenir misin canım, diğer çocukları pek tanımaz. Biraz da aksidir, biliyorsun! Seninle iyi anlaşıyor, bak bakalım neye kabiliyeti var. Onu yeteneğine göre yönlendirelim, diyorum. Çok güzel fotoğraf çekiyor mesela. Çizgisi nasıl, kalemi kuvvetli mi? Yaratıcı bölümde mi kalsın, yoksa onu Handan'ın yanına, halkla ilişkiler bölümüne mi alayım? Gözün üstünde olsun, sonra bana söylersin düşüncelerini."

"Casusluk yapayım yani diyorsun, öyle mi?"

"Aşkolsun! Anasıyla ben, aramızdaki kuşak farkından dolayı iletişim kuramadık pek. Doğru değerlendiremedik onu!.. Seninle daha açık konuşur, şey eder diye... Benim derdim, yetenekleri körelmesin! İstemiyorsan hiç ilgilenme!"

Gereksiz bir şey söylediğimi fark ettim.

"Yanlış anladın, elbette ilgileneceğim. Zaten onu tanıdığım kadarıyla sanatsal yönünün kuvvetli olduğunu sanıyorum," dedim, "merak etme, gözüm üstünde olacak! Ben, kendi adıma memnun oldum aramıza katıldığına!"

"Ayrıca artık daha dikkatli olmamız gerekecek Bora! Derya odama her an destursuz dalabilir."

"Oluruz, n'apalım!"

"Hep bu *gap year* saçmalığından!"

"Saçmalık olur mu, ne güzel! Keşke bizde de olsa o sistem!"

"Ah Bora, Türklerin liseyi bitirince bir yıl gezip eğlenecek hali mi var! Ekmek parası peşinde gençler."

"Bilmez miyim! Ben de onlardan biriyim!"

"Ben bile işe girdimdi, askere gitmeden önce. Hamile kalmıştı Eda. Baba veya kayınpeder parasıyla geçinmek istememiştim."

"Yayınevi aileden kaldı diye biliyordum."

"Ben hayata bir reklam firmasında atıldım. Aileden kalan matbaayı sonradan yayınevine çevirdik. Babamın vefatından sonra."

"Hiç tahmin etmezdim," dedim, "ben seni baba parası yiyen mutlu azınlık çocuklarından sanıyordum!"

"Ben senin hikâyeni dinledim de, sen benimkini hiç sormadın. Nereden bileceksin!"

Bir an konuşmadan durduk öyle, sonra ben, "Yerime döneyim," dedim. Kapıdan çıkarken, "Derya sana emanet!" dedi sevgilim.

Bir bu eksikti diye düşündüm odama yürürken, sevgilimin huysuz kızına güllabicilik etmek tek eksiğimdi!

Yerime geçtim, bilgisayarımın önüne çöktüm yine. Ağrımaya başlayan başım ellerimin arasındaydı. Recep'in sesi kulaklarımda, yüzü gözlerimin önündeydi. Yayınevinin işleri o anda beni hiç ilgilendirmiyordu. Niye bir türlü huzura kavuşamıyordum ben! Nasıl bir yazıydı alnıma yazılan ki, ne yapsam bir türlü değiştiremiyordum! Ne büyük paralar ne şan ne şöhret peşine düşmüştüm. Kendime yaradılışımın çizgisinde yeni bir benlik, yeni bir hayat istemiştim sadece.

Âşık olmak istemiştim, bir işim olsun istemiştim.

Her insanın kendisi için arzu edeceği, sıradan, huzurlu bir hayat.

Hepsi buydu! Fazla bir beklentim olmadığı için de başarmıştım bu kadarını.

İşini severek ve iyi yapan, kazandığı parayı güzel, küçük keyifler için harcayan, düzgün bir insan olabilmek ne zormuş meğer! Kimseye zarar vermeden, kimseyi incitmeden insanca yaşamak ne zormuş! Hiç istemeden sürekli yalan söylemeye mecbur kalmanın, sahte kimlikle yaşamanın yanı sıra, geçmişimden kurtulmak için çocukluk arkadaşımı harcamak da varmış işin içinde! Bu düşüncelerden kurtulup kafamı işime vermeli, önümüzdeki ay basılacak kitapların reklam kampanyası için çizimler yapmalıydım.

Bilgisayara daha önce çizmiş olduğum resimlerin hepsini sildim, kampanyayla ilgili çalışmaya zorladım kendimi.

Boşuna!

Bir gün önce yapmış olduğum hata, her saniye artan bir ağırlıkla vicdanımı zorluyordu.

Bir dosya kâğıdı çekip karakalemle Recep'in gözlerimin önünden hiç gitmeyen, dünkü şaşkın bakışlarını resmettim! Özlem gidermek istercesine parmaklarımı kâğıdın üzerinde gezdirdim, okşadım gözlerini, uzun uzun baktım resme! Dosya kâğıdındaki şaşkın bakışlarının yerini, yavaş yavaş çocukluğunun mahzun, çaresiz bakışları almaya başladı. Yanında bir çift göz daha... Benim kederli, çaresiz, çocuk gözlerim... İki mutsuz erkek çocuğu, kocaman gözleriyle yılların ötesinden bana baktı.

Yine meşenin altında oturuyorduk Recep'le. Bu kez ağlayan bendim! Yaşlar, kirli yanaklarımda yollar çizerek, ince dereler gibi süzülüyordu; burnumdam sümükler fışkırmıştı. Sağ elimde koskocaman bir sargı... Her iki lafın arasına bir küfür sıkıştırarak anlatıyordum Recep'e!

"Dersten sonra siz hepiniz çıkıp gittiniz, Taci tuttu beni, yollamadı eve."

"Sana odayı süpürtecek sandım ben. Hoca'nın yamağı olduğundan beri kibirinden geçilmiyor! İşi gücü bizlere emir buyurmak!"

"Ben de her zamanki gibi dövecek sandım, meğer çay bardaklarını yıkatmak istermiş! Mutfağa girdim, çay bardaklarını yıkamaya başladım, anasını bellediğimin herifi arkama gelmiş, durmuş sessizce, hiç duymadım geldiğini. Sonra hışırdadı arkamda, döndüm baktım ki, suratı kıpkırmızı olmuş, işi aceleye getiriyorum diye kızdı sandım, dön önüne işini yap sen, dedi, döndüm, daha dikkatli yıkamaya başladım bardakları. O ara daha da yaklaşmış bana, ellerini belime koydu, pantolonumu aşağı çekiştirdi. N'apıyorsun, dedim. Bir eliyle başımı tuttu, musluğa eğdi. Anladım bana edeceğini, direndim! Direnme, dedi, yoksa sabaha kadar sopa yersin benden, dedi. Bacaklarım zangır zangır titriyordu Recep. Sonra abandı arkadan, canımı öyle yaktı ki, gözümde şimşekler çaktı. Elimde tuttuğum bardağı kırmışım, acıdan. Cam kırıkları içine batmış etimin."

"O yüzden mi yolladı öğretmen seni sağlık ocağına?"

"Hı! İltihaplanmış yaram! Hep bu Taci herifinin yüzünden."

"Allah onu kahretsin! Eşşşek herif!"

"Allah onu sürüm sürüm süründürsün!"

"Sen bunu Hoca'ya şikâyet etsene. Git anlat yaptıklarını."

"Kimi dinledi ki? Kaç kere şikâyet etti çocuklar bu herifi, ben de söyledim, hiç suçum yokken dövüyor beni, dedim. Vardır bir sebebi, dedi Hoca! Yine inanmaz bana. Hem nasıl söylenir bu yaptığı! Ya babamın kulağına giderse... Yaşatmaz beni!"

"Onu da yaşatmaz!"

"Kızları becerenleri değil, kızları öldürüyorlar ya genelde," dedim.

"Ama sen kız değilsin ki!" dedi Recep.

Benim emin olduğum şeyi Recep'in de bilmesi içimi ısıttı.

"Ben erkeğim," dedim, "evet!"

"Bak ne diyeceğim Kıvırcık... Bu herif seninle niye uğraşıyor, söylesene! Niye hep sana sopa atar mesela? *Molla cüppeni topla* diye bağırıyoruz ya arkasından, acaba sen mi yaptırıyorsun sanıyor?"

Hoca'nın yamaklığına terfi ettiğinden beri Taci'ye, biz aramızda *molla* diyorduk.

"Niye öyle sansın ki? Hepimiz birlikte bağırıyoruz!"

"Ne bileyim ben? Sana niye taktı, bulmaya çalışıyorum."

"Kötü biri olduğu için!"

"Tamam da... Hani arkanda seni koruyacak kimse yok diye düşünse, beni senden önce pataklardı. Şey ederdi, değil mi? Senin bir baban var!"

"Var da n'olmuş? Sürekli suçlayan, itekleyen, kakalayan, azarlayan bir baba! Sen baba mı diyorsun ona?"

"Hiç yoktan iyidir. Bende o da yok!"

"Molla fark etti herhalde benimkinin *babalığını*."

"Başka bir şey olmalı! Onca insan arasından niye seni seçti? Hani şu uzun boylu çocuk var, sonra güzel gözlü Arif var. Yani niye seni seçti abi? Bir şey mi yaptın sen bu herife?"

"Ne yapacağım?"

"Ne bileyim! Hani ara sıra şaka olsun diye yapıyorsun ya, seni kız taklidi yaparken mi gördü?"

"Onu sadece ikimiz varken yapıyorum! Dere kenarında!"

"Ama anlayamıyorum, bir şey yapmadınsa, niye seni?.."

"Ulan Recep, senin anan bir şey mi yaptı dedene? O niye ananı..." Lafımı kesti. "Anamın suçu yok!"

"Benim de yok!"

"Hem onların biri erkek, biri kadın! Bu Taci'nin yaptığı olacak iş değil!"

"Değil!"

"Taci deli olmasın sakın? Yoksa niye yapsın?"

"Bilmiyorum..."

Böyle dedim ama, yüreğimin taa derinlerinde, neden beni seçtiğini biliyordum. Oğlanlar karı-kız lafı ederlerken, her biri kendine köyden bir kız bellemişken ve ben her ne kadar sanki kızın birinde gözüm varmış gibi yapsam da, benim aklım kızlarda değildi. Gecenin bir yerinde beni uyandıran rüyalarda sadece erkekler vardı. Gündüzleriyse gözlerim büyük sınıflardaki yakışıklı oğlanlara kayıyordu elimde olmadan. Nefret ediyordum bu halimden! Utanıyordum! Ben erkek değil miydim yoksa! Yemek yapmayı sevmek, ev işlerinden gocunmamak "erkeklik" değilse, kasabadaki yedi çocuklu, pala bıyıklı aşevinin sahibi neciydi? Sabahtan akşama kadar kazan başında yemek pişirdiği için erkekten saymayacak mıydık onu? Acaba tüm yemek yapmayı sevenler, ev işi yapmaktan gocunmayanlar da benim gibi miydiler? Onların hayallerini de kızlar yerine oğlanlar mı süslüyordu? Lokantacıyı örnek alacaksam, herifin boy boy yedi çocuğu vardı. Demek ki yemek yapmayı sevmekle ilgili değildi durumum. Ben, başka bir nedenden dolayı böyle olmalıydım! Neydi o?

Kafamda yüzlerce soru dolaşıyordu. Bu sorulara yanıt bulmam imkânsızdı! Kime, neyi soracaktım? Recep'le dahi konuşabileceğim bir konu değildi bu! Cemile hiç bilemezdi. Sorunu kendim çözmeliydim! Tek başıma!

Nitekim, "Ben erkek miyim?" sorusuna yanıtı, el yordamıyla kendim buldum sonunda!

Evet, ben erkektim!

Herkesin önündekinden bende de vardı.

Üstelik, koruda yanımda işerken yan gözle bakıp gördüğüm Eco'nunkinden daha büyüktü benimki!

Recep'inkinden de daha büyüktü!

Onunla dere kenarına Cemile'siz gittiğimiz günlerde, soyunduğumuzda, suda oynaştığımızda, kızları karıları konuştuğumuzda, (ben gizlice kurstaki uzun boylu oğlanı düşündüğümde) bir eksiğim yoktu ki Recep'ten! Ona olanlar bana da olmuyor muydu? Ben de onun gibi sertleşiyordum, ben de onun gibi boşalıyordum. Bir iki kere daha uzağa fışkırtmak için yarış bile yapmıştık aramızda, ondan geride kalmamıştım!

Aynı yıllarda tüylenmiştik, sesimiz birkaç ay farkla çatlamıştı. Ben daha esmer olduğum için dudağımın üstündeki bıyık daha belirgindi, kaşlarım daha kalındı. Elbette erkektim ben, sadece benim aklım kızlarda değildi. Oysa, aklımı kızlara takmak için elimden geleni yapıyordum! Köyün en güzeli Zehra'yı çıplak düşünmeye çalışıyordum. Pembe'nin memeleri büyüktü, onunla ne zaman karşılaşsak hep memelerine bakıyordum. Hüsam'ın kitaplarının arasına saklayıp getirdiği dergilerdeki çıplak kadın resimlerini aşırdığım bile olmuştu. Tüm çabalarıma karşın, kızlara ilgi duymayı, kızlardan dolayı heyecanlanmayı başaramıyordum! Kızıyordum kendime, ama ne yaparsam yapayım kızlara karşı bende tık yoktu!

Demek ki ben kızlardan değil, erkeklerden hoşlanan bir erkektim.

Allah'tan üstüme gelmiyordu arkadaşım. Kimi beğeniyorsun, kimin hayalini kuruyorsun, rüyalarında kimi görüyorsun diye sıkıştırmıyor, sormuyordu!

Ya anladığı için ya da hiç fark etmediğinden...

Recep'in göremediğini mi gördü acaba, Allah'ın cezası Taci?

Bildi mi benim değişik olduğumu? Onca dikkatime rağmen, anladı mı?

Taci musibetinin gizli hünerleri mi vardı ki, gizlice kafamın içini okudu?

Böyle bir marifeti olduğu için mi yamak yaptı Hoca onu kendine?

Yoksa bu kadar alçak, bu denli ahlaksız ve densiz biri, neden yamak olsun bir hocaya? Biz onun torpilli olduğunu düşünüp dedikodusunu yaparken o, bilmediğimiz bir hüner sahibi miymiş yoksa?

Öyle bile olsa, diyelim ki, okuyabildi kafamın, kalbimin içini, yine de ne hakkı var! Ben o hayvan herifi mi hayal ettim, o hayvan herifi mi arzu ettim ki yaptı bunu bana! Bin gönlüm olsa, birini vermeyeceğim Taci mollasının ne hakkı var beni zorlamaya?!

Ben, Recep'in sorgulaması karşısında bunları düşünüp dururken, ne zamandır çektiğim sıkıntıyı ve Molla'nın zulmünü taşıyamayacak noktaya gelince ellerimi yüzüme kapatıp hıçkırmaya başladım...

Recep, "Ağla kardeş," dedi, "ağla... İçinden akıp gitsin acılar..."

"Ağlayınca gider mi?" Arkadaşımın yüzüne baktım, destek bekleyerek.

"Anam böyle der. Hep ağlar o; ben, ağlama, niye ağlıyorsun, neye çare oluyor ki ağlamak, diye sorarım; acımı akıtıyorum, der. Sen de akıt, içinde tutma!"

Yaptım dediğini, dakikalarca avaz avaz bağırarak, böğürerek ağladım. Sustuğumda sesim kesilmişti, boğazım acıyordu ama doğru söylemiş Recep, ıstırabım biraz azalmış gibiydi.

Sırtımız hâlâ meşeye dayalıydı, hâlâ yan yana oturuyorduk. Recep herhalde beni teselli etmek için, "Dedemin cezasını verdiğimiz gibi onun cezasını da verelim mi, ne dersin?" diye sordu.

"Verelim!"

"İyi de, bu herifin kümesi, ahırı da yok ki yakıp yıkalım," dedi, "Hoca'ya yamak olduğundan beri dergâhta yatıp kalkıyor, orayı da yakamayız, günah olur."

"Hâşâ!" dedim.

Başka konuşmadık. Recep kolunu omzuma attı, sıkıca sardı beni!

Ben onun ayıbını, acısını nasıl yüklenmişsem Recep de şimdi benim ayıbımı, acımı, sırrımı yükleniyordu, biliyordum! Bir sırdaşım, bir dostum olduğunu bilmenin sıcacık duyguları içinde, kolumun tersiyle burnumdaki sümükleri sildim, içimi çektim. Eli daha güçlü kavradı omzumu. Ne mutlu bana ki, yalnız değildim, Recep'im vardı ve madem o dayanabiliyordu kendi acılarına, ben de dayanacaktım. Bir gün intikam almanın yolunu bulana kadar!

Nasıl alınırdı acaba tecavüzün intikamı?

Tecavüzcüye tecavüz ederek mi?

Onu eşek sudan gelene kadar dövüp haşat ederek mi?

Aile fertlerinden birine musallat olup onu becererek mi?

Hangi yola başvuracaksam, daha yıllarca beklemem gerekecekti. Çünkü ben bir çocuktum henüz! Bu yüzden karşı koyamamıştım, tecavüzcümün elinden kurtulamamıştım, kendimi koruyamamıştım!

İçimi Recep'ten başka dökebileceğim bir kişi daha yoktu...

Babama, ağabeylerime, anama hiç söyleyemezdim, onlar da bana tecavüz edenin karşısında, benim gibi güçsüzdüler. Çocuktan da çocuktular!

Tecavüzcümün arkası sağlamdı, amcası şehirdeki Devlet Malzeme Ofisi'nde mi ne çalışıyordu. Oraya torpille geldiğini konuşmuşlardı kahvede, biz çocukların kulağına kadar gelmişti. Bir tarikat mensubuymuş. Bizim köyde, dini sıfatı yakalayan, dokunulmazlık elde ederdi. Saygı görürdü. Bunu bilmeyen yoktu. Benim iki yaş küçüğüm Cemile bile bilirdi bunu.

Diyelim ki intikam almak için büyümeyi bekledim, değil yirmi, elli yaşıma gelsem, karşı çıkamazdım tecavüzcüme. Onu dövemezdim, ondan şikâyetçi olamazdım, savcılığa veremezdim! Kısacası, intikam bu olayda haramdı bana!

Bu yüzden, ruhumun yarası çok derindi ve kapanacak gibi değildi...

Örselenen gururumla, ezilen kimliğimle yaşamayı öğrenecektim de, yüreğime lök gibi çöken hırsın günbegün büyüyen ateşiyle ve günbegün artan kinimle nasıl baş edecektim!?

Koca kışı cehennem azabı çekerek geçirdim. Bahar yaklaşıyordu. Şafak sayar gibi gün sayıyordum, yazın derslere ara veriliyordu çünkü. Yazları kurs yoksa Molla da yoktu!

Bir gün bir bomba patladı sınıfta. Molla nişanlanıyormuş! Hem de kasabadan tanınmış bir eşrafın kızıyla! Sandım ki, nişanlandığı için hizaya gelecek, vazgeçecek ahlaksızlığından. Tam tersine büsbütün azdı! Büsbütün çullandı bana o ara! Recep, "Herhalde nişanlısıyla oynaşıyor ama bir şey yapamıyor, hırsını senden çıkarıyor," demişti.

Nişanlandığı duyulunca kursta herkes tebrik kuyruğuna girdi, kimi kumaştı, kimi oyalı bohçaydı, simli terlikti, bakır tepsiydi, erzaktı... Babalarının mali gücüne ve zanaatına uygun armağanlarla gelmeye başladılar.

Benim ellerim boştu! Babamın ne kasabada dükkânı vardı ne çuval çuval mahsul veren tarlası! Getirsem getirsem, taze yumurta getirebilirdim tavuklardan, ama onu bile yapmadım. Evlerimize dağılırken, Molla kapı ağzında hediyelerini alıyor, teşekkür ediyordu. Ben çıkarken, "Sen ne getirdin?" diye sordu.

"Hiç!"

Kulağıma eğildi:

"Bekle... Sen hediyeni herkes gittikten sonra verirsin!"

Başıma geleceği bilerek bekledim, çaresiz...

Dergâh boşaldı. Recep çıkarken, "Haydi gelsene," diye seslendi bana.

"Bedrettin mutfağı toparlayacak, sen git!" dedi Taci.

"Ben de yardım edeyim."

"İstemez! Kuru kalabalık yapmayın mutfakta. Bir kişi yeter!"

Recep gitti. Biz mutfağa geçtik. Ellerimi tezgâha dayadım her zamanki gibi. Uzun zamandır ağlamıyordum ama, bu kez nedense bir hıçkırık tuttu beni! O pantolonumu çekiştirirken vücudum sarsılmaya başladı.

"Ne zırlıyorsun lan sümüklü!" dedi. "İnsanın keyfini kaçırıyorsun tam iş üstündeyken! Nasılsa birinin altına yatmayacak mıydın günün birinde?! Benden başlamış oldun. Ne var bunda?"

Birden bir deli kuvveti geldi üstüme, hızla döndüm, kurtuldum ellerinden! Boş bulundu, zaptedemedi beni. Yüz yüzeydik şimdi! Gözlerinin içine baktım:

"Kimin altına yatacağımın, kimin üstüne çıkacağımın kararını, günün birinde ben vereceğim! Sen değil! Senden nefret ediyorum ama çaresizim, çünkü ensen kalın!" dedim.

Bir tokat patlattı suratıma. Gümüş yüzüğü dudağımın kenarına geldi, kanadı ağzım. Can havliyle dizimi hızla yukarı doğru kaldırdım, apış arasına çarptı dizim. Acıyla büküldü. Epey cebelleştik aramızda. Birkaç ince belli bardağı kırdık itişirken. O benden çok daha iriydi ve güçlüydü ama, böyle bir şey beklemediği için gafil avlanmıştı. Birden ellerinden kurtuldum, fırladım, kapıya koştum, kaçtım gittim! İlk defa karşı koymuştum ona! Recep'in evine varana kadar hiç durmadan koştum. Bir taş attım penceresine. Dede kafasını uzattı camdan.

"Musa emmi, Recep'i çağırsana," dedim nefes nefese.

"Eşek dölleri, bu saatte ne konuşacakmışınız ki!"

"Hoca haber yolladı Recep'e; söylemem lazım."

Söylenerek geri gitti. Biraz sonra Recep dışarı çıktı, halimi görünce telaşlandı.

"Ne oldu, dövdü mü yoksa seni Molla?"

Başımı salladım iki yana.

"Ulan Bedri, sen dövdün onu!"

"Gel hele, anlatacağım," dedim.

Evin eşiğine çöktük. Mırıl mırıl anlattım o gece yaşadıklarımı!

"Bak ne diyeceğim Bedros, bu herife bir tuzak kuralım, hepten kurtul ondan!"

"Nasıl?"

"Seni alıkoyduğu bir akşam, siz mutfaktayken ben Kör Hoca'nın evine koşayım, dergâhta yangın çıktı diyeyim! Hemen gelip basalım sizi!"

"Ben bütün köye rezil mi olayım?!"

"Sen, 'Yapma Taci Abi, etme Taci Abi,' diye bağırır durursun bu arada. Kör Hoca kabahatin sende olmadığını anlar. Ne dersin?"

"Bir düşüneyim..."

"Ne düşüneceksin be! Kör Hoca'nın gözünde yerin dibine batar Taci Molla! Tüm köye rezil olur!"

O rezil olur da ben olmam mı?

Recep'e de bak hele, anası dile düşmesin diye nelere razı oldu, şimdi sıra bana gelince düşünmüyor bile başıma gelebilecekleri...

Babam ne düşünür mesela, oğlunun defalarca tecavüze uğradığını öğrendiğinde! Benden büsbütün nefret etmez mi? Neden ilk seferinde gelip de haber vermedin ya da karşı koymadın demez mi? Korktum, desem inanır mı? Bütün hayatım boyunca korktum senden baba, gölgenden bile korktum, desem, hem sen de hep saklamaz mısın kabahatleri, suçları desem! "Duyulana, bilinene kadar, olanlar hiç olmamıştır," diyen sen değil misin, desem! Baba, ben senin oğlunum, bir kez olsun beni haklı bul, desem! Baba, bir kez olsun beni sevdiğine dair bir işaret ver, desem!

Birden dudağımın kenarında bir tuz tadı! Hatıralarımdan sıyrılıp içinde bulunduğum ana döndüm ve cam bölmenin dışına göz attım, birileri dudağıma kadar inen gözyaşımı gördü mü diye! Yok, herkes kendi işiyle meşguldü.

Elimin tersiyle sildim gözümü, köyümden kopup yayınevine döndüm!

Geçmişimin hayaletlerinden kurtulmak için Recep'i bulmam gerekiyordu!

Karar verdim, bu akşam işten çıkınca önce Balık Pazarı'nı turlayacaktım, sonra da başka yerleri. Beyoğlu'nun, Tophane'nin arka sokaklarını, mezarlıkları, ucuz meyhaneleri, kahvehaneleri gezecektim. Bulacaktım onu.

Recep'in gidebileceği ne kadar yer varsa, hepsinin bir listesini yapmalıydım. Balık Pazarı'nda karşılaştığımıza göre, demek ki yakınlarda bir yerde kalıyordu. Civardaki ucuz otelleri, pansiyonları da taramalıydım. Dur, dur, dur! Neden illa ucuz otelleri, ucuz pansiyonları? Hırpani görünüşlü değildi ki, ayağında bir blucin, üzerinde bir deri ceket vardı. Aklımda köydeki giysileriyle kalmış nedense... İşim zorlaşıyordu, en ucuz otellerle yetinmemeli, arama alanımı değiştirmeli, genişletmeliydim! Pes etmemeli, onu bulana kadar her yere bakmalıydım, her dehlize girmeliydim; altını üstüne getirmeliydim şehrin!

Eğildim bilgisayarıma, İstanbul'un gece hayatının yelpazesini sunan siteleri tıkladım. Gece araması yeterli olmazdı, gündüz gözüyle de aramalıydım Recep'i.

Hiç vakit kaybetmeden, hemen ertesi sabah!

Akşamüzeri pavyon listelerinin çıktısını cebime koydum, bilgisayarımı toparladım, gitmeye hazırlanıyordum ki, masamdaki telefonun ışığı yandı. Kaldırdım ahizeyi, "Bora, ben bugün Taksim'e spora gidiyorum," dedi sevgilim, "hazırsan seni de Taksim'e atayım."

Haydaaa!

"Benim biraz daha işim var, siz beni beklemeyin," dedim.

"Önemli değil, beklerim. Benim işim de bitmedi henüz. Hazır olunca kapımı tıkla, tamam mı?"

Kediden kaçacak delik arayan fare gibi hissettim kendimi, "Hayır, bu gece gelemem," demek istedim ama aklıma bahane gelmedi. Uzun sessizliğin sonunda, "Tamam," dedim. Kapattım telefonu.

Başka zaman olsa ne çok sevinirdim, Taksim'e kadar, metroda tıklım tıkış insanların arasında gideceğime, güzel bir müziğin çaldığı rahat arabada, ara sıra sevgilimin elini tutarak, keyifli bir sohbet yaparak gideceğim için. Ama bu gece işim vardı benim!

Oturdum yerime, düşünmeye başladım. İlhami'ye bu gece bana gelmemesi için verebileceğim bir sebep mutlaka olmalıydı.

"Sen beni aradıktan sonra bir telefon geldi, bizim oralardan bir arkadaş gelmiş, tek bir gecesi varmış İstanbul'da," desem mesela! Başka biri için bal gibi geçerli ama bana asla uymayacak bir bahaneydi, çünkü İlhami benim geçmişimle tüm bağlarımı kopardığımı, hatta adımı değiştirdiğimi biliyordu.

"Hastalandım," desem? "Başıma birden feci bir ağrı girdi," ya da sadece, "Canım bu gece buluşmak istemiyor!"

Buna hakkım yok muydu?

Sevgilim aynı zamanda patronum olduğu için ona hep evet demek zorunda mıydım?

Hayatım boyunca kendimden güçlü olandan çekinmek, korkmak babamla ilintili olmalı! Yıllar önce, Taci'yle yüzleşmeye cesaret ettiğim gün, nasıl o iğrenç tecavüz fasıllarının sonu olmuşsa, İlhami'nin de üzerimdeki baskısını kırmak için, "Bu akşam başka biriyle görüşeceğim," diyebilmeliyim.

Ne var ki, hiç şikâyetçi değilim sevgilimin tahakkümünden.

Cebimdeki pavyon listesini çıkarıp listeye göz attım.

Yahu, boşuna sıkılıyordum ben!

Buralara saat on ikiden önce gidilmezdi, saat on ikide ise, İlhami çoktan evinin yolunu tutmuş olurdu, evli evine, köylü köyüne misali!

Neşem yerine geldi. Bu gece kaybım yoktu, kazancım vardı. Sevgilimi de görecektim, arkadaşımı da arayacaktım. Ne şiş yanacaktı ne kebap!

Çıktım odamdan, ön tarafına yürüdüm, İlhami'nin kapısını tıkladım, "Ben hazırım, patron," dedim, "çıkabiliriz, eğer siz de hazırsanız!"

Hiç beklemiyordum ama İlhami kapıyı araladı, "Ben senin için her zaman hazırım," diye fısıldadı kulağıma.

İyi bir şeydi sevildiğini bilmek!

TUHAF TESADÜFLER YÜZÜNDEN SUÇA BULAŞIYORDUK

...Kekremsi acılar içinde
koca kafalı bir oğlan
Kucağımda kuşları vurduğum
kiraz dalından bir sapan
Korkuyu ve geceyi bekledim
*Yitip giderken çocukluğum.**

Arabaya binene kadar keyfim yerindeydi. Yolda, aynı konu yeniden açıldı. İlhami kafasını Balık Pazarı'nda karşılaştığım kişiye ve onun bana verebileceği zarara takmış olduğu için eve varana kadar belli ki başka laf edemeyecektik.

Sevgilim, konuşurken endişesini ve asabiyetini sesine aksettirmemeye çalışıyordu, ama ortada bir gerçek vardı, benim gerçek adımı bilen birinin varlığı İlhami'yi germişti, Recep'in adını Hüsam olarak vermek ve bu hatamı hâlâ düzeltmemiş olmak da beni!

Tıkanmaya başlayan trafikte dura kalka giderken bir yandan İlhami'yle konuşuyor, bir yandan da düşünüyordum; daha önce

* Ayşe Kulin, *Saklı Şiirler*, "Yalnız."

adımı niye değiştirmek zorunda kaldığımı anlattığımda, söylediğim her şeye inanmıştı İlhami! Anlattıklarım onun dünyasına bir ışık yılı uzaklıkta olsa da anlayış göstermişti. Ailemdeki erkeklerin beni bu cinsel kimliğimle yaşatmayacaklarını bilecek kadar tanıyordu ülkesini!

Buraya kadar sorun yoktu.

Ama şimdi, aramızda bugüne dek kurmuş olduğumuz o hassas denge bozulmaya mahkûmdu artık! Kefenin bir ucunda tüm birikimi, eğitimi, görgüsü ve zarafetiyle İlhami duruyordu! Benden nerdeyse yirmi yaş büyüktü. Benim karşımda her bakımdan avantajlı, ağır sıklet bir oyuncuydu. Ama ben de onun henüz emeklemeye başladığı yeni dünyasında, derin tecrübe kazanmış bir genç adamdım. Benim avantajım da gençliğim, kendi alanımdaki yaşam tecrübem ve gizemimdi. Böylece, biz ikimiz birbirimize sürekli sunduğumuz değişik birikimlerimizle tuhaf bir dengede duruyorduk!

Oysa şimdi, çapraşık geçmişimin karanlığından İlhami'nin kucağına birini daha bırakmaya hazırlanıyordum. Üstelik sorunu benimkinden çok daha farklı olan, uyuşturucu kaçakçılığına bulaşmış birini! Yetmiyor, bu kişiyi sahte bir adla tanıtıyordum ona! Recep'e yurtdışında bir iş bulunursa pasaport edinmesi gerekecek ve Hüsam dediğim kişinin adının aslında Recep olduğunu, İlhami ister istemez öğrenecekti!

Tanrım, ben hiç gerek yokken nasıl karmaşık bir duruma sokmuştum kendimi... Ne lüzumsuz bir yalan söylemiştim!

Ona yanlış adamın adını vermemi ve kâğıda başka birinin resmini çizmemi nasıl açıklayacaktım acaba? O anda Recep'i koruma içgüdüsüyle öyle yapıvermişim, desem bana inanır mıydı? Recep'i kimden koruyordun diye sormaz mıydı?

Benim birtakım işler çevirdiğimden şüphe etmez miydi?

Bana olan inancı sarsılmaz mıydı?

Arabada giderken İlhami'nin adına, kendi kendime sorduğum sorular yanıtsız kaldı.

Gerginliğim evde de sürdü. Mutfakta yiyecek bir şeyler hazırlarken kutuları elimden yere düşürdüm, şarap şişesini devirdim. Sadece sakar değil, dalgındım da! Sevgilim sakarlığımı yorgunluğuma, dalgınlığımı geçen akşam rastladığım kişinin sebep olduğu tedirginliğe verdi.

Yine her zaman olduğu gibi anlayışlıydı, sevecendi, müşfikti ama İlhami gittiğinde ben gerçekten yorulmuştum! Kendimde barları tarayacak gücü bulamadım. O kapıdan çıkar çıkmaz bir uyku hapı yutup yattım.

Recep'i arama görevi için düğmeye ancak ertesi sabah basabildim.

Sabah uykumu almış olarak erkenden kalktım, sekretere telefon edip inandırıcı olmaya çalışarak hasta olduğumu, işe gelemeyeceğimi bildirdim ve sonra şehrin Avrupa yakasının batısına düşen semtlerini hallaç pamuğu gibi didik didik ettim.

Yaptığımın delilik olduğunu, iğneyle kuyu kazdığımı biliyordum ama içimde hep bir umut vardı; varoşların sokaklarında dolanırken, taşradan gelenlerin kaldığı otellerin önünden geçerken, göçmen mahallelerinin ara sokaklarındaki kahveleri ya da yeraltı dünyasının barlarını tararken, hiç ummadığım bir anda Recep'i karşımda buluvermeyi hayal ediyordum.

Bir köşede aniden beliriverecekti!

İşte o zaman, koşup sımsıkı kucaklayacaktım onu. Sarılmış hasret giderirken, "Senden kaçtığım için bağışla beni," diyecektim! Bağışlayacaktı, çünkü biz kan ve kader kardeşiydik. Aynı anadan doğduğumuz için değil, birbirimizin ruhunu tanıdığımız, dilini anladığımız için seçmiştik kardeş olmayı. Çocuk yaşımızda acının dilini birlikte öğrenmek bağlamıştı bizi birbirimize!

Recep'i sokak sokak aramaya nerdeyse sabahın kör karanlığında başlamıştım.

Güneş battı, güneşin batışıyla birlikte rüzgâr da düştü, hafif bir yağmur başladı. Yorgunluktan yıkılmak üzereydim, değil yürüyecek, ayakta duracak halim kalmamıştı, dizlerim titriyordu, ayaklarımın altı su toplamıştı, artık yürümüyor, sürükleniyordum yollarda...

Son bir gayretle otobüs durağına kadar yürüdüm, otobüse binmek için yığılmış insanların arasına katıldım ve kalabalığın itiştirmesiyle kendimi içeride buldum. Gözlerimle oturacak yer arandım. Yerler yorgun ve bezgin insanlar tarafından kapılmıştı. Tıklım tıkış otobüste ayakta duranlara yaslanarak, yıkılmamak için direndim...

Beni ayakta tutan sadece umuttu! Ya Recep bir sonraki durakta aynı otobüse biniverirse umudu ya da bu otobüsün içindeyse, mesela ön tarafa doğru bir yerde, pencere kenarında oturuyorsa umudu! Umut oyununu sürdürmekten başka çarem yoktu! Sırf bu yüzden, insanları ittire kaktıra, kimseyi gözden kaçırmadan öne ilerledim.

Yoktu!

İçim çekilmeye başladı. Yere düşmüyorsam ellerimle yukardan sarkan tutacaklara sıkı asıldığım içindi. Son bir gayretle kapının yanındaki koltuğun önüne geldiğimde, otobüs ışıkta zınk diye durdu, şişman bir kadın inmek için biraz zorlukla kalktı yerinden, ben kalabalığın arasından bir yılan gibi süzülüp kadının boşalttığı yere aktım adeta. Koltuğa yığıldığım anda, işte bu iyi bir işaret diye geçirdim içimden! Allah, bana ayakta bayılıvermeyeyim diye yardımcı oluyorsa Recep'i bulmama da yardım edecekti! Mutlaka edecekti. Gözlerimi kapadım, başımı geriye yasladım, yaşlılara yer vermediğim için söylenenleri duymamazlığa gelerek, hem dinlendim biraz hem de içimde filiz veren umudu daha da yeşerttim. Bu otobüsten indiğimde karşı karşıya gelecektim Recep'le!

Yorgunluktan içim geçmiş!

Gözlerimi açtığımda ineceğim yeri iki durak geçmiş ama birazcık da olsa dinlenebilmiştim. İndim otobüsten.

Mucize gerçekleşmedi. Recep yine yoktu!

Geriye dönüp yürümeye başladım. Kestirmeden gideceğime yolu uzattım, evime anacaddeyi kullanarak vardım.

Recep'e rastlamadım!

Eve moralim bozuk girdim. Önce yorgunluğumu atmak, kendime gelmek için bir duş yaptım, sonra mutfakta bir gün önceden kalan yemek artıklarını atıştırdım ve gece avıma başlamak üzere üstümü değiştirdim. Ne olur ne olmaz diye gey barlara da bakacaktım! Sayıları fazla değildi, benim ara sıra takıldığım barın dışında, sosyetik zenginlerin uğrağı olan bir bar daha vardı ki, oraya gitmeme gerek yoktu, Recep kapısından bile giremezdi nasılsa! Geriye kalan bir iki barın taranmasını bir saat içinde tamamlardım.

Buralara belki de hiç uğramıyordu Recep?..

Hayatımızın hüsranla biten ilk genelev tecrübesinden sonra, bir daha öyle kadın pazarlanan yerlere birlikte hiç uğramamıştık. Ben o konulardan uzak durduğum için aramızda karı-kız muhabbeti de pek yapmamıştık. Recep okulu bıraktıktan sonra, ben dersteyken ne yapardı ne ederdi, bilemezdim! Hüsam'ın peşinde nerelerde gezerdi, nerelere girer çıkardı, merak ederdim, azıcık da kıskanırdım ama sormazdım! Sormamamın esas nedeni duymak istemediklerimi duymaktan korkmaktı. Ya Hüsam'la yine o karılara gittik derse! Ya Hüsam onu, bize ballandıra ballandıra anlattığı başka böyle yerlere sürüklemişse ve Recep memnun kalmışsa!

Dünyalarımız zaman içinde kendiliğinden ayrışmaya başlamıştı ve bu beni korkutuyordu. Recep'e engel olamayacağıma, onu kızdırmayı, onsuz ve yalnız kalmayı da göze alamayacağıma göre... hiç sormazdım! Recep de beni üzmemek için mi anlatmazdı, yoksa anlatacağı bir şey mi yoktu, bunu da bilemezdim!

Okul sonrası, ben eve dönerken ağacımızın orada beni bekliyorsa, ki çoğu zaman orada olurdu, ne âlâ! Dostluğumuz, tek yürek devam ederdi. Bazen de orada olmazdı. Ağacın etrafında, geciktiğini, az sonra geleceğini umarak dört döner, umudumu kesince yoluma devam ederdim. Neden gelmediğini sorarsam yanıt hep aynı olurdu.

"Teslimata gittim!"

"Tamam," derdim ama içimde ince bir burukluk olurdu...

Recep'e olan düşkünlüğümü, sonradan, cinsel kimliğimle nihayet barıştığım günlerde çok sorgulamıştım, benimki kendime dahi itiraf edemediğim bir gizli aşk mıydı, yoksa yakın arkadaşa duyulan doğal sevgi ve kıskançlık mıydı diye...

Yüreğimden yanıt hep ikinci şıktan yana geldi!

Erkek çocukların hoyrat oyunlarından, davranışlarından benim gibi hoşlanmayan, laflamayı, sorgulamayı, şaka yapmayı seven ve en önemlisi, benim acılarıma, sorunlarıma duyarlı bir arkadaşı kaybetmekten korkmanın hassasiyetiydi benimki.

Ama kafamı kurcalayan esas soru, şu anda bir "bilinmez"di!

Ben yaşım büyütülerek askere alınmasaydım, kendimi buluşum, kabullenişim Recep'in gözlerinin önünde olsaydı, dostluğumuz yara alır mıydı, yoksa aynı mı kalırdı?

Duygusal dalgalanmalar yaşadığımız ilkgençliğimizin birkaç anısına dayanarak hüküm veremezdim elbette! Birbirimizden ayrı geçen yılların içinde, onun cinsel tercihinin hangi yöne yelken açtığını bilmiyordum! Bildiğim, İstanbul gecelerinde onu ararken fena zorlanacağımdı. Şehrin çılgın gece hayatının yoğun ormanında kaybolacak, çaresiz kalacak, ama sonunda bulacaktım onu!

Tam kapıdan çıkmak üzereyken ev telefonum çaldı. Açtım, sevgilimin sesini duyunca, ya bu akşam gelmeye kalkarsa diye telaşa kapıldım!

"Merak ettim seni, gerçekten hasta mısın?" diye sordu İlhami. "Cebin de hep kapalıydı."

"Gece uyuyamadığım için sabah sersem gibiydim. Bir uyku hapı yuttum, telefonun fişini çektim, cebi de açmadım ki, deliksiz uyuyabileyim."

"Dün gece çok asabiydin Bora, bu karşılaşma gerdi seni!"

"Haklısın! Biraz da üşütmüşüm ayrıca! Boğazım batıyor."

Aklım sıra onu bu akşam kabul edemeyeceğimin zeminini hazırlamaya çalışıyordum! Üzülmesini, alınmasını asla istemiyordum, ama kafayı Recep'i bulmaya takmış durumdaydım o anda!

"Bora..."

"Efendim," dedim ışıksız bir sesle.

"Ateşin de var mı canım? İlaç yollatayım mı sana?"

"Yollatayım mı?" diye sordu, "getireyim mi?" demedi! Gelmeye niyeti yok! Hemen üste çıktım.

"Ateşim yok ama halsizim," dedim, "uğramaz mısın akşama?"

"Bu akşam gelemeyeceğim ama sana diyecektim ki, yarın mutlaka gel ofise. Kendini iyi hissetmiyorsan bile gel, çünkü yarın seni muhasebeciyle görüştüreceğim, telif işini halletmek için."

Rahat bir nefes aldım, "Gelecektim zaten," dedim, "yarın görüşürüz."

Telefonu kapatır kapatmaz çıktım evden. Yorucu bir günün sonunda, şimdi de yorucu bir gece bekliyordu beni!

Sayıları az olduğu için önce gey barları taradım. İndim, çıktım yeraltı barlarının merdivenlerini, loş mekânların yanardöner ışıklarla aydınlandığı, erkeklerin ellerinde içki bardaklarıyla salındığı, dans ettiği, sohbet ettiği ya da bar taburelerine tüneyip birbirlerini süzdüğü, tarttığı, kestiği, tanıştığı salonlara girip herkese dikkatle baktım, arkası dönük oturanların etrafında dolanarak yüzlerini görmeye çalıştım, tuvaletleri taradım, koridorları aradım.

Yoktu Recep!

Büyük bir ihtimalle Recep'i yanlış yerlerde arıyordum.

Sıra işin zor yanına geldi!

Batakhaneler, konsomatris çalıştıran barlar bir elin parmaklarını aşmayan gey barlar gibi sayılı değildi. Koca şehrin bazı semtleri barlarla dopdoluydu!

Hangi birinden başlayacaktım? Hangi sırayla gidecektim? Girip de onu bulamadığım barlara, ne olur ne olmaz diye birer kere daha bakacak mıydım? Allahım, ne yapacaktım ben? Nasıl bulacaktım arkadaşımı?

Uzun, yorucu, yıpratıcı gecenin sonunda, sabaha karşı eve girdiğimde boşuna helak olmuş, Recep'in izine rastlayamamıştım. Kimi barlarda içmek zorunda kaldığım içkilerden dolayı kafam çatlıyordu, uykusuzluktan gözlerim yanıyordu. Yatağıma yatmaya vaktim olsa, iki gün hiç uyanmadan uyuyabilirdim ama işe gitmeye mecburdum!

Soğuk duşun altında kendime gelmeye çalıştım. Giyindim, mutfağa geçtim, bir dilim ekmeği zorla bitirip çayla bir aspirin içtim. Sokak kapısından çıkmadan önce, holdeki aynada, sakalları uzamış, hayalete dönmüş saçsız yüzüme baktım ve "Unut Recep'i oğlum," dedim kendi kendime, "onunla karşılaşmak bir kere daha nasip olursa bu kez aptallık etmezsin, ama o an gelene dek, onu unut! Yoksa kafayı yiyeceksin!"

Çıktım evden; yayınevine gitmek için Taksim'e doğru yürürken içime şeytan girdi yine! Ben Recep'e bir sabah vakti, Balık Pazarı'nda alışveriş ederken rastlamıştım ya, İstanbul kazan ben kepçe dolaşacağıma, o sabah karşılaştığımız noktayı sık sık kontrol etsem daha akıllıca olmaz mıydı? Sabahın erken bir saatinde Balık Pazarı'nda dolandığına göre, belki de oralarda bir yere çalışmaya gidiyordu!

Saatime baktım, acele edersem Taksim'den Balık Pazarı'na gidip gelmek en fazla yirmi dakikamı alırdı. Koşar adım İstiklal'e saptım. İnsanların işbaşı yapma, dükkânlarını açma saatine rastgeldiği için kalabalık sayılırdı cadde. Telaşlı kalabalığın arasına karışıp hızlı hızlı Galatasaray'a yürüdüm. Balık Pazarı'nın ıslak sokaklarına girip çıktım. Recep'e rastlamadım!

Bir kere daha turladım pazarı.

Delilikti yaptığım! İnadımdan vazgeçmeliydim. Böyle devam edemezdim! Yoksa, pek yakında işimden de olacaktım. İşe her gün bir değişik bahaneyle geç kalan elemanı, sevgilisi de olsa, hiçbir patron sonsuza kadar kollayamazdı!

Aranmaktan vazgeçtim. Beyoğlu'na çıktım. Taksim'e varınca, işe geciktiğim için, otobüse değil, bir taksiye atlamaya karar verdim. Hızlı hızlı yürürken düşünüyordum, taksiye bineceksem ne diye koşuyordum ki onca yolu, pasajın Tepebaşı tarafından çıkıp hemen bir taksiye atlayıp... Ama ya trafik yoğunsa... Ben kafamda bu düşüncelerle boğuşurken, aaa! Aaaa! OLAMAZ!

Hayal mi görüyordum!

Yolun karşı tarafındaki okulun önündeydi Recep!

Ellerimle gözlerimi ovuşturdum, dikkatle baktım. Aramıza birileri girdi, Recep gözümden kayboldu, itiştirdim önümdeki adamları.

"Hop kardeşim, n'oluyoruz?"

"İtmesene be!"

"Pardon kardeş, pardon dedik ya!"

Karşı kaldırıma geçtim. Oradaydı hâlâ. Ona doğru koşarken bağırdım.

"Recep! Heyy Recep!"

Döndü, boş boş yüzüme baktı.

"Benim ben! Tanımadın mı yahu?"

Arkasını dönüp uzaklaştı! Seğirttim peşinden, yanına varıp kolunu tuttum, "Saçları kestim de ondan tanımadın beni Recep! Bedri ben, Bedri... Hani geçen gün karşılaşmıştık ya..."

Çekeleyerek kurtardı kolunu, "Ne var, ne istiyorsun?" dedi.

"İki gündür seni arıyordum Recep. Beni gördüğün gün var ya... Ne söyleyeceğimi bilemediğim için sustum."

"Çekil yolumdan!"

"Ben Bedri'yim diyorum sana!.."

"Bana ne ulan Bedri'ysen!.."

"Bir dinle be Recep... Gel bir yerde oturalım, her şeyi anlatacağım."

"Seni dinlemek istediğimi nereden çıkardın? İşim gücüm var benim, çekil önümden!.."

"Kardeşim, kankardeşim, dur hele, bak bunca zaman sonra karşılaşmışız, şimdi zamanın yoksa, bir adres ver, telefonunu ver bari..."

"Hani sen Bedri değildin? Ne oldu? Kafana taş mı düştü?"

"Taş düştü. Anlatacağım ama fırsat vermiyorsun ki..."

"Sen bana fırsat verdin mi ki ben sana vereyim?"

"Ayağının altını öpeyim Recep..."

"Öp ulan! Ayağımın altını da öp, kıçımı da yala, bokumu da ye! Belki ancak o zaman..." Duymadım gerisini, birden gözümün önünde çocukluğumdan bir resim... Hüsam, sigaraları nereden bulduğumuzu ona da söyleyelim diye yalvarırken, Recep bacak kadar boyuyla kıvrandırıyor karşısındaki azman oğlanı, onu hepimize karşı çok sık kullandığı kendi silahıyla vuruyor: "Bir şartla... Ayağımın altını öp, kıçımı yala, bokumu ye, dersen söylerim..."

Göz göze geldik. O da hatırlamış olmalı ki, aynı anda ikimiz de gülmeye başladık.

"Hepsini yapacağım, gel şuralarda bir kahveye çökelim, konuşalım."

Elimi uzatıp koluna dokundum yine! Bu kez çekmedi kendini. Sevindim.

"İşe haber vereceğim gecikeceğimi," dedim, telefonumu çıkardım cebimden, yayınevinin numarasını tuşladım, "Nadide Abla, halsizliğim geçmeyince bizim mahalledeki sağlık ocağında doktora görünmeye karar verdim. İşe ancak öğlene doğru gelebileceğim... Şey... Çok sıra var burada, işim uzun sürebilir. Tamam abla, merak etme. Yok yok gecikmem. Emrin olur abla. Sağ ol Nadide Abla. Eyvallah."

Az sonra, Balık Pazarı'nın arkasına düşen sokakların birinde, iyi bildiğim salaş bir kahveye doğru yürüyorduk. Her ikimiz de suskunduk... Lafa nereden başlayacağımızı düşünüyor olabilir miydik? O kadar çok şey yaşanmıştı ki, arada geçen zamanda... Hangi birini anlatacaktım ben? Nereden başlayacaktım?

Köyden ayrıldıktan sonra Recep'i çok düşünmüştüm. Ona postaladığım iki mektubun dışında, hiç kaleme almadığım mektuplar yazmıştım hayalimde, yalnızlığımı, mutsuzluğumu anlatan... Daha önce ondan gelen mektupta... Her neyse... Şimdi başka şeyler düşünmeliydim, bunları değil. Madem bulmuştum onu, eski hesapları karıştırmamalıydım. Kim bilir o da neler çekmişti tıpkı benim gibi... Ve yine kim bilir, zaman içinde belki o da benim gibi şansını dönüştürecek birileriyle karşılaşmıştı, hayatı değişmişti!

Az sonra öğrenecektim her şeyi ve eğer kendini kurtaramadıysa, yardıma ihtiyacı varsa, elimden ne geliyorsa yapacaktım onun için...

Hiç konuşmadan, ama bunca yıl sonra dahi, birlikte yürümeye alışık insanların temposuyla uygun adım, yan yana yürüdük.

Recep'le yan yana uygun adım kasabadaki yeni okulumuza yürüyorduk.

Bir aydan beri artık lise öğrencileriydik. İlkokul öğretmenimin ısrarıyla, babam beni kasabadaki liseye yollamaya razı olmuştu. Çünkü elinden ev işlerine yardım etmenin dışında doğru dürüst iş gelmeyen beş para etmez oğlu, okula giderse gözünün önünde olmayacaktı en azından.

Recep'i ise dedesi, ayağının altında dolanmaması, olur olmaz saatlerde karşısında bitivermemesi için salmıştı liseye ki, anasına gönlü çektiğinde sarkabilsin!

Recep ve ben, onun dedesiyle benim babamın gözünde, evlerine ekmek parası getirmekten aciz iki hergeleydik! Her ikisi de hayvancılık yaparken kazandıkları paraları, yıllar önce bir başbakanın yurda ithal et sokması sonucu kazanamaz olmuşlar, sürülerini satmışlar, aksi, nemrut insanlara dönüşmüşlerdi. İthal et izni bölgemizdeki hayvancılığı öldürmüştü, bu benim umurumda bile değildi, ama hayvancılığın ölmesiyle babamın insani sesler çıkaran sest elleri paslanmış, sadece homurdanır ve küfreder olmuştu. Kendi gibi, hayatı çalınmış, hayata küs diğer adamlarla kahvede oturduğunda, ki bunlardan biri de Recep'in dedesiydi, bizi yerden yere vurdukları kulağımıza gelirdi.

Bize reva gördükleri, ama hiç hak etmediğimiz sıfatlarımız, kadere bakın ki, yaz başından beri gerçeğe dönüşmekteydi, heyhat!

Kaderin bize hazırladığı tuhaf tesadüfler yüzünden, giderek derinleşen bir suça bulaşıyorduk. İşte bu yüzden, o sabah yan yana okula yürürken her ikimiz de düşünceliydik. Her ikimiz de endişeliydik! Allah'ın unuttuğu bir köyde, sıradan iki çocuğun başına gelmesi uzak ihtimaller, tesadüfler, hayırlı, hayırsız rastlaşmalar, ancak romanlarda yaşanabilecek durumlar bizim başımıza gelmişti. Sahnenin ortasına zorla itilmiş, rolünü bir türlü beceremeyen oyuncular gibiydik.

Köy çıkışında buluşup yola düştüğümüzden beri belki de onuncu kez, "Hüsam bizi ele verir mi?" diye sormuştu Recep.

"Sıktın be sen de! Vermez dedik ya! Hem verse ne olacak, biz mi sattık sigaraları? O sattı! Hapse de o girer!"

"Ama sigaraların yerini bulan biziz, unuttun mu lan?"

"Olsun! Biz mi koyduk onları oraya? Biz sadece bulduk!"

"Satmadık, etmedik tamam da... İçtik lan."

"Birkaç sigara alt tarafı. Gerekirse bedelini öderiz."

"Neyle ödeyecen? Paran mı var?"

"Para kolay..."

"Paranın nesi kolay? Çalacan mı?"

"Yok lan, çalmam; bulurum, öğretmenimden isterim."

"Hangi öğretmeninden?"

"Kaç tane öğretmenim var ki? Yusuf Öğretmenden tabii."

"O senin öğretmenin değil artık."

"Olmasın, o beni sever, kollar."

"Ha, bir de öğretmeni karıştıracan bu işe. Hemen muhtara gider, bu çocuklar dağdaki mağaralarda sigara bulmuşlar, der. Bir daha bedava sigarayı bok bulursun sen!"

"Haklısın, olmaz! Babama derim ki, sen değil miydin bana erkek ol deyip duran, ben de birkaç paket sigara aşırdım bakkaldan, tüttürdüm işte kahvedeki erkekler gibi. Ver parasını da bakkala borcumu ödeyeyim, derim verir."

"Dayak yersin."

"Yemediğim şey mi?!"

Çözüm bulamadığımız için susmuş, yokuşu hiç konuşmadan, derin düşünceler içinde tırmanmıştık. Sonra yine ilk ben konuşmuştum. "Ulan Recep be, Hüsam bizi ele vermediyse, boşuna üzülüyoruz!"

"Ya verdiyse?"

"Jandarma bizi almaya gelirse okula, anlarız. Yusuf Hoca olsa, bilirdi suçsuz olduğumuzu, söylerdi jandarmaya. Burada kimseye derdimizi anlatamayız! Atılırız ulan okuldan! Ne bok yeriz o zaman?"

Dizlerimiz titremeye başladı. Dağa çıkıp mağaramıza saklanmayı düşündük ama orada sürekli kalamazdık ki... Er ya da geç evlerimize dönecek olduktan sonra... En iyisi okula gidip başımıza gelecekleri beklemekti. Yokuşun tepesine geldiğimizde, aşağıda okulun damı gözüktü. Haftalardır koşarak indiğimiz yolda, ayaklarımız geri geri giderek, yükümüzün altında ezilerek yürüdük.

Okula jandarma gelmedi o gün. Okul çıkışında kapıya Hüsam da gelmedi. Derslerin bitmesini zor bekledik. Sınıftan ilk çıkan biz olduk. Köy girişinde, evlerimize dağılmadık, dağa çıkan patikaya doğru yollandık. Hüsam'ın kurtulduğu takdirde bizi her zamanki buluşma noktasında bekleyeceğini tahmin etmiştik, yanılmamışız!

"BÖÖÖÖ!"

Boş bulunup çığlık attık ikimiz de!

"Sizi gidi ödlekler! Nasıl korkuttum ama sizi!"

Meşenin kalın gövdesinin ardından çıkıp yanımıza geldi, Hüsam.

"Ne korkutuyorsun lan bizi, zaten dünden beri seni içeri atacaklar diye ödümüz patlıyor... Bizi ele ve..." Hemen atılıp sözünü kestim arkadaşımın, Hüsam bizi ele vermediyse bunu aklına getirmenin gereği yoktu!

"Jandarma ne yaptı sana? Dövdü mü?" diye sordum.
"Yoo!"
"Dövmedi de ne yaptı? Çay, sigara mı ikram etti lan?"
"Sigarayı ben ikram ettim."
"Sormadı mı sigarayı nereden bulduğunu?"
"Sorduu..."
"İnsanı deli etme, anlatsana be!"
"Amma sabırsız heriflersiniz be! Analarınızın karnında nasıl durdunuz siz?"
"Ne anlattın jandarmaya?"
"Söyleyeceğim ama önce bir haberim var."
Durdu, bekledi bizi çileden çıkarmak için! Recep'e kaş göz ettim, hiçbir şey sormadan biz de bekledik.
"Merak etmiyor musunuz ulan?"
"Yoo," dedi Recep, "önemli bir şey olsa anlatırdın."
"Yok ya! Ne zaman akıllandın, dillendin sen böyle, bücür?"
"Tamam, madem anlatmıyor, yürü gidelim," dedim Recep'e.
"Durun lan orospu çocukları, nereye gidiyorsunuz? Anlatacağız işte!"
Bir paket açılmamış sigara çıkardı cebinden Hüsam, bir de afili çakmak. Paketin ucunu yırttı, ters çevirip pat pat vurdu. "Siz de ister misiniz?"
Her verdiğinin bir karşılığı olacağını bildiğimizden hayır anlamında kafamızı salladık.
"Erkek adam tüttürür lan! Siz de erkek olacaksınız güya!" Arsız arsız sırıttı bana bakarak. "Yakın birer tane de siz!"
Çaresiz yaktık! Önce her sefer olduğu gibi azıcık öksürüp tıksırdık, sonra keyfine varmaya başladık sigaranın.
"Nerden buldun bunu? Yine mağaraya mı gittin yoksa? Ulan, salıvermiş jandarma seni baksana," dedi Recep, "dağa tırmanacak vakit bulmuşsun, belli."
"Son gittiğimizde aldıklarımdan üzerimde kalmış."
"Jandarma üstünü aramadı mı?"

"Aradı."

Hüsam, yakalandıktan sonra başına gelenleri öğrenmek için öldüğümüzü bildiğinden, bizi sinir etmek için lafı ağzından iple çekmemizi istiyordu. Biz de onu sinir etmek için hiç oralı değilmişiz gibi davranıyorduk. Ona karşı elimizden gelen sadece buydu. Hüsam'ın üstüne gidemez, küfredemez, dövmeye kalkamazdık, hepimizden iriydi çünkü.

"Biz eve dönüyoruz," dedim, "babam erken gel, dedi, bacayı tamir edecekmiş, geç kalamam bu yüzden. Haydi eyvallah Hüsam."

"Dur lan! Söyleyeceklerim var."

"Var ama anlatmıyorsun. Akşama kadar keyfini bekleyemem."

"Git bacanı onar şimdi. Hafta sonu yine dağdayız."

"Ben çıkmam artık dağa, yakalandın sen bir kere. Tadı kaçtı."

"Ben de öyle," dedi Recep.

"Ulan başlatmayın tadından madından. Çıkacaz dedimse çıkacaz! Şirket kuruyoruz. Mecbursunuz."

"Ne şirketi?"

"SKŞ Şirketi!"

"SKŞ... SKŞ... Nedir bu lan, sikiş şirketi mi?"

"Sigara Kaçakçıları Şirketi!"

"Ne diyor bu be?" Recep yüzüme bakıyordu şaşkın şaşkın.

"Dalgasını geçiyor. Haydi yaylan Recep."

Arkamı döndüm, yürümeye başladım. Recep koşup yetişti bana, birkaç adım daha atmıştık ki, Hüsam'ın fırlattığı taş sol kulağımı yalayıp geçti!

"Durun dedim size ulan! Başlatmayın sülalenizden!"

Recep'le durup bekledik. Hüsam yanımıza geldi.

"Dün jandarma beni karakola almadı. Karakolun arkasındaki tarlaya götürdü, orada dövdü biraz."

"Sen dayak mı yedin?" diye sorarken yüzümde kocaman bir gülümseme vardı.

"Çarparım ha! Sus da dinle! O mağarayı nasıl bulduğumu sordu da sordu. Tam beş kere, tekrar tekrar aynı boku anlattım! Yemin billah ettim doğruyu söylediğime. Mağarayı bilen başkaları var mı diye de sordu."

Hüsam gözlerini bir benim, bir Recep'in yüzünde gezdirdi. Kalbim çarpmaya başladı. Yanaklarım yanıyordu. Recep'in koluma değen kolu seğirdi! İşte şimdi kopuyordu dananın kuyruğu!

"Ne dedin? Adımızı verdin mi?"

"Kimse yoktu," dedim.

"İnandı mı?"

"Bilmem."

"İnanmış ki salmış seni. Sen de bizim gibi yap, bir daha çıkma oraya Hüsam! İki-üç paket sigara için yakma kendini, değmez. Hapislerde çürürsün ha!"

"Ben enayi miyim hapislerde çürüyeyim?"

"Tamam o zaman kardeş! Hepimiz ucuz atlattık! Haydi geçmiş olsun."

"Şunu eziyet etmeden başından söyleseydin ya!" dedi Recep.

Tekrar yürümeye başladık bayır aşağı.

"Durun lan! Ben size gidin dedim mi? İzin verdim mi gitmeniz için?"

"Ulan biz senin kulların mıyız?" dedi Recep.

"İşçilerimsiniz! Irgatlarımsınız! Ben emredeceğim, siz yapacaksınız!"

Zınk diye durduk. Önce birbirimize, sonra dönüp Hüsam'a baktık.

"Siktir lan! İstersen kırk gün kırk gece döv bizi, senin kölen değiliz biz!"

"Şaka yaptım lan, kalın kafa! Ben ne dedimdi size? Şirket kuruyoruz demedim mi? Ortak olduk lan, ortak! Ben şirketin sahibiyim, siz ikiniz de küçük ortaksınız. Sigara ticareti yapacağız bundan böyle!"

"O mağarayı, o sigaraları biz bulduk! Sen gizlice peşimize düştün de öğrendin böyle bir yer olduğunu. Nereden sahibi oluyormuşun şirketin?"

"Buldunuz da bir bok mu oldu? Bir paketi öksüre tıksıra zor bitirmişsiniz bir ayda! Ben olmasam ticaretini yapmak aklınıza gelir miydi?"

"Geldi ama vazgeçtik."

"Neden?"

"Başkasına ait malı satmak istemedik."

"Aptallar! Beceriksizler! Namuslu olduğunuzdan değil, beceriksizlikten yapmamışsınızdır! Ticaret, akıl ister!"

"Sen yap o zaman kendi ticaretini. Bizden bu kadar!"

"İşte o biraz zor! Anca beraber, kanca beraber! Siz paketleri indireceksiniz dağdan, ben pazarlayıp parayı toplayacağım. Size düşen payı vereceğim."

"Bak oğlum, bu iş taneyle sigara satmaya benzemez, yakma başımızı!"

"Yanmayacak başımız! Güvenin bana. Ben niye tehlikeye atayım ki kendimi?" dedi Hüsam.

Yıldırım hızıyla düşünmeye çalıştım. Hüsam'dan kurtuluş yoktu, her ikimizin de paraya ihtiyacı vardı, gelgelelim Hüsam iş yapılacak biri değildi! Hayvanlığı bir yana, sözüne de güvenilmezdi.

"Ben istemiyorum!"

"Ben de istemiyorum," dedi Recep.

"Ulan fikrinizi mi sordum sizin?"

"Uzatma Hüsam. Biz yokuz!"

"Varsınız! Bu işi beraber yapacağız."

"Seni ele veririz diye korkuyorsan, korkma. Yapmayız biz öyle şey!"

"Yapmazsınız ama sigaraların yerini söylemek için inlettiniz beni, orospu çocukları. Yok yalvar, yok kıçımı öp, yok ayağımı yala... Daha çıkarmadım acısını sizden."

"Şakaydı be Hüsam. Sen bize az mı yaptın? Hepimizi az mı yalvarttın? Biz de şaka yaptık işte."

"Bende şaka yok! Adlarınız jandarmada. Ya bana yardımcı olursunuz ya da aylardır mağaradan sigaraları uçurduğunuz için içeri girersiniz."

"Hani adlarımızı vermemiştin! Hani, tek başımaydım, demiştin!"

Pis pis sırıttı Hüsam. "Eğer ortaksak, öyle dedim! Değilsek, yakında Recep babasına kavuşur artık. Baba-oğul hasret giderirlerken sen de onları seyredersin."

Recep'in dudakları titremeye başladı.

"Düşünelim," dedim ben.

"Düşünecek bir şey yok! Sen şimdi git bacanı onar Kıvırcık," dedi Hüsam. Recep'in dışında kimsenin, hele de Hüsam'ın bana Kıvırcık demesi hoşuma gitmezdi hiç!

"Allah belanı versin, ayı!" dedim, ama içimden.

Recep'le hayatımız, o güne dek sanki pek parlakmış gibi, o günden sonra tam bir kâbusa dönüştü!

Aslında biz belaya, bir yaz günü keçi gibi tırmandığımız dağda, güneşten kaçmak ve biraz dinlenmek için girdiğimiz mağarada, tesadüfen saklanmış sigara kolilerini bulduğumuz an bulaşmışız da haberimiz yokmuş. Oysa ne kadar heyecanlanmış, ne kadar sevinmiştik sigaraları gördüğümüzde. Recep önden girmişti mağaraya, onu göremiyor, sadece sesini duyuyordum; "Ne serinmiş burası... Kıvırcık, gelsene sen de. Keşke güneşte eriyeceğimize daha önce gireydik içeriye. Gel lan, gel!"

Ben hâlâ mağaranın ağzında, kızgın güneşin altındaydım. Ter, dereler gibi iniyordu sırtımdan aşağı.

"Geberdim lan, bir daha dünyada tırmanmam, bu son," dedim ve sonra eğilip mağaranın içine girdim ben de.

Onca sıcaktan sonra, oh bee! Oh bee! Kasabadaki bakkalın

buzdolabını açtığında aynı yüzüme vuran serinlik gibi... Buz gibi suya ağzımı dayamışım sanki... Bir yeniden dünyaya gelme duygusu... Bir hoş his!

Hoş his çabuk geçti, Recep'in peşinden mağaranın derinliklerine yürüyünce, bu kez de feci bir koku çarptı yüzümüze!

"Sıçmışlar lan buraya, leş gibi kokuyor," dedi Recep.

"Ulan kenef diye kullanmışlar burayı. Sidik kokuyor..." Lafımı bitiremedim; tuhaf bir yaratık uçup gitti başımın üzerinden.

"Neydi lan o, uçan fare gibi?"

"Ne bileyim, kuş işte..."

"Baksana Recep, şurada bir yol var," dedim yokuş aşağı inen daracık kaygan geçitten geçerken, "gelsene, iki katlı bu mağara be!"

Yürüdük. Burnumuz kokuya giderek alışıyordu.

Recep, "Geri dönelim," dedi.

Ben, "Biraz daha gidelim," dedim.

Gözümüz karanlığa alıştıkça, taşlara tutuna tutuna ilerledik. Hem korkuyor hem de macera dürtüsüyle mağara nerede son bulacak bilmek istiyorduk. Ben akşama Cemile'ye anlatabileceğim bir hikâyem olacağı için keyifliydim, önden gidiyordum, Recep beni takip ediyordu. Rutubetli zeminde kâh kayarak, kâh kıçüstü düşerek, yan yan ilerledik, bir ışık mı sızdı bir çatlaktan, yoksa paketler beyaz oldukları için mi ışıklıymış hissi verdiler? Karanlığın içinde açık renk bir yığın vardı önümüzde!

"Amaniiin!" diye bağırdı Recep.

Üst üste rasgele yığılmış kolilerin önünde, gözlerimize inanamayarak durduk.

"Bunlar da neyin nesi?"

Kolilerin etrafında anlamsız el kol hareketleri yaparak sayısız turlar attık!

"Ne var içlerinde acep?" Bu soruya ikimiz de cevap bulamadık!

"Kim getirmiş bunları buraya?" Bu soruya da cevap bulamadık!

Geri döndük. Mağaranın dışındaki çalıların dibine sinip uzun bir süre sabırla bekledik; biri gelsin, malına sahip çıksın diye! Kimse gelmedi. Hava kararmadan indik dağdan.

Ertesi gün yine tırmandık mağaraya! Her şey bıraktığımız gibi duruyordu. Bir hafta boyunca her gün indik, çıktık, indik çıktık. Sonunda malların terk edilmiş olduğuna karar verdik ve ellerimizde kolileri açmak için bıçaklarla çıktık bir hafta sonu. En kenarda değil de, ortalarda duran bir kolinin bantlarını yırtıp içine elimizi soktuk.

Sigara!

Ertesi gün hayatımızın ilk tütününü tüttürebilmek için ceplerimizde kibritlerle geri döndük mağaraya. Bir gün önce parçaladığımız kolinin içinden bir paket alıp güneşe çıktık ve titreyen parmaklarımızla paketten birer sigara çekip yaktık.

Her ikimizin de asla unutamayacağı bir gündü!

Boğulurcasına öksürmüş, tıksırmış, birbirimizle alay etmiş, dalga geçmiş, yeniden denemiş, insanların boğazına kaçan, geniz yakan bu pis dumanlı nesneye neden takıldıklarını anlamamakla birlikte, ısrarla kim bilir kaçar tane sigara içmiştik! Başımız dönmüştü, genzimiz yanmıştı, midemiz bulanmıştı.

İyi tarafları da yok değildi doğrusu! Kendimizi büyümüş, adam olmuş hissetmenin bir yoluydu tüttürmek. Hayata kafa tutmaktı. Üstesinden gelemediğimiz sorunlarımızı ağzımızdan çıkan dumanla örtmek, hafifletmekti.

Recep, annesini beceren utanmaz dedesinin yüzüne üflüyordu ciğerimizden sökülen zehirli dumanı, ben tecavüzcüme üflüyordum! Ellerimizde ufacık kalan sigaralarımızı toprağa basıp söndürürken düşmanlarımızın etinde söndürdüğümüzü varsayıyorduk. İntikamımızı alıyorduk böylece hem anasını sattığımız dünyadan, hem de bize eziyet edenlerden!

Yazın sonunda izmarit, kederimizin simgesi haline gelmiş, sigara ise keyfimiz, suçumuz, yoldaşımız olmuştu. Bomboş, değersiz yaşamlarımıza müthiş bir sır, bir gizem olarak girmişti parmaklarımızın arasında tuttuğumuz beyaz kâğıt çubuk!

On beşine merdiven dayamış yeniyetme iki erkek çocuğu, iç dünyamızı ve haz sınırımızı sigarayla keşfediyorduk! Harika bir duyguydu. Yakıyorduk birer tane, sigaralarımızı öksüre tıksıra tüttürürken hayale dalıyorduk!

Recep, ilkokuldayken göz koyduğu Pembe'yi hayal ediyordu çoğu kez. Dumanı üflerken soruyordu:

"Pembe'nin şeyi de pembe midir sence?"

"Neyi?"

"Şeyi işte... Amı."

"Bilemem," diyordum biraz sinirlenerek.

"O kadar karı kız var evinde be. Hiç mi görmedin?"

"Görmedim."

"Soyunurken filan memelerini mi de mi görmedin ablalarının?"

"Hayır. Onlar perdenin gerisinde yatar."

"Ben çöpü boşaltırken geçen gün, bir gazete buldum. Bir karı resmi vardı arka sayfada, abi var ya, nah şööyle memeleri vardı."

"Utan lan, bak ne hale geldin Allahsız!"

Recep kabaran pantolonunun düğmelerini çözüp kendiyle oynuyordu. Ben de yapıyordum aynı şeyi, ama gazetedeki karının Recep'in tarif ettiği memeleri gelmiyor, gelemiyordu gözlerimin önüne. Çaktırmadan Recep'i gözlüyordum, derin nefesler alıp verirken inliyordu. Birbirimize arkamızı dönüp boşalıyorduk!

Bir keresinde ısrarla sormuştu Recep, "Sen kimi düşünüyorsun?" diye.

Cevaplamamıştım.

"Ulan ben sana her şeyi anlatıyorum. Sen niye söylemiyorsun?"

Bir an için itiraf etmeyi geçirmiştim aklımdan, Kuran kursuna geçen kış katılan o uzun boylu, şehla gözlü delikanlıyı düşündüğümü ama vazgeçmiştim hemen. Benden beklenen, bir kızı düşünmemdi!

"Bizim Rıza'nın bir kız kardeşi var ya..."

"Gülsevil mi?"

"Hıı, onu işte."

"Ama memeleri büyük değildi ki onun."

"Olsun. Ben büyük meme sevmem." Gözümün önüne anamın basma entarisinin içinde sallanan, göbeğine inmiş koca memeleri gelmişti. "Ne öyle, inek gibi..."

"Hasstir! Sen ne anlarsın karıdan!"

"Sen çok anlarsın da! Ulan karı mı gördün sen?"

"Gördüm işte gazetede. Bak ne diyecem lan, kayıda gidecez ya haftaya, şehre kadar gidip o evlere uzansak... Hani Hüsam anlatıyordu. O karıların çalıştıkları, yaşadıkları evlere... Resimleri yerine kendilerini görürdük."

"Boş ver. Görüp n'olacak?"

"N'olacakmış? Ulan, ağaç dibinde elle talimden bıkmadın mı? İşin hasını yapmak istemez misin?"

"Para isterlermiş ama; öyle demişti Hüsam. Hem kimlik de soruyorlarmış."

"Alırız kimlikleri. Pasolar var ya..."

Can havliyle son kozumu oynamıştım, "On sekiz yaşından küçükleri almıyorlarmış! Kapıda zabıta varmış."

"Rüşvet verirsek alıyorlarmış, Hüsam söyledi."

Bu konuları Hüsam'la konuşmasına bozuldum, "Paran mı var senin lan?"

"Birer paket gâvur sigarası verirdik."

"Olmaz lan, para isterler, para!"

"Belki istemezler. N'olur yaa... Hem artık liseli oluyoruz, havamızı da atardık gerekince... Hüsam gibi."

"Sigara kabul etmezler. Oraya kadar gidip bir de rezil olmayalım."

"Ne rezili be? Kerhane bekçilerine rezil mi olunur?"

"Polis onlar oğlum... Zabıta, zabıta!"

"Neyse ne, denemesi bedava!"

Recep o kadar ısrar etmişti ki, gitmiştik! Yanımıza birkaç paket de sigara almıştık. Cebimizdeki para yetsin diye yol paramızı harcamamış, otostop yapmıştık, acıkınca tost yememiş, bir simidi paylaşmıştık. Recep, dedesinin ceketinin cebinden bir miktar bozuk para aşırmıştı. Ben genelev görmeye meraklı değildim, sırf Recep ısrarcı olduğu için, mızıkçılık yapmamak adına eşlik ediyordum ona. Yine de içimde tuhaf bir heyecan vardı, hayalini bir türlü kuramadığım çıplak bir kadını karşımda görünce neler hissedeceğimi merak ediyordum!

Okula kaydımızı yaptırdıktan sonra, Hüsam'ın tarifine uyarak şehrin bizim geldiğimiz yöndeki anayolu üzerinde bulunan dış mahallelerinden birine yürümüş, dar sokakta kapısına adamlar birikmiş eve yaklaşmıştık ki ne görelim, Hüsam bizden önce gelmiş! Kan beynime sıçramıştı! Bu evde rezil olacaksam Recep'ten başka kimse bunu bilsin istemiyordum. Recep'in bilmesini de istemiyordum, ama o en azından can yoldaşımdı.

"Sen ağzından mı kaçırdın lan, ne işi var bunun burada?"

"Ben şey demiştim... Ne bileyim geleceğini?"

"Kimseye söylemeyecektin hani! Allah belanı versin be!"

Biz dalaşırken, "Haydi takılın kıçıma da sokayım size içeri," demişti Hüsam, bu işleri çok iyi bildiğini gösteren bir edayla, "parayı hazır ettiniz mi lan?" diye sordu.

"Sigara verecez dedim ya… Halis Amerikan sigarası…"

Hüsam, Recep'ten sigaraları kapıp kapıdaki adamla konuşmaya gidince, "Ulan Recep, bunu niye taktın peşimize, ben artık senin kankardeşin filan değilim, sen git Hüsam'la kanka ol!" demiştim.

"Nankör! Sırf seni düşündüğüm için, herifin kenef ağzını kapatacaksın şu eve girmekle! Sana iyilik yapanda kabahat…"

"Hakkımda bir şey mi diyor ki?"

"Sen hiç katılmıyorsun ya karı-kız laflarına, boş boş bakarsın öyle…"

"Eee, ne olmuş katılmıyorsam?"

"Şey mi o diye sordu."

"Ne?"

"Şey işte... Anladın sen! Ben, değil valla diye yemin ettim."

"Haydi gelsenize lan," diye el ediyordu Hüsam.

Konuşmayı kesip yanına gittik. Kapı yarı aralıktı, ben geldiğime bin pişmandım, ama olan olmuştu, başa gelen çekilecekti. Üstelik Recep'in söylediklerinden dolayı allak bullaktım! Hüsam'a karşı, çok hevesliymişim gibi davranmaya çalıştım. Eşikte duran adam, Recep'in uzattığı sigaraları cebine tıkıştırmış, hiç zorluk çıkarmadan içeri sokmuştu bizi.

Girdiğimiz taş holde, bir kanepeyle iki koltuk vardı. Kanepede, çoğu ayaklarını önlerindeki sehpaya uzatmış, açık saçık giyinmiş kadınlar oturuyorlardı. Biri bacaklarını altına almış, örgü örüyordu, kırmızı saçlı olanı tırnaklarına boya sürüyordu. Koltuğa yayılmış, yaşlı, şişman kadın da sigarasını tüttürüyordu. Hüsam yanına gidip selam verdi. Yaşlı kadın konuşunca sesinin kalınlığı dikkatimizi çekti, birbirimize baktık Recep'le, gülmemek için zor tuttuk kendimizi.

"Benimki nerede?" diye sordu Hüsam.

"Buradakilerin hepsi senin aslanım," dedi kadın, sonra Recep'le bana döndü.

"Hoş geldiniz küçükbeyler, sefalar getirdiniz. Siz ikiniz buraya ilk mi geliyorsunuz?"

Başımızı evet anlamında salladık.

"İlk siz seçin o zaman kızları."

Kız filan seçmedik, ibiş gibi hiç konuşmadan durduk! Böyle bir yere ilk kez geldiğimiz her halimizden belli oluyordu ki, ihtiyar karı kalın sesini çatlatarak dalgasını geçti bizimle!

"Goncaaa, Kadeeer, haydi kızlar, bakın koklanmamış çiçekler geldi size, yaylanın bakalım."

"Abla, tırnaklarım kurumadı, Sevim gitsin," dedi kırmızı saçlı kadın.

Merdivenden peşinde yarı çıplak bir kadınla bir adam iniyordu. Hüsam, merdivenden inen kadına doğru seğirtirken, kadın adama, "Güle güle kocacığım, arayı açma, beni fazla bekletme e mi," dedi ve arkasını dönüp Hüsam'la birlikte merdivenleri çıkmaya başladı. Gözlerim fal taşı gibi açılmış, Recep'e baktım. O benden de şaşkındı. Nasıl bir işti bu yahu! Biz şaşkın ördek gibi bakışırken örgü ören kadın şişlerini masaya bıraktı, ayağa kalktı, bize, "Daha ana kuzusu bunlar," dedi, "haydi biriniz düşsün bakalım önüme..."

"Sevdagül, sen de bugünkü siftahını yap haydi," dedi erkek sesli ihtiyar karı, "çifte siftah olsun!" Keh keh güldü!

Kanepeye serilmiş karılardan biri daha toparlanıp kalktı, bizi nazikçe itekledililer, Recep'le peşlerine takılıp yukarı çıktık.

Yukarıda Hüsam'a bakındım, ama o ve kadın çoktan yok olmuşlardı! Recep önümden gitti, o da bir perdenin ardında kayboldu! Ben ayak sürüdüğüm için geride kaldım. Örgü ören kadın beni daracık bir odaya itiştirdi. Odada sadece bir yatakla bir iskemle vardı. Kadın üstündeki çiçekli giysiyi sıyırdı, ama tamamen çıkarmadı, gözlerim kırmızı sutyeninden taşan memelerine kaydı bir an, hemen yere baktım!

"Adın ne senin aslanım?"

Söyledim.

"İlk mi?"

"Ha?"

"İlk mi dedim, ilk mi? Belli, ilk! Çıkar pantolonunu. Ne bakıyorsun, çıkarsana... Otur şuraya haydi... İşimiz var seninle ha!"

Yatağın ucuna oturdum. "Ay sen soyunmayı da mı bilmiyorsun ayol! Kaç yaşındasın sen? İçeri girmeyi becermişin, ama on beşinde var mısın? Yoksun, yoksun! Pek toy bir şeysin."

Beni göğsümden itti, sırtüstü yatağa devrildim! Pabuçlarımı çekti aldı ayağımdan.

"Uğraştırmasana beni, çöz şu kemerini."

Daha fazla azar işitmemek için titreyen parmaklarımla açtım kemeri. Pantolonu paçalarımdan çekeleyerek donumla birlikte çekti çıkardı, yatağın yanına, yere bıraktı, utançtan ölmek üzereydim, iki elimi bileştirip önümü kapattım. Kadın topuklu terliklerini silkeledi ayağından, dizlerini iki yana açarak üstüme çıktı oturdu. Eteğinin arasından orası gözüküyordu! Görmemek için gözlerimi yumdum. Ellerimi tutup yanlara doğru açtı, üzerimde eşindi.

"Eee, hiç hareket yok sende? Haydi bakalım, ilk dersi verelim sana."

Çükümü eline aldı, oynamaya başladı. Kirpiklerimin arasından çaktırmadan baktım, benimle uğraşırken bir taraftan da sakız çiğniyordu. Her ikimiz de bir ümitle bekledikse de, ben her ellediğimde kabaran çüküm büyüyeceğine büsbütün küçüldü! Bu eziyetin bir an evvel bitmesi için elimden geleni yapmaya hazırdım, ama en ufak bir heyecan duymuyordum. Acaba ben sahiden Hüsam'ın dediği gibi miydim? Bu kadına karşı hiçbir şey hissedememem o yüzden miydi? Öyle olmaya dahi razıydım, yeter ki bu işkenceden bir an evvel kurtulayım! Oysa kadın pes etmiyor, çekiştirip duruyordu beni! Bir süre sonra, sakızını çıkardı ağzından, uzandı, yatağın yanındaki iskemlenin arkalığına yapıştırdı. "Özel muamele yapalım sana, ama kapıda ödersin farkını," dedi, eğildi, dilini sürtmeye başladı çüküme. "Allahım," dedim içimden, "kurtar beni buradan, yalvarırım kurtar!"

Kadın benden umudunu kesince, "Böylesini de hiç görmemiştim," diye söylenerek doğruldu, "haydi toparlan, zamanın doldu," dedi bana! Üstümden indi, parmağını salladı yüzüme doğru, "fark almayacağım, ama verdiğin parayı bir şey yapamadın diye sakın geri istemeye kalkma, alamazsın!"

"Geri istemiyorum zaten."

"Tamam o zaman. Korkma, yapamadığını kimseye söylemem."

Ses etmedim. Beline düşmüş çiçekli giysiyi yukarı çekiştirip askılarına kollarını geçirdi, kuşağını bağladı, çıktı kapıdan. Sakızını iskemlenin tahtasında unuttu. Bir an aklımdan seslenip hatırlatmak geçti, ama uzaklaşmıştı! Merdivende tıkırdayan topuk seslerine tiz sesi eşlik ediyordu.

"Gençlik işte... Doymak bilmiyorlar bu yaşta ayol!"

Söylediklerini Recep'in değil de Hüsam'ın duymuş olmasını dileyerek, alelacele pantolonumu giydim, peşinden indim ben de! Gözlerimiz buluştuğunda göz kırptı bana: "Maşallah, maşallah! Allah nazarlardan korusun!"

Parayı peşin vermiştik zaten, kendimi dışarı atarken, "Arkadaşım çıktı mı?" diye sordum kapıdaki adama.

"Çıktı, dışarıda bekleyecekmiş."

Hemen çıktım ben de. Recep evin az ötesindeki elektrik direğine dayanmış, bekliyordu. Beni görür görmez seğirtti.

"Nasıldı lan?"

"İyi," dedim.

"Yaptın mı?"

"Hıı."

"Anlatsana."

"Anlatacak bir şey yok. Çıktı üstüme oturdu, eline aldı filan... Öyle işte."

"Eline mi geldin yoksa?"

"Yok. Sen de yaptın mı?"

"Yaptım tabii. İki kere yaptım hem de! Boşuna mı verdik sigaraları."

Başka konuşmadık. Hüsam'ı da beklemedik, her zaman yaptığımız gibi yan yana uygun adım yürüyerek uzaklaştık o mahalleden, yol paramız kalmadığı için otostop yapmak üzere şoseye yöneldik.

Birkaç gün sonra her zamanki yerimizde sırtımızı meşeye vermiş, ayaklarımızı uzatıp oturmuş, dertleşiyorduk Recep'le. Anası birkaç günden beri hastaydı. Hayvanları yemlemenin, ahırı temizlemenin yanı sıra, evdeki temizlik ve yemek işleri de Recep'in üstüne kalmıştı. Ahır temizliği, hayvan yemlemek filan umurunda değildi de, yemek işini hiç beceremiyordu.

"Gelecek şimdi moruk eve, yine homurdanacak aş bulamayınca. Anama bağıracak. Geberesice!"

"Ben sana yardım ederim," dedim samimiyetle.

"Sahiden mi?"

"Elbette. Lafı mı olur. Size bir çorba yapar, öyle giderim eve! Tarhana var mı sizde?"

"Sen çorba yapmayı biliyor musun?"

"Ablalarım kocaya gidince Cemile'ye yardım etmek için öğrendim. Ocak başında uzun kalırsa beli ağrıyor da... Hem severim yemek yapmayı ben, babam sinirlenmese hep yapacağım ama kızıyor işte."

"Hepsi deli bunların," dedi Recep, "tek bildikleri azarlamak, dövmek."

Bir süre konuşmadan oturduk yan yana. Sonra Recep, omzuma dokundu, "Sana bir şey söyleyeceğim," dedi, "söz verdikti ya, saklı gizli olmasın diye aramızda..."

"Haa, verdikti."

"Bak, tutuyorum sözümü! Hani karılara gittiğimiz gün var ya..."

"Eeee?"
"Ben sana yalan attım."
Dikildim kaykıldığım yerden!
"Ben o gün, iki kere filan yapmadım. Beni tutar tutmaz eline boşaldım karının."
"Ben onu bile yapamadım," dedim.
"Yok yahu! Neden?"
"Ne bileyim... Tırstım işte."
"Tüh be! Boşuna para verdik karılara."
"Kapıdaki herife de sigara kaptırdık lan! Dünyanın da yolunu yürüdük."
"Yol bir şey değil de... Çok utandım ulan, öyle cıscıbıl kalınca..."
Gülmeye başladık. Birbirimize beceriksizliğimizin ayrıntılarını anlattıkça katılıyorduk gülmekten! Sonra ben birden ciddileştim, "Saklı gizli olmasın diyorsun aramızda madem... Şimdi kızacan bana ama... Ben de sana bir şey söyleyeceğim," dedim.
"Söyle."
"Bu sigara işini kimseye söylemeyecektik ya... Ben sadece Cemile'ye anlattım."
"NE? NE HAKLA! Hani bu BİZİM sırrımızdı!"
"Bağırma be! Pişman etme beni söylediğime. Birbirimizden hiçbir şey gizlemediğimiz için söylüyorum işte! Söylemesem bilmeyecektin."
"Neden yaptın bunu lan?"
"Mağarayı keşfettiğimizden beri Cemile'yi hiç dışarı çıkaramaz oldum. Biz dağa tırmanıyoruz diye onu almıyoruz ya, eve kapandı kaldı zavallı! Niye beni eskisi gibi yanınıza almıyorsunuz diye ısrarla sorunca dayanamadım, söyledim. Benim anlattıklarımla oyalanıyor; evde benden başka kimse adam yerine koyup konuşmaz onunla. Oysa hepsinden daha akıllıdır Cemile, benim okul defterlerime baka baka okumayı söktü be, daha ne yapsın! Merak etme, kimseye söylemez o. Öldürseler söylemez."

"Benden gizli başka neler anlattın ona? Dedemi anlattın mı?"

"Aşkolsun! O senin sırrın. Anlatmadım tabii."

"Karılara gittiğimizi?"

Cevap vermedim.

"Ulan Kıvırcık, her yediğin boku anlatıyor musun ona? Bunu nasıl söylersin be!"

Dirseğiyle böğrüme vurdu, canımı acıttı. Yetmedi, birden üstüme çullandı! Alt alta üst üste boğuştuk biraz. Sonra durulduk, oturduk yine yan yana. Niye bu kadar kızdığını anlayamıyordum. Nefes nefese sordu: "Dergâhta başına geleni de anlattın mı?"

"Hayır. Onu senden başka kimse bilmiyor!"

"Keşke kerhaneye gittiğimizi de anlatmasaydın! Kötü yaptın!"

"Sen de Hüsam'a söylemiştin karılara gideceğimizi, hatırlasana! Ödeştik işte."

"Ben mecburen söyledimdi, gelsin pazarlık yapsın, bizi içeri soksun diye... Tüh be! Rezil oldum Cemile'ye! Nasıl bakacağım yüzüne şimdi!"

"Ayrıntı anlatmadım ki oğlum, insaf et be! Sadece, merak ettik, gittik, dedim. Hoşumuza gitmedi, bir daha da gitmeyeceğiz, dedim. Bütün söylediğim bu!"

"Yemin et!"

"Valla! İki gözüm önüme aksın!"

"Sırrımızı ele verdin!"

"Kerhaneye gitmek sır mı lan?"

"Sigaraları söyledin! Sır verdin, sır!"

"Cemile kimseye bir şey söylemez. Ölse söylemez!"

"Olsun, sigaralar bizim sırrımızdı, ama artık değil," dedi Recep, olacakları görmüş gibi, çünkü genelev macerasından sonra, birkaç gün ortalıkta görünmeyen Hüsam, hafta başında okul kapısında bitmiş ve sigaraları nereden bulduğumuzu öğrenmek istemişti.

Gitmez olaymışız kerhaneye!

Sigaraları ona vermez olaymışız!

Zebani gibi dikilmişti başımıza!

"Dökülün bakalım, kerhane zabıtasına verdiğim sigaraları kimden aşırdınız?" Hazırlıksız yakalanıp saçma sapan bir yalan attıktı!

"Yolda bulmuştuk, geçende..."

"Yok yav? Hangi yolda? Hangi yolun, neresinde?"

"Okula giderken, işte oralarda..."

"Böyle yere saçılmış duruyorlardı, öyle mi?"

"Hıı."

"Yemin edin."

Ettik.

"Kuran üstüne edin!"

Edemedik.

"Niye etmiyorsunuz ulan?" dedi.

"Olur olmaz şeyler için Kuran üstüne yemin edilmez," dedim ben.

"Bir güzel dayak çekerim sana, o zaman edersin belki," dedi belinden kemerini çözerken. Kaçmaya başladım, yakaladı beni, bir güzel benzetti. Dilimi tuttum, hiçbir şey söylemedim. Recep de aldı nasibini dayaktan. Hüsam'dan böylece kurtulduğumuzu sandık, rahatladık! Ertesi gün yine aynı soruyla dikildi karşımıza!

Ben, "Askerden yeni dönen dayım getirdi," diye yeni bir yalan denedim!

Bir gün sonra Hüsam yine karşımızdaydı, "Ben araştırdım, dayın mayın dönmemiş askerden," diyerek saldırdı bana. Ben kaçınca Recep'e bulaştı, bir fasıl dayak daha çekti. Yine aslanlar gibi dayandık, konuşmadık! Aslında iki kişi bir olup üstesinden gelebilirdik belki Hüsam'ın, ama biz de ondan bir şey gizliyor olmanın ezikliği içindeydik demek ki...

Dördüncü sefer sorduğunda, yediğimiz dayakların acısını çıkarmak istedik.

"Yalvar lan," dedi Recep, "öyle efelenmeden, tehdit etmeden, adam gibi iyilikle sorarsan söyleriz."

Dayakla kötekle bizi konuşturamayan Hüsam boyun eğdi!

"Tamam, yalvarıyorum işte. Haydi Recep, Allah aşkına söyle, nerede buldun sigaraları?"

"Bana da yalvar, lan!"

Hüsam bana da yalvardı. Her ikimiz de kulaklarımıza inanamadık! Herif ne desek yapıyordu. Cesaretlendik!

"Ayağınızın altını öpeyim de!"

"Ayağınızın altını öpeyim."

"Bokunuzu yiyeyim de."

"Ulan eşşşek sıpaları, bokunuzu yiyeyim."

"Sayılmaz, küfür ettin!"

"Ulan ben sizin ananızın...." İki eliyle Recep'in boğazına sarıldı Hüsam. Birden gözüm döndü, biz niye boyun eğiyorduk bu herife! Bir odun parçası kapıp beline indirdim!

"Ulan ibne, gösteririm sana ben..."

"Küfür yok! Madem küfrettin, öldürsen de söylemeyeceğiz!" Elimdeki odunu kolaylıkla kaptı benden, rasgele savurdu, başıma, omzuma, belime vurdu.

"Öldüreceğim ikinizi de! Söyleyecek misiniz?"

Güçlükle konuştum: "Hayır!"

"Götünü öpeyim dersen belki söylerim," dedi Recep. Bir yumruk daha yedi suratının ortasına! Bizi haşat edip bıraktı Hüsam, okul bahçesinin yanındaki yangın yerinde.

O gittikten sonra, patlamış dudaklarımızın acısına aldırmadan, gülmekten katıldık. Recep onun, "Ayağınızın altını öpeyim," derkenki halinin taklidini yaptı, kahkahalar attık. "Bokunuzu yiyeyim," deyişinin taklidini yaparken yerlerde yuvarlandık, karnımıza gülmekten ağrılar girdi.

Hüsam'ı yalvartmak her şeye değmişti!

Eve vardığımda, "Haylaz herif, bu halin ne?" dedi anam.

"Kavgaya karıştım," dedim.

"Kavgaya? Sen?"

"Evet."

"Baban gelse de görse şu halini, belki çenesi dururdu," dedi dudaklarının arasından. Cemile bir tülbendi güğümdeki suyla ıslatıp getirdi, patlamış dudağıma, morarmış gözüme bastırdı.

"Sana bunu yapanın elleri kırılsın inşallah! Ne diye bulaşıyorsun itlere, abi!"

"Sen erkeklerin işine burnunu sokma," dedi anam Cemile'ye. Sesinde belli belirsiz bir gurur sezer gibi oldum!

Recep'le kaderimiz o günlerde örülmeye başlamış olmalıydı.

Hafta sonu bizi dağa tırmanırken gizlice takip etmiş Hüsam. Mağaranın önünde sigaralarımızı tellendirirken suçüstü yakalandık! Yapacak hiçbir şey yoktu, ister istemez sigaraların yerini gösterdik, mecburen onu da kattık aramıza ve bir daha ondan kurtulamadık!

Hüsam'ın aramıza katılmasıyla aniden büyüdük, büyümekle kalmadık, yaşlandık, yıprandık, ölümün eşiğine geldik nerdeyse. Çünkü onun bizim aklımızın ucundan geçmeyen fikirleri vardı!

Hayatımın tek derdi Hüsam değildi o günlerde...

Babam, Cemile'ye komşu köylerin birinde koca bulmuştu. Karısı yeni ölmüş, kızları evlenerek çekip gitmiş, oğulları gurbete düşmüş, dul ve yaşlı bir adamın evini çekip çevirecek, yatağını ısıtacak genç bir karı aradığını öğrenince adama Cemile'yi teklif etmişti!

Haberi verdiği akşam, "Kızın kusurunu söyledin mi?" diye sormuştu anam.

"Niye söyleyeyim ki! Cemile kız oğlan kız! Orada bir yaramazlık yok! Çalışkan, uysal, yüzü de güzel... Bir bacağı aksıyorsa bundan herife ne?"

"Bilsin! Bilerek alsın! Sonra kıza bir kötülük ediverir."

"Ne kötülüğü edecek?"

"Döver bakarsın."

Babam dayaktan ne çıkar gibisinden bakmıştı anamın yüzüne!

"Geri yollar, bakarsın."

"Ben başlık parasını peşin alacam."

"Sen paranı alacan da, kocaya gidip geri dönmüş kızı biz n'etçez?"

"Sus! Fazla konuşma!"

Babamın arkasından, paragöz herif diye söylenip duran anamın, babamın yüzüne konuşmaya cesareti yoktu! Onu suçlayamıyordum, ben de babamın değil, ancak anamın karşısına dikilebilmiştim o günlerde.

"Altmış beş yaşındaymış herif, hiç acımıyorsun kızına?" demiştim!

"Daha iyi ya, kızın tepesine çıkmaz ikide bir, rahat bırakır. Çocuk da istemez herhal, doğurtacağını doğurtmuş önceki karılara! Torunları bile varmış! Rahat eder Cemile'm."

"Nikâh kıyacak mı kardeşime?"

"Kıyacakmış, kız köye vardığında."

"Resmi nikâh?"

"Resmi nikâh da neyin nesiymiş? Gül gibi ablalarına kıyılmadı resmi nikâh! Baban duyarsa ağzını burnunu dağıtır. İmam nikâhı neyinize yetmiyor?"

"Ana, Cemile istemiyor kocaya gitmek! Gözünün yaşı yağmur. Ağlamaktan kör olacak, ayağını öpeyim babamla konuş, vazgeçsin! Ben okul kapanınca çalışır para getiririm eve. O herif... Damat, ne verecekse babama, ben o parayı kuruşu kuruşuna koyarım önüne."

"Sadece para için değil ki, kız kısmının yeri kocasının evidir. O da evini bilsin."

"Onun evi burası ana!"

"Git başımdan, işimi yaptırmıyorsun bana," demişti anam.

Bütün gün cesaretimi toplamaya çalışmış, akşam sofrada babama yalvarmıştım.

"Adam kaç para verecekse, sana söz veriyorum baba, başlık parasını sana ben kazanıp ödeyeceğim. Cemile'yi yollama."

"Ne diyorsun sen be? Kardeşini karı diye mi alacan?"

"Hâşâ baba! O nasıl söz!"

"Seni ayağımın altına almadan yıkıl karşımdan. Çalışıp ödeyecekmiş! Ne iş yaparsın ki sen? Bir kurban derisi bile yüzdüremedim sana!"

"İnşaatta çalışırım."

"Get lan! Yoksa anan mı öğretti bunları sana?"

Demek anam da yalvarmış babama, gözüme girdi anam o an!

"Vallahi hayır. Ben... Cemile'ye kıyamadığım için..."

"Boşuna nefes tüketmeyin ana oğul! Ben söz vermişim! Sözüm sözdür!"

Babamdan umudu kesince hemen Recep'e koşmuştum! Baş başa verip Cemile'yi kurtaracak çareler aramıştık. Cemile'yi kaçırsak, bizim mağarada saklasak... Olmaz, kış aylarında mağarada kalamazdı. Şehre götürüp bir otele yerleştirmeye kalksam, o hiç olmaz! Can havliyle neler düşünmüyordum ki! Çaresizdim, ne yapacağımı bilemiyordum!

"Herif nikâh bile kıymıyor kardeşime," diye söyleniyordum sürekli, "boğaz tokluğuna işini gördürecek!"

"Nikâh kıymaması daha iyi," demişti Recep, "Cemile çok mutsuzsa bir yolunu bulur kaçar belki bir gün, boşanma derdi olmaz."

"Ahh Recep, biraz paramız olaydı, babama başlığı peşin öder, kardeşimi evde tutardım!"

Oysa ne param vardı ne de babama karşı koyacak gücüm! İki tokatla susturmuştu babam beni. Ben de taktik vermekle yetindimdi kardeşime! Recep'le kafa patlatıp bulduğumuz çıkış yollarını tek tek saydık Cemile'ye! Ucunda dayak vardı verdiğimiz taktiğin ama... Ufacık da olsa bir umut belki... Kızın eve geri gelmesi için...

Anam sandıktan çıkardığı birkaç parça ucu oyalı yemeniyle iki pazen giysiyi bir bohçaya sarmalamış, yürürken daha az dalgalansın diye ayakkabısının tekine pamuk doldurduğu kızını kara çarşafa bürüyüp babamın yanına katmıştı, kocaman siyah bir paket gibi!

Evin önünden geçen tozlu yola yürüdüler, babam önde, Cemile arkada! Ablalarımın davullu zurnalı gidişi gibi değildi Cemile'nin gidişi! Saçını örten çarşafın ucunu dolayıp ağzını da burnuna kadar kapatmıştı! Açıkta kalan siyah üzüm gözlerinde yaşlar titreşiyordu kapıdan çıkarken! Bir ara başını çevirdi, arkaya baktı, göz göze geldik. Gözlerindeki çığlığı duydum! Kendimi tutamayıp bağırmaya başladım. Babam geri döndü, beni kapının hemen yanındaki odunluğa itiştirdi, kapısını üzerime kilitledi; maraza çıkartmamam için. Cemile'yi almaya kocası taksiyle gelmişti. Ben gidişini göremedim. Babam taksi uzaklaştıktan sonra açtı kilidi, çıktım!

"Şimdi istediğin kadar bağır," dedi bana.

Bağırdım avaz avaz: "Cemileeeeee!.."

Kardeşimin yokluğu uzun sürmedi! Aynı haftanın sonuna doğruydu, yanlış hatırlamıyorsam ikindi yeni okunmuştu, tozu dumana katarak bir taksi geldi, durdu evin önünde! Taksiden önce yaşlı koca, arkasından kara çarşaflı Cemile indiler. Babam koştu, karşıladı damadını!

Babamın uzattığı eli, kendi elinin tersiyle itti herifçioğlu.

"Parmağımı olsun dokundurmadım kızına," dedi, "aldığım gibi veriyorum! Buyur al! Paramı da geri öde!"

"Allah'ı gücendiriyorsun, günahtır," dedi babam, "sana kız oğlan kız verdim! N'olmuş ayağı aksıyorsa?"

"Sadece ayağı aksasa neyse, eli de sakar, evde ne varsa kırdı, döktü, saçtı! Eve girdiği anda başladı kırıp dökmeye. Çorbayı üstüme devirdi, su testisini kırdı, un torbasını elinden düşürdü, her yer un içinde kaldı. Yumurtaları... Söyletme beni şimdi... Yol yorgunudur, dedim, bekledim sabırla. Ağladı, tepindi, hastayım dedi, ayrı odada yatırdım ilk gece! Ertesi gün yine aynı şey... Kırılıp dökülenin hesabı yok! Evde bardak kalmadı be! Kırdığı döktüğü yetmezmiş gibi, kurt gibi ulur geceleri, ağlar durur! Vaziyet böyle olunca, elimi bile sürmedim vallahi... İnanmazsan götür doktora muayene ettir, kafadan çatlak bu! Aldığım gibi veriyorum."

"Sen elini sür, sürme... Alnına mı çakacağız kocaya gitti ama el sürülmemiştir diye! Haysiyeti beş paralık oldu kızımın. Bunun bir bedeli var," dedi babam, sonra Cemile'ye döndü.

"Sen geç içeri, seninle sonra görüşeceğim!"

Cemile kapıdan siyah bir hayal gibi süzülüp eve girdi. Ben, babamı herifle ağır pazarlıkta baş başa bırakıp kardeşimin peşinden içeri koştum. Anam çarşafını çıkartıyordu kızının, "Geberesice, rezil ettin bizi," diyerekten, ama ben sesindeki gizli sevincin tınısını duyabiliyordum bu kez!

Babam nihayet eve girdiğinde kârlı çıktığı yüzünden belli oluyordu. Ne var ki, o gece babamdan çok dayak yemişti Cemile. Ertesi sabah, ben moraran yerlerine çiğnenmiş ekmek bastırırken içi gülen gözleriyle bana, "Başardık abi," demişti kardeşim, "dediklerinizin hepsini yaptım! Allah senden de razı olsun, Recep'ten de. Biliyor musun, bir ara beni öldürecek diye çok korktum! Üzerime yürüdü, kaçarken kilime takılıp düştüm! Bir tekme attı böğrüme, ama hepsi o kadar... Elimden bir kaza çıkmadan, defol git, dedi sonra."

Ancak o zaman düşünebildim Cemile'yi nasıl bir tehlikeye atmış olduğumu! Kardeşim anlatıyordu, ama ben duymuyordum artık. Ya kocası olacak herif öldüresiye dövseydi onu! Allahım, nasıl aklımıza gelmedi bu ihtimal, ona taktik verirken Recep'le... Yerimden fırladım, koşup sarıldım kardeşime, sımsıkı bağrıma bastım!

"Ya başına bir şey geleydi, Cemile," diye fısıldadım, "ya tekmelemeye devam edeydi, üzerine çullanaydı, elinde kalaydın herifin! Verilmiş sadakamız varmış, Allah seni korumuş!"

"Kaderde ne varsa o olur abi," dedi Cemile, "bak, bana evime dönmek yazılmış! Ne güzel!"

İşte tam da o günlere rast gelir Hüsam'ın Recep'le bana, bir öneriyle gelmesi!

"Bakın ne diyeceğim, bu sigaralardan birkaç paketi aşağı indirsek, köyde, okulda çocuklara satsak... Elimize üç beş kuruş geçerdi," demişti.

Kız kardeşimi bir daha kocaya yollatmamak için elimde biraz para bulundurmak iyi fikirdi, ama Hüsam'a hemen evet diyemedimdi.

"Saçmalama lan!"

"Ne budala heriflersiniz be, elinize bedava mal geçmiş, paraya çeviremiyorsunuz."

"Bizim malımız değil ki," demişti bana uyan Recep.

"Değilse ne tüttürüp duruyorsun? O dudaklarının arasındaki ne?"

"O başka. Buldum, içiyorum! Satmakla aynı mı?"

"Aynı. İzin almadan içiyorsun bir başkasının malını."

"Ya sigaraların sahibi çıkagelirse," diye sordum, "ceplemiş aşağı iniyoruz sigaraları, enselenmişiz yolda! N'aparız o zaman?"

"Niye enselenelim ki, bak biz tepedeyiz, nah avucum içi gibi görüyorum her yeri, ne gelen var ne giden! Aramızdan biri her sefer nöbete kalır! Gelen olursa haber eder, kaçar saklanırız. Hem nereden bilecekler bizim yaptığımızı? Kasabada bir sürü insan yaşıyor."

"Satarken yakalanırsak ne diyecez? Nerden buldunuz lan onca sigarayı diye sormazlar mı adama?"

"Dağa çıkan yolun üzerinde bir koli bulduk, herhalde bir kamyondan düşmüş, deriz, sizin bana attığınız yalan gibi..."

Hüsam bizi ikna etmek için hiç durmadan konuştu durdu. Recep de ben de kabul etmediğimiz takdirde bu işi tek başına ya da başkalarıyla yapacağının farkındaydık. Bir ara mağaranın bir köşesine gidip fısıldaştık aramızda. Nasılsa çaresiz kabul edecektik, ama önce biraz nazlanacaktık! Bu gece düşünelim, yarın kararımızı söyleriz, dedik. Ceplerimize birkaç sigara paketi tıkıştırıp hep beraber aşağı inmeye başladık.

"Düşünün düşünmesine de, akıllı olun," dedi Hüsam, "cebiniz para görecek enayiler!"

"Tamam da biz bu sigaraları kaça satacağız?"

"Bir paket kaça satılıyor, öğrenelim hele! Bir pakette kaç sigara var? Saysana lan!"

"Yazıyor üstünde lan!"

"Böleriz işte onu sigaranın fiyatına, ne ediyorsa, biz her bir sigarayı tane tane çok daha ucuza satarsak alıcı buluruz."

"Oldu bu iş!"

"Ulan sahibi gelirse ağzımıza sıçar bizim. Sahi, kim bunların sahibi sence?"

"Yaz başından beri biz nerdeyse her gün geldik gittik mağaraya, ne gelen var ne de giden. Bence sigaraları buraya getiren kişi öldü! Hiç geri gelmeyecek," dedi Recep.

"Evet. Herhalde öyle oldu! Yoksa gelirdi değil mi?"

"Gelirdi."

İşte böyle kandırmıştık kendimizi, tıpkı çocuklar gibi, çünkü aslında biz ergenlik çağını yaşayan üç çocuktuk hâlâ! Ben yine de direndim.

"Vallahi ben satamam, babam enselerse..."

"Ben de satamam," dedi Recep.

"Siz satmayın, sadece aşağı kadar indirin."

"Parayı bölüşecez ama..."

"Daha neler! Size vereceğim sadece sus payı! Payınızı alır, oturursunuz."

"Ulan herife bak! Biz olmasak nerden bilecektin burada sigara deposu olduğunu lan! Kazancı üçe böleceksin."

"Anan güzel mi?"

"Canın isterse, biz de ihbar ederiz seni."

"Kesin lan, orospu çocukları, üçe böleriz tamam!"

O gün dağdan aşağı indikten sonra, evlerimize dağılmadan, Recep'le ağacımızın altına oturmuş, hayal kurmuştuk. Hayallerimiz, nihayet içmeyi becerebildiğimiz sigaralarımızın dumanına yansıyordu; ağzımızdan çıkan halkalarda bir otobüs beliriyordu, Recep'le anası otobüste yan yana oturmuş Sinop'a gidiyorlardı, temelli oraya yerleşmek için. Recep orada bir dükkân açıp sigara satacak. Derken benim hayalim; üniversite sınavlarını kazanmışım, ayrılıyorum evden, ah tabii Cemile'yi yanıma alıyorum bana bakar, çamaşırlarımı yıkar bahanesiyle, ama elini sıcak sudan soğuk suya değdirmiyorum kardeşimin. İş bulur bulmaz da ona özel ayakkabılar yaptırıyorum, kısa bacağı aksamasın diye!

"Sinop'ta üniversite var mı lan?"

Hayallerimi bölen Recep'e içerliyorum biraz. "Vardır ulan herhalde."

"Yoksa bile yakınında bir yerlerde vardır. Sen de orada okursun artık! Çok uzağa gitmezsin değil mi?"

O da biliyor üniversitenin yerini tayin edemeyeceğimi ama soruyor işte!

Keyfini bozmamak için lafı değiştiriyorum, "Biriktiririz paralarımızı, canımız ne çekerse yaparız!"

"Ya uzakta bir yeri kazanırsan?"

"Uzakta olsam bile sık sık gelirim. Memlekette otobüs mü yok lan?! Sen de bana gelirsin!"

"Gelirim!" diyor Recep.

Yol boyunca içtiği sigarası, yıllar öncesinde olduğu gibi, Recep'in avucunun içinde duruyordu yine. Hüsam öğretmişti ona sigarayı böyle gizleyerek içmeyi. Kahveye girmeden önce yere atıp üzerine bastı izmaritin.

Kahveden içeri girdik.

"Ooo Bora Bey! Ne zamandır uğramıyordunuz, nerelerdeydiniz?" diye sordu beni tanıyan garson çocuk. Recep'in şaşkın gözlerinden kaçırdım bakışlarımı.

"Memlekete gitmiştim!" Yürüdüm fazla uzatmadan konuşmayı, "Şöyle geç, Recep," dedim, en dipteki masayı işaret ederek. Sırtını duvara verip oturdu. Karşısına geçtim.

"Çok üzgünüm geçen sabah için. Birden seni karşımda görünce..."

"Tamam, uzatma!"

"Ne zamandır İstanbul'dasın? Baban çoktan çıktı herhalde?"

"Çıktı."

"Onunla mı kalıyorsun?"

"Yoo. Aramadı beni çıktıktan sonra. Dedem ona ne anlattıysa artık, görmek istememiş beni, başının çaresine baksın, demiş. Zaten bir de karı almış anamın yerine. Şeytan görsün yüzünü!"

"Burada n'apıyorsun? Anlatsana."

"Anlatacak olan sensin! Bedri değilsen kimsin sen, kabak kafalı Kıvırcık? Önce sen anlat bakalım!"

"Anlatayım da nereden başlasam?"

"Jandarmaların arasında askere götürülmenden başla!"

Ürperdim. O anı ne zaman hatırlasam ürperirim.

Jandarmaların arasında götürülürken, duvarın üzerine dizilmiş birkaç kişinin arasındaydı Recep! Göz göze gelmiştik. İki derin kuyuydu, çaresizliğin bakışa dönüşmesiydi Recep'in gözleri! Yaşlar gözlerinden ha düştü ha düşecek. Can yoldaşı giderken, Recep, Cemile gibi kaçırmamıştı bakışlarını benden, bakışlarıyla uğurlamıştı beni, ben cipe binene kadar. Araca tam binmek üzereyken babam seslenmişti: "Kitabını aldın mı yanına?"

"Ne kitabı?"

"Kuran'ı soruyor," demişti Cemile. Eve koşmuş, elinde Kör Hoca'nın hiç yanlışsız ilk hatimi indirdiğimde, duvarda asılı duran, bana armağan ettiği Kuran'la gelmiş, kitabı elimdeki torbaya sokuşturmuş, sonra ağlamaya başlamıştı! İncecik bedeni hıçkırıklarla sarsılıyordu.

"Ağlama, ölüme değil, askere gidiyorum. Bitince döneceğim geri, ağlama," demiştim. Yine bakmamıştı bana! Gözleri yerdeydi hep! Anam da bakmamıştı gözlerime. Ağıtını yakarken uzaklara bakıyordu. Ben köyümden ayrılırken sadece Recep'in bakışını taşıdım sırtımda, koruyucu bir kalkan gibi!

"Haydi bakalım, o günden başla, her şeyi anlat, Bora Bey!"

Hayatımın en büyük hayal kırıklığını, beni canıma kıymaya sürükleyen ihaneti yeni baştan yaşamaya hazır değildim.

"Önce sen anlat," dedim.

"Olmaz. Önce sen adını neden değiştirdiğini açıkla bana."

"Bir fırsat çıktı önüme kimlik değişimi için. Ben o sıralarda buhran geçiriyordum. Kendimde değildim yani. Askerlik benim için çok zor oldu Recep, bildiğin gibi değil, askerdeyken başıma çok şey geldi."

Lafımı kesti. "Zor mor, yaptın ama askerliğini. Üniversiteyi de bitirdin. Sen her işin üstesinden geldin Bedri Efendi! Başardın ama bir kez olsun dönüp bakmadın geride kalanlar ne yaptı diye! Cemile'ye ne oldu, merak etmedin! Bana ne oldu, umurunda olmadı, ananla baban göçen damın altında kalıp öldüler, gelmedin! (Kulak kesildim. O kazada ölmüşler. Demek yıllar önce okuyamadığım o gazetede adları varmış! Yüzümün kızardığını, heyecanlandığımı belli etmemeye çalıştım.) Haydi o zaman askerdeydin diyelim, sonradan gelir insan, anasının, babasının mezarında bir dua okur! Arkanı dönüp gittin, gidiş o gidiş! Neymiş, benim içeri düştüğümden, ananla babanın öldüğünden... (Bu kez o bir şey söyleyecekmiş gibi oldu, yutkundu.) haberin bile olmamış! Meğer sen sadece kendini düşünen bir herifmişsin!"

"Yalan! Seni çok düşündüm. Hep aklımdaydın..."

"Aklında değildim ulan, hapisteydim ben!"

"Nasıl bilebilirdim Recep? Cemile'ye gelince... Ondan hiç söz etmeyelim."

"Senin hayatını kurtardı diye mi?"

"O mu kurtardı hayatımı? Beni ele verdi o! Hayatta senden başka tek güvendiğim, en çok sevdiğim kardeşim, sırrımı saklayamadı! Beni babama gammazlamasa birkaç hafta sonra üniversiteye gidecek, kurtulacaktım! Utanmadan da yazmış üstelik kargacık burgacık yazısıyla, benim yüzümden gittin askere, beni affet diye! Bırak Allah aşkına!"

"O olmasaydı, sen de benim gibi yatardın içerde," dedi Recep, "keşke benim de bir Cemile'm olaydı..." Garson tepemize dikilince sustu Recep.

Garsona, "İki çay getir," dedim.

"Başka?"

"Ne başkası bu saatte? Ne? Sabahın bu saatinde öğlen yemeği mi yiyelim?" Sinirlendiğimi gören garson ses etmeden çekti gitti.

"Hırsını elin adamından çıkarma, Cemile'ye de kızmayı bırak! Bak, adam olmuşsun, kılığın kıyafetin düzelmiş, dilin çalmıyor, İstanbullulardan hiç farkın kalmamış. Cemile sayesinde baban yaşını büyütüp seni asker kaçağı olarak tez elden askere yollamasa nah görürdün sen İstanbul'u."

"Bana baksana sen, bu duruma kolay mı geldim sanıyorsun? Baktım askerlik yüzünden üniversite fırsatını kaçırmışım, pes etmedim, askerlik sonrası sınava yeniden girmek için hela ampullerinin ışığında çalıştım ben! Hep gizli gizli... Kitaplarımı, ders notlarımı buldukça, kâh olmadık yerlere... şiltelerin altına sakladılar, kâh yırttılar, yok ettiler. Ne dayaklar yedim askerde, ne hakaretlere göğüs gerdim! Nelere dayandım! Ama ne zaman ki senin mektubun geldi, kardeşimin ihanetini okudum, hem de kendi ağzından, vay be Cemile, dedim, sen neymişsin be Cemile! Allah boşuna aksak yaratmamış seni!"

"Allah'tan kork! Haksızlık ediyorsun kıza!"

"Ne haksızlığı! Ben ki onu sırtımda taşımışım her yere, babam okula yollasa, oraya da sırtımda taşıyacaktım, biliyorsun. Seninle dereye inerken, koruya giderken her seferinde yanımıza katmışım, o yorulmasın, incinmesin diye her işini yapmışım, eksiğini kapatmışım, adam yerine koyup sırrımızı paylaşmışım! Sen nasıl kızmıştın bana sigaraları bulduğumuzu ona söyledim diye, hatırlasana, o kadar güvenmiştim ona! İşte o Cemile, tuttu bana ihanet etti! Oysa sadece ben sevdim onu, o kahrolasıca evde, sadece ben acıdım, ben değer verdim! Moruk kocasından kurtulmanın yolunu bile öğreten ben değil miydim! Bunu mu yapacaktı bana? (Sesim boğuldu, hıçkırmamak için tuttum kendimi.) Beni askere yollatanın Cemile olduğunu öğrenince ne yaptım biliyor musun?" Gözlerinin içine baktım Recep'in, başını salladı hayır anlamında. "Canıma kıydım! Resmen canıma kıydım!"

"Nasıl kıymışsan, ölmemişsin baksana!"

"Kurtardılar! Günlerce komada kalmışım! Zamanım gelmemiş olmalı ki yırttım! Depresyona girdim, aylarca hastanede kaldım! Gün geldi kendimi ibadete verdim, gece gündüz Kuran okudum, dua ettim, gün geldi dinime imanıma küfrettim! Kafayı yedim, biliyor musun! Depresyon öyle bir şey işte! Avuçla hap yutturdular, tedavi ettiler, yavaş yavaş düzeldim, hayata döndüm! İyileştikten sonra, yattığım revirde iyiliksever biri yardım etti kimliğimi değiştirmeme! Kendime yeni bir ad, yeni bir hayat seçtim! Beni iteleyip kakalayan ailemi geride bıraktım! Hiçbirinin yüzünü bir daha görmek istemedim. Recep, düşünsene, canım ciğerim Cemile'mi bile bir daha görmek istemedim! Lanet olsun dedim, hepsine lanet olsun! Suratlarını görene yuh olsun! Yeni bir isimle yepyeni bir hayata başladım!"

"Yaramış yeni hayatın... Belli!"

"Doğrudur! İnanmayacaksın ama, geçmişle bağımı koparınca şansım döndü, önüm açıldı! Bana demin her şeyin üstesinden geldin, demiştin ya, evet geldim ama öyle sandığın gibi tereyağından kıl çeker gibi olmadı. Didinerek, uğraşarak, kâh acı çekerek, kâh ince planlar yaparak... Bir yere geldimse, çok çalıştığım, çok çabaladığım içindir! Buyur işte, benim hikâyem de kısaca böyle!"

"Beni niye hiç aramadın?"

"Kaç kere söyleyeceğim, aradım ama ulaşamadım. Meğer hapisteymişsin."

"Ben sana yazdımdı hapiste olduğumu."

"Ölümden döndüm ben, ölümden! Komada kaldım diyorum günlerce! Ne demek biliyor musun koma? Ot gibi yatmak demek! Duymadan, işitmeden, görmeden, günlerce uyumak, uyumak... Ananın son zamanlarını, hatta son iki gününü hatırlasana, nasıl yatıyordu yatakta, seni bile tanımadan... Ben de aynen öyle oldum, işte mektubun o günlerde gelmiş olmalı. Elime geçmedi."

Ben anasından söz edince yüzü gölgelendi Recep'in, gözleri buğulandı! Söylediğime söyleyeceğime pişman oldum, ama laf ağzımdan fırlamıştı bir kere ve ok gibi yüreğine saplanmıştı karşımda oturan adamın. İşte o zaman Recep'in yüzüne masaya oturduğumuzdan beri ilk kez dikkatle baktım.

Saçları yanlardan açılmaya başlamış! Yüzü incelmiş, süzülmüş, elmacıkkemikleri daha da fırlamış, gözlerinin altı çökük! Gözlerindeyse iyi bildiğim o tarifsiz acı… Ağzımdan kaçan söz yüzünden!

Ben karşımdaki bu çaresiz ve kederli yüzü ilk kez görmüyordum!

"Anam bir türlü iyileşemiyor, ölüyor galiba," demişti. Gözleri uykusuzluktan kırmızıydı, Recep'in!

"Kanser olmasın sakın?"

"Değil."

"Ne peki?"

"Kadın hastalığı işte."

Kadın hastalığı dendi miydi, akar sular dururdu. Fazlası sorulmazdı, kurcalanmazdı. Öğrenmek de, ısrar etmek de ayıp olurdu… Kendine göre bir yolu, yordamı vardı, kadın hastalıklarının! Ben yine de dayanamamış, sormuştum!

"Onca zamandır hasta yatıyor. Niye kasabaya, sağlık ocağına götürmüyorsun ananı? Taksi tutup götürelim, paramız mı yok be!" demiştim.

"Gitmek istemiyor!"

"Zorlarız."

"Zorla olmaz!"

Benimle her şeyini paylaşan Recep, ilk defa bu konuda çok az konuşmuştu. Çok az! Anasının ilk yatağa düşüşü değildi. Ara sıra hastalanır, sancılanır, ateşlenir, zaman içinde toparlanır kalkardı. Bir keresinde yataktan kalkacak hali olmadığı için, onlara çorba pişirmiş, ekmek aşı yapmıştım! Ama bu seferki hastalık uzun sürmüştü. Kadını yiyip bitirmişti! Meryem Bacı, çukura kaçmış gözleri, bembeyaz yüzüyle, haftalardır uzanıyordu camın önüne serdikleri yatakta! O kadar halsizdi ki, ihtiyacı geldikçe, Recep'le kollarına girip bahçedeki helaya sürüklüyorduk kadını. Az ilerdeki ağacın altına çömüp bekliyor, işini bitirince yine kollarına girerek geri getirip yatağına yatırıyorduk.

Recep kasabadaki eczaneden vitamin hapları almıştı ama hiçbir faydası olmamıştı. Bir keresinde onu yatağından kaldırdığımızda, şiltedeki kanı görmüş, telaşlanmıştım!

"Biraz kanamam var. Sakın kimseye bir şey söyleme, anana filan! Sakın, ayağının altını öpeyim oğlum, e mi!" demişti, böyle şey sanki başkasına söylenebilirmiş gibi! Utancımdan kıpkırmızı olmuş, gözlerimi kaçırmıştım.

Temmuz ayını yatakta geçirmişti Recep'in anası. Temmuz sonuna doğru Recep inadını kırıp uzun zamandır yüzüne bakmadığı, hiç konuşmadığı dedesiyle konuşmaya karar vermişti.

"Anamın hali kötü, ebeyi çağıralım da baksın, dede," demişti.

"Ebe ayrılmış köyden. Başka bir yere kurs görmeye mi gitmiş ne."

"Sağlık memurunu çağıralım."

"Sağlık memuru kadın kısmına bakmaz!"

"Dede, bir taksi ayarlayalım, anamı şehre götürelim, hastaneye... Orada kadın doktor vardır."

"Olmaz!"

"Neden olmaz?"

"Çok para."

"Ölecek anam, dede."

"Korkma, bir bok olmaz karı kısmına! Toparlar yakında!"

Ben, Recep'e, biriktirdiğimiz paradan kendi payıma düşeni de vermek istedim. Madem anası doktora gitmiyordu, sağlık ocağındaki doktoru icabında taksiye koyar, köye getirirdik. Recep kabul etti, ama anası etmedi. O kadar yalvardık, kabul ettiremedik, ne onu doktora götürmeyi ne de doktoru eve getirtmeyi.

"Dinlenirsem iyileşirim, zamanla geçecek," diyor, başka şey demiyordu!

Ağustos başında ben kendi anamı ikna edip Cemile'yi başına dikmiştim Meryem Bacı'nın. Hastaya bakmak sevaptır diye babam da izin vermişti. Dede, sabah kahveye çıkar çıkmaz, Cemile evden anamın taze kaynattığı bir kap çorbayla komşu eve geçiyor, hasta kadının gün boyunca Recep'le benim yapamayacağımız hizmetlerini yapıyordu elinden geldiğince. Dedenin eve dönüş saatinde geri geliyordu kardeşim. Meryem Bacı önceleri Cemile'yi de istememişti, ama o kadar bitkindi ki, teslim olmuştu sonunda. Yüksek ateş yiyip bitiriyordu kadını. Cemile sirkeli suya bastırdığı tülbentleri alnına koyuyor, kollarına, bacaklarına sarıyordu ateşini düşürmek için.

Bir ayı böyle geçirdik. Sonra bir sabah, Cemile'yle tam evden çıkmak üzereyken Recep'i kapımızda bulduk.

"Ben bugün teslimata gelemeyeceğim," dedi bana, "ebeye haber salmaya gidiyorum, anamın kanaması yeniden başladı. Dün gece ağırlaştı."

"Ben iki sefer yapar, senin malları da taşırım, sen ananın başını bekle," dedim.

Cemile'ye baktı Recep, "Sen gelmeyecek misin bugün?" diye sordu.

"Gelmez olur muyum Recep Abi! Sen ebeyi çağırmaya git, ben başından ayrılmam ananın," dedi Cemile.

"Allah ikinizden de razı olsun," dedi arkadaşım, "hakkınız ödenmez."

"Biz kardeş sayılırız, Recep Abi!" dedi Cemile, "hakkımız helal olsun."

Recep teşekkür etmek için bir şeyler söyleyecek oldu, ama dudakları titriyordu. Üçümüz bir an konuşamadan durduk kapının önünde. Sonra ben onlardan ayrılıp dağ yoluna saptım, Recep, ebenin evine; Cemile, Recep'in evine yöneldi.

Sanki yollarımız ayrılıyormuş gibi tuhaf bir hisse kapılmış, ürpermiştim!

Teslimat işini halledip ikindi vakti Recep'in evine vardığımda, köyün ebesi kapının önündeki alçak duvara oturmuş, sigara içiyordu. Herhalde sigarayı Recep ikram etmişti ona! Beni görünce, "Geç kalınmış! Aklınız neredeydi bunca zaman?" diye sordu.

"İyileşecek mi?" dedim.

İzmaritini toprağa atıp üzerine bastı. "Bu durumlarda sağlık ocağındaki doktor bir ilaç yazar karılara. Adını söyledim oğluna, kasabaya ilacı almaya gitti. Ama artık yararı olur mu bilemem! Keşke daha önce çağıraydınız... İlk şey yaptığında..."

"Ne yaptığında?"

Ebe yüzüme bakmadan söylendi: "Kendi başlarına halletmeye kalkınca böyle olurlar işte ama dinleyen kim! Neyse... Verirsiniz ilacını... Gerisi Allah'a kalmış!"

Eve girdim, "Nesi varmış?" diye sordum hasta kadının başını bekleyen Cemile'ye.

"İltihap yayılmış her yanına, öyle dedi ebe."

"Ne iltihabı?"

"Bilemem abi. İltihap dedi işte!"

Recep'in kasabadan alıp getirdiği antibiyotik de derdine deva olmamıştı anasının. Birkaç günden beri iyice kötülemişti, kendini bilmez halde yatıyordu Meryem Bacı. Böyle üç-dört gün geçirdik, antibiyotikten mucize bekleyerek. Dördüncü gün Recep, dedesinin karşısına dikildi, "Anama bir şey olursa, seni öldüreceğim," dedi, "çoktan öldürecektim, ama anam tuttu elimi. Onu kara toprağa yalnız başına yollamayacağım, bilesin dede! Şu duvarda asılı tüfekteki kurşunların ilkini anama bakmadığın için alnının ortasına, ikinciyi anama acımadığın için kalbinin ortasına, üçüncüyü de anama yaptıkların için hayalarına sıkacağım! Bu gece sabaha kadar otur, dua et de kurtulsun anam!"

O gecenin sabahında, daha gün ışımadan dede ortalıktan kayboldu!

Aynı gün, akşama doğru Recep'in anası ruhunu teslim etti.

Meryem Bacı'yı gömmek için ertesi sabahı bekledik!

"Otuz yaşında bile yoktur," demişti anam, "Musa'nın oğluna gelin gittiğinde on dördüne basmamıştı Meryem gelin! Şu dünyada hiç gün görmedi de, Recep'inin mürüvvetini görmek istedi! O yüzden direndi, gitmek istemedi zahir."

Hastalığı boyunca kadına ne olduğunu sormayan, soruşturmayan, konuşmayan köy halkı, cenazeden sonra konuşmaya başladı!

Ebe mi anlatmıştı, tahmin mi yürütüyorlardı, bilemem.

Ama artık herkes, zavallı kadının hamile kaldığını, karnındaki çocuğu örgü şişiyle düşürmek isterken rahmini deldiğini, yarasının iltihaplanıp kana karışarak onu zehirlediğini biliyordu.

"Allah Meryem'in taksiratını affetsin," demişti anam.

Taksirat niye Meryem'e düşüyordu?

Niye kocası hapiste olan bir kadının köylük yerde hamile kalması, tecavüzcüsünün değil de, öyle veya böyle kendisinin ölümünü gerektiriyordu? Niye yüce Allah zavallı, çaresiz kadını değil de, tecavüzcüyü koruyor; tecavüzcüyü değil, kadını cezalandırıyordu?

Bunları uzun uzun düşünüyor, cevap bulamıyordum.

Sonra bir gün, gerçeği gördüm; kadını cezalandırıp tecavüzcüyü koruyan yüce Allah değil, köy halkıydı!

Belki bu yüzden, dönmek istemedim köyüme.

Her türlü melaneti hep bilip hep saklayan, kötülüklerin üstünü örten, kendilerini Allah yolunda zannederken şeytanın esiri olmuş çevremden buz gibi soğuduğum için.

Musa'ya gelince, torununun intikamından korkan adam, uzun bir zaman köye dönmedi. Recep de peşine düşmedi dedesinin. Kümesteki hayvanlara ve bahçeye bakmak için okulu bıraktı, fakat Hüsam'ın kuryesi olmaya devam etti. Ara sıra okuldan dönerken, köy girişindeki meşenin orada, beni beklerken bulurdum onu. Yine birlikte dereye inerdik, dağa tırmanırdık ya da ağaca sırtımızı dayar, dertleşirdik.

Cemile artık bize katılamıyordu, onun evden çıkmasına izin vermiyordu babam. Bir haftadan az süren evliliğinden beri, on dört yaşında bir duldu o. Kapıdan başını uzatmasına bile izin yoktu.

"Ulan, kahvehanelere şu sigara yasağını koyanın anasını..." dedi Recep.

"Çık kapının önüne, tüttür bir tane," dedim.

"Şuracıkta içiversem?"

"Kahveci daha yeni ceza ödedi geçen gün! İzin vermez."

"Tamam o halde, içip gelelim hemen!"

İkimiz de kalktık yerimizden, dışarı yürüdük. Kapının dışında dudaklarına sigarasını yerleştirirken bana da uzattı paketi. Başımı salladım, hayır anlamında.

"Başka marka mı içiyorsun?"

Sigarayı bıraktığımı söyleyemedim, "Şu anda canım çekmiyor!" dedim.

"Öyle olsun! Ulan neler yaşamışız da, şu hale bak, birbirimizden hiç haberimiz olmamış!" dedi. "Adın ne olduydu senin şimdi?"

"Bora."

"Bora! Nerden buldun lan bu adı? Ben kırk yıllık Bedri'ye Bora mı diyeceğim yani?"

"Ne istersen onu de."

Recep'in sigarayı tutma biçimi aynıydı, ama içme biçimi değişmiş, emer gibi hırsla çekiyordu içine dumanı. Bir süre hiç konuşmadık, o, sigarayı yarılayana kadar! Çocukluğumuzun sigaralarında da hep öyle yapardık. Dikkatimizi dağıtmadan çekerdik ilk nefesleri içimize, çok önemli bir iş yapıyormuşuz gibi! Adeta kilitlenirdik sigaraya. Öksürsek de, tıksırsak da vazgeçmezdik. Şimdi onu memeden süt emer gibi sigarasını emerken seyredince, özledim birden o ilk sigaraların verdiği baş dönmesini.

Bir tane de ben tellendirsem esiri olur muydum yine?

İçimden gelmedi değil, ama zorlanarak bıraktığım ve bırakabildiğim için de kendimle iftihar ettiğim sigaraya yeniden başlamak... Uymazdı bana!

Kapının camından içeri baktım, "Garson çaylarımızı getiriyor," dedim, "soğutmayalım istersen."

Sigarasının kalanını yere attı, üzerine bastı, söndürdü, içeri girip masamıza oturduk. İnce bellilerden birini Recep'in önüne koydu garson, diğerini benim önüme sürdü.

"Çörek filan yer misin Recep? Açmalar tazedir bu saatte."

"Ben size sordum ama istemediniz," dedi garson kırgın bir sesle.

"Ben iyiyim böyle," dedi Recep.

Garson gitti.

"Haydi anlat," dedim, "anlatma sırası sende!"

Arkama yaslandım ve benim zorla askere götürülmemle birlikte, Hüsam'ın kıskacında tek başına kalan arkadaşımın, en az benimki kadar kederli hikâyesini dinlemeye hazırlandım.

UFUKTA GÜNEŞ GÖRÜNDÜ

Kekik kokan dağlardan inip
Dörtnala koşarken ufka
Tökezlenen bizdik
Ağıt yakın kara gözlü bacılar
*Yaralandık, eksildik, incindik.**

Recep'in loş kahvede çay üstüne çay içerek, iki jandarmanın arasında askere götürüldüğüm günden itibaren başından geçenleri bana anlatması uzun sürdü. Onun hikâyesi benimkinden de zordu, insafsızdı, inanılmazdı! Ben çabalarımla ve biraz da tesadüflerin yardımıyla bir yere gelmiş, başarıyı yakalamıştım sonunda. Ona ise şans hiç gülmemişti, kimse elinden tutmamıştı, onu sürekli sömürüp duran Hüsam'ın dışında! Arkadaşımın yaşadıklarını dinlerken an geldi yüreğim sıkıştı, an geldi gözlerime yaş doldu!

Recep'le Hüsam benim köyden ayrılışımdan birkaç ay sonra toz taşırken yakalanmış, birlikte hapse düşmüşlerdi! Allah'tan Recep'in yaşı on sekizin altında olduğu için az ceza almış, ceza-

* Ayşe Kulin, *Saklı Şiirler*, "Hasret."

sını çocuk koğuşunda çekmiş, çabuk tahliye olmuştu. Köyüne döndüğünde evde dedesiyle imam nikâhlı yeni karısını bulmuştu. Hapse girip çıkmış, suça bulaşmış torunundan artık korkmuyordu dede. Anasına ettiklerini de, zavallı kadının ölümüne sebep olduğunu da unutmuş görünüyordu. Recep, dedesine, "Eğer hemen çekip gitmezsen ahlaksızlığını bütün köye anlatırım," dediğinde, "Canın isterse git bu söylediklerini köy meydanında haykır, artık kimse sana inanmaz, haylaz herif," diyerek kovmuştu torununu.

Yapayalnız kalmıştı Recep! Koca köyde yanında duran, derdini dinleyen bir Allah'ın kulu çıkmamıştı. Anasının ölüm nedenini bilen ebe bile arkasında durmamıştı. İnsanlar dedikodu yapmakla yetinmişler ve çoğu zaman olduğu gibi mazlumun değil, güçlünün yanında saf tutmuşlardı.

Recep, dedeyi alnının ortasından vurmak istemişti, uykusunda yastıkla boğmak istemişti, dere kenarında suya eğilmişken kafasını bir taşla ezmek istemişti, ama bunlar sadece istemekle kalmıştı!

Her seferinde anasının hayaleti önüne dikilip ona mâni olmuştu, katil olursan ben kabirde huzur bulamam diyerek.

Bana böyle anlatıyordu, ama bence mahpustan yeni kurtulmuşken tekrar içeri girmeyi göze alamamış, lanet okuyarak çekip gitmişti köyünden.

Recep gurbette sersefil olmuştu, değişik kasabalarda, şehirlerde dolanırken, ne iş bulduysa yapmış, çoğu geceler aç yatmıştı. Bir sokak kahvesinin havasız ortamında içim kasılarak arkadaşımı dinlerken, görüyordum ki, onun hayatının hatırlamaya değer yegâne anıları, birlikte geçirdiğimiz çocukluk günleriydi. Dedesinin türlü eziyetine katlanarak geçirdiği, babasız, hamisiz, yoksul çocukluk yılları, en güzel dönemiydi savruk hayatının! Ve o yılların içindeki en değerli dostu ben, onu tanımamazlıktan gelmiştim birkaç gün önce!

Ona yaşattığım hayal kırıklığının bedelini ödemek, boynumun borcuydu artık.

Çekine çekine, Hüsam'ı sordum Recep'e.

Ne demişler, ceza yata yata biter! Gel gör ki, hak ettiği süreyi yatmadan, aldığı cezayı çekmeden salıverilmişti Hüsam! Şansı hapiste de yaver gitmişti hergelenin. Pek alışık olduğumuz siyasi bir afla paçayı kurtarmış, içeride daha nice başka kötülükler öğrenmiş, iyice bilenmiş olarak geri dönmüştü Recep'in hayatına. Recep ki ona asla bulaşmamaya yeminliydi; çaresizlikten, yoksulluktan, yalnızlıktan bir kere daha kucağına düşmüştü Hüsam'ın!

O gün bu gündür Hüsam'ın avucunun içindeydi Recep ve görünen o ki, ömrünün sonuna dek öyle kalacaktı. Örümcek ağına takılmış sinek gibi, ne kadar çırpınırsa çırpınsın, kurtaramıyordu kendini bu beladan! Oysa ne kadar değişik bir yapısı vardı Recep'in. Çocukluğundan beri kan görmeyi sevmezdi. Kurban bayramlarında kurban kesilirken tıpkı benim gibi kaçacak delik arar, benim gibi, avlanan büyüklerin peşine düşmezdi. Bizi daha küçücük çocukken birbirimize yaklaştıran, yaşıtlarımızın kavgalı dövüşlü, hoyrat oyunlarından hoşlanmamamız değil miydi zaten!

Her ikimiz de şiddetten nefret ederdik.

O, benden farklı olarak top oynamaktan keyif alırdı, ama takım kavgalarına bulaşmazdı. Ben yangın yerinde oynanan futbola onun hatırı için katılırdım. O da beni hoşnut etmek için koruda dolaşır, böğürtlen toplar, derede yüzerdi; Cemile'ye kol kanat gererdi. Kör Hoca'nın anlattığı ibretlik öyküleri çok ciddiye alırdı. Hepimiz gibi Allah'tan korkardı.

Şimdi çektiklerini dinlerken içimden sormak geliyordu bunca düzenbazın, ikiyüzlünün önünü açmakta mahzur görmeyen yüce Tanrıma, neden talih kuşunu bir kez olsun bu temiz yürekli, saf kuluna doğru uçurmayı uygun görmemişti acaba! Herhalde bir bildiği olmalıydı, Recep'in de zamanı, eşref saati gelecekti elbette!

Bunu söyledim Recep'e...

Beni yanıtlarken sesi titriyordu Recep'in; onun zamanı hiç gelmeyecekti, Hüsam'la birlikte olduğu sürece herhangi bir insan gibi normal bir hayatı olmayacaktı, bir sevdiği, örneğin bir karısı, çocukları -bunları söylerken gözlerini kaçırmıştı benden- kendine ait bir hayatı... Asla!

Karısı, çocukları!

İlkgençliğimizde yaşadıklarımızı, yaptıklarımızı, konuştuklarımızı anımsayıp gülümsedim kendi kendime.

Liseye başladığımız yıldı, mutsuz aile yaşamlarımızın etkisiyle karar vermiştik; hiç evlenmeyecek, çoluk çocuk dahil kimsenin esiri olmayacak, kuşlar gibi yaşayacaktık: özgür, başıboş, keyfimizce!

İlk hedefimiz köyümüzden kurtulmaktı. Kocaman dünyanın altını üstüne getirmeden durup dinlenmek yoktu! Aile, eş, çocuklar... Bunların tümü de ayak bağıydı insana. Evlerimizdeki kadınlı erkekli tüm büyükler, şikâyetçiydiler hayatlarından. Hele de kadınlar! Ellerinden gelse hiçbiri evlenmezdi, çocuk yapmazdı, bir evin dört duvarına hapsetmezdi kendini!

Nereden mi biliyorduk?

Bunu gözlerinden, çizgi halini almış suskun ağızlarından, kırklarına varmadan yıpranmış bedenlerinden okurduk! Ya ne yaparlardı? Ninelerimize, analarımıza, kocaya verilmiş kız kardeşlerimize sorardık bu soruyu. Hepsinde tek bir yanıt vardı: Evlenmeyen kadın ne işe yarar ki!

Mutsuz analarımızın, huzursuz babalarımızın hiç gülmeyen yüzleri içimize nasıl işlemiş ki, Recep'le, ha bir de kekeme Raif'le kesin karar vermiştik evlenmemeye! Raif'i bilemezdim, ama biz ikimiz, ailelerimizin sadece çok sevdiğimiz birer bireyiyle kalacak, genişlemeyecektik. Recep'in anacığı, benim Cemile'm! Ailemiz ikişer kişilikti ikimiz için de...

Recep fikir değiştirmiş demek! Yılların içinde, dürtülerimizin işaret ettiği değişik kıyılara yüzmüşüz Recep'le!

"Vay Recep vay! Evlenip çoluk çocuğa karışmak isteyeceğin bin yıl düşünsem aklıma gelmezdi," dedim.

"Dünyaya tek başıma meydan okuyacağımı sanmak, çocukluk hayaliymiş meğer! Şu yalancı dünyada bulaşmadığım iş, girmediğim ilişki kalmadı, hayatın bir değil pek çok çemberinden geçtim. Sırtımda sorumluluğunu taşıdığım birileri olaydı, anam ölmeseydi mesela ya da bir sevdiğim olaydı yanımda, belki her şey başka türlü olurdu. Yalnızlık havlu attırıyor insana. Anam yoktu, babam yoktu, bir kardeşim, dertleşecek bir dostum yoktu, sen çekip gitmiştin."

"Ben çekip gitmedim, zorla götürüldüm," dedim.

Beni duymadı bile, kendi anlattıklarına odaklanmıştı; o günleri yeniden yaşarmış gibiydi. Sesinde, gözlerinde keder, öne eğilmiş omuzlarında hayatın yükü!

"Dertleşebileceğim, tutunabileceğim biri olaydı, kurtuluş için bir çare arardım. Cemile bile yoktu artık o günlerde! Yapayalnızdım."

Cemile bile yokmuş!

Babam kim bilir yine kimin koynuna yollamıştı onu, büyük ihtimalle bu kez boğaz tokluğuna, sırf evden bir boğaz eksilsin diye!

"Çareyi yine ara sen! Kendin için ara! Mutlu olmak için illa çoluk çocuğa ihtiyaç yok! Bak bana, insan tek başına da mutlu olabilir."

"Ben senin gibi değilim. Yalnızlık bana koyuyor."

"Bana koymuyor mu sanıyorsun? Ben Cemile'yi gönlümden çıkardığımda aynı senin hissettiklerini hissettimdi, inan! Ne diye çabalayayım ki, dedim, kimin için okuyup adam olayım? Beni günahı kadar sevmeyen babam için mi? Beni koruyamayan anam için mi? Beni sürekli aşağılayan abilerim, ablalarım için mi? Niye okumak istediğimi bir tek sen biliyordun; kardeşimi tedavi ettirecek, onu o evden, o köyden kurtaracak, insan gibi yaşatacaktım! Cemile'nin ihanetini öğrenince tutunacak dalım kalmadı! Öleyim bari, dedim; ama ölümden dönünce anlıyorsun ki, bu dünyada en önemli olan şey sensin, kendinsin! Gerisi yalan, inan bana!"

"Atma şimdi, sen Cemile olmasa da okurdun. Hepimizden daha akıllıydın, daha becerikliydin, elinden iş geliyordu, okulun duvarları senin yaptığın resimlerle doluydu. Ben senin gibi marifetli değilim. Düştüğüm kuyudan diyelim ki çıktım, kurtuldum Hüsam'dan, ne yapabilirim ki hayatta bu saatten sonra?"

"Bir sürü şey yapabilirsin. Umudunu sakın kaybetme! Sana yardım etmek için elimden geleni yapacağım."

"Bulaşma bana Bedri! Hüsam buralarda olduğunu öğrenirse seni de mahveder."

"Ben kendi yolumu tutmuşum Recep. İşim var, gücüm var. Ne yaparmış ki bana?"

"Adını değiştirdiğini öğrenirse şantaj yapar. Ne yılandır o!"

"Sen söylemezsen öğrenmez! Beni gördüğünü ona söyledin mi yoksa?"

"Hayır."

"Doğru söyle." Gözlerinin içine baktım.

Kaçırmadı gözlerini, "Söylemedim," dedi, "zaten burada değildi bir haftadır. İşi vardı Doğu'da." Açık kahverengi, saf, sevecen, mahzun gözleri aynı on yaşındaki gibi bakıyordu. Ben ona inandım, "İyi yapmışsın! Söz veriyorum, bir yolunu bulup kurtaracağım seni Hüsam'dan, tamam mı?" diye sordum.

Yanıtlamadı. Bana inanmadığını biliyordum, ama umut edebilmek ne müthiş bir şeydi!

İncecik bir ışık görür gibi mi olmuştum Recep'in gözlerinde? O minik umut kıvılcımını kutlamak ister gibi, cebinden sigara paketini çıkardı, bana da ikram etti. Buluşmamızın, barışmamızın, yeniden dost olmamızın büyüsünü bozmamak için yine söyleyemedim sigarayı bıraktığımı! İkimizin arasında öyle çok özel anları, anlamları olan bir şey ki sigara!

"Sen kapı önüne çık, içedur, ben tuvalete gideceğim," dedim.

"Tüttürelim birer tane, gidersin."

"Sıkıştım."

"Ateşin var mı bari?"

İkimiz de ayağa kalkmıştık, ben ceplerimi araştırdım, elbette bulamadım olmayan çakmağımı! Garsona seslendim, "Ateşin var mı kardeş?" diye.

Başımla işaret ettim Recep'i. Adam cebinden çıkardığı kibriti masaya bıraktı. Recep kaptı hemen, sigarayı dudaklarının arasına yerleştirirken kapıya yürüdü.

Recep'in arkasından baktım.

Ne kadar farklıydık artık birbirimizden! Bambaşka dünyaların insanları olmuştuk. Aksanımız, giyim kuşamımız, alışkanlıklarımız... Hepsi değişmiş! Sadece birbirimize olan sevgimiz, belli ki hâlâ yerli yerinde! Birbirimizi dinlerken bakışlarımıza yansıyor, gözümüze yaş olarak geliyor, soluduğumuz havaya siniyor. Çocukluğumuzun izleri asla terk etmiyor bizi, asla! Kim demişti bu sözü, sevgilimden duymuştum, "*vatanımız çocukluğumuzdur,*" gibi bir şey demiş bir yazar! Ağzını öpeyim, diyenin! İçimden Recep'in peşi sıra gidip onunla bir sigara tellendirmek geçti bir an, tuttum kendimi!

Tuvalete gidip döndüğümde, Recep de sigarasını bitirmiş, masaya geri geliyordu. Ayrıntıları anlatma sırası bendeydi!

İlhami'yle olan ilişkimin dışında, başımdan geçenleri, hiçbir şey saklamadan anlattım Recep'e. Sadece ilişkimi gizli tuttum! Ömrümün İlhami'yle başlayan bölümü, benim yaşamımın bambaşka bir mecraya geçişiydi ki, belki de nazar değer korkusuyla kendime saklamak istiyordum. Bir şirkette çalıştığımı, iyi para kazandığımı, hayatımdan memnun olduğumu söylemekle yetindim.

"Ne iş yapıyorsun tam olarak?" diye sordu.

"Grafik tasarım."

"Nedir lan o?"

"Çizimle alakalı bir iş. Kitap kapağı hazırlıyorum, afiş, broşür hazırlıyorum."

"Bunlardan para kazanıyorsun yani?"

"Allah'a şükür."

"Aferin lan! Aferin sana! Hatırlasana, baban kızar dururdu sen resim yaptıkça... Ne bilsin çiziktirip durduğun çayır, kuzu, kuş resimlerinin para edeceğini! Hayatta olsa gurur duyardı seninle! Anan da gurur duyardı!"

Anamla babamın rahmetli olduklarını az önce öğrenmiştim Recep'ten ama Cemile de onlarla mıydı o gün, bunu henüz bilmiyordum. O kazada öldü mü, kaldı mı, mutlaka öğrenmem lazımdı.

Doğrudan sorsam, Cemile de o düğünde öldü mü diye! Ama öyle olsa, Cemile'nin de sözünü etmez miydi Recep?

"Recep," dedim de arkasını getiremedim. Duyacaklarımdan korkuyordum adeta!

"Hayrola Bedri, rengin soldu, iyi misin?"

"Ben iyiyim de... Yahu, kafama takıldı, şu anamla babamın öldüğü kaza... Cemile'nin o kazadan kurtulması... Mucize gibi değil mi? Hoş, belki de götürmediler onu yanlarında! Cemile sevmezdi kalabalıkları bilirsin!.. O yüzden onun kurtulduğunu varsaydım hep! Doğru düşünmüşüm değil mi Recep?"

Recep bir şey söyleyecek gibi oldu, yutkundu, sigara paketini çıkardı cebinden, tekrar cebine soktu. Boşalmış çay bardağını dudaklarına götürüp geri koydu. Onun da yüzü kül gibiydi şimdi.

"Bunca zaman hiç mi haber almadın köyden?" diye sordu.

"Hiç! Adımı değiştirince sildim köyü kafamdan. Zaten bir de Cemile'nin ihaneti vardı, bir türlü affedemediğim... Ama olmuyor işte, yüreğimden silememişim kardeşimi!"

"Bak sana son kez söylüyorum: Cemile ihanet etmedi sana! Ne yaptıysa iyiliğin için yaptı Cemile, yoksa sen de benimle içeri girer, bir bok olamazdın! Şimdi her ne iş yapıyorsan nah yapardın o işi! Benim gibi ziyan olurdun ancak! Bir yerlere geldinse Cemile'nin sayesindedir, bilesin!"

Soluklandı bir an sonra, "Hayır, o düğüne gitmedi Cemile! Orada değildi yani."

Rahat bir nefes aldım.

"Sormayacak mısın kız kardeşine ne olduğunu?" dedi.

Orada değilmiş! Demek ki ölmemiş! Ben öğreneceğimi öğrenmiştim.

Gerisini bilip de ne olacaktı, elimden ne gelecekti?

"Tahmin ediyorum ne olduğunu. Evden bir boğaz eksilsin diye, babam bu kez bedavaya vermiştir herifin birine!"

Hiçbir şey söylemedi Recep.

İtiraz etmediğine göre, öyleydi demek.

Biraz daha oturduk eskileri konuşarak. Sonra tuhaf bir içgüdüyle, "Bana söylemediğin bir şey mi var?" dedim.

"Niye sordun bunu?"

"Bir şey saklıyorsun gibi geldi. Suratının halinden..."

"Sana her şeyi anlattım Kıvırcık. Ulan Kıvırcık dediğim adama bak hele, keltoş olmuşsun oğlum sen!"

Duymamazlığa geldim, "Hayatında biri var mı?" diye sordum.

"Yok... Yani olabilirdi, ama benim durumumda kolay değil bu işler. Sürekli kendi kıçını kollarken bir başkasının sorumluluğunu taşımak... Zor abi! Senin sevgilin var mı?"

"Var."

"Anlatsana."

"Şimdi bunu anlatmaya zamanım kalmadı, işe gitmem gerekiyor. Bu gece buluştuğumuzda anlatırım."

"İyi, ben de o zaman anlatırım."

"Neyi?"

"Bazı şeyler aceleye gelmez, bak şimdi, senin acelen var, akşama rahat rahat konuşuruz, tamam mı?"

Haklıydı, ısrar etmedim, buluşacağımız yeri ve zamanı kararlaştırdık. Ben çayları ödedim. Onu masada tek başına bırakıp kapıya yürüdüm. Kapıdan çıkmadan dönüp baktım masaya, çoğu zaman olduğu gibi başı ellerinin arasındaydı Recep'in. İçim sızladı.

Saat bire doğru yayınevine vardığımda herkes öğle yemeği için dışardaydı. Boşalmış ofiste yerime geçtim, masama ayaklarımı uzattım, gözlerimi kapatarak kendimi dış dünyadan soyutladım ve sevgili arkadaşımı Hüsam iblisinden kurtarabilmek için yapılabilecekleri düşündüm.

Onu yurtdışına göndermek, o anda bana tek çare gibi görünüyordu. Recep'e dışarda bir iş bulabilmesi için sevgilimden yardım isteyebilirdim.

İlhami'nin çevresi genişti, turizm sektöründe müşterileri vardı, belki Recep'e yurtdışına gidip gelen gemilerde kamarotluk ya da garsonluk gibi bir iş bulurdu da, ortalıkta görünmeyince Hüsam onun karanlık işlerin peşindeyken öldürüldüğünü varsayardı.

Bu düşünce ürpertti beni!

Sahte ölümle dahi olsa, ölümle kurtulmaya, kurtuluş denebilir miydi?

Recep başına gelenleri anlatırken bir ara, Hüsam benim kaderim oldu, demişti. Ne tuhaf şeydi şu alın yazısı dedikleri! Hüsam,

Recep'in akrabası bile değildi ki kaderi olsun! Okulda onun sınıfına, üstelik bir üst sınıftan çakarak gelmiş, azman bir öğrenciydi sadece! Serseri bir kurşun gibi gelip Recep'i alnından vurmuştu. Hayatını darmaduman etmişti! O kadar ki, Recep'i Hüsam'dan kurtarmak için önce Recep'i yok etmek gerekiyordu.

Her şerde hayır vardır misali!

Tıpkı Cemile'nin sırrımı babama açarak, geleceğimi kurtarmış olması gibi... Ne kadar da haklıydı Recep, sen her şeyini Cemile'ye borçlusun, derken. Ürperdim. Zavallı kardeşimi yıllar var ki yüreğimden silmiştim, onun bana yaptığı iyiliği hiç anlayamadan, son yıllarda keyfini sürdüğüm şu rahat hayatımı ona borçlu olduğumu bilemeden!

Cemile... Minik kuşum! Benim gizli kasam!

Cemile kocaman bir yorgan iğnesiyle, yorganın söküğünden dışarı fışkıran pamukları içeri tıkıştırıp dikmeye çalışıyordu. Bir ara eline batırdı iğneyi.

"Ver bana, ben dikeyim," dedim.

"Sen bilmezsin ki dikmesini."

"Öğrenirim, kız! Elinden kan bulaşacak şimdi, sonra anam lekelendi diye yorganı yıkamaya kalkarsa başına iş açılır."

"Bu havada yıkamaz, merak etme. Bak abi, yorganın şu çiçeği var ya, tam ortada, işte oraya yaydım hepsini, pamukların arasına," dedi, "aklında bulunsun."

İğneyi elinden aldım kardeşimin, sapladım söküğün kenarına, bir dikiş attım, bir tane daha, bir tane daha... Tam ipliği pekiştiriyordum ki, babamın gölgesi heyula gibi vurdu duvara. Arkadan gürleyen sesini duyduk. Bir an sonra tepemdeydi.

"Kaç kere söyledim sana, elinde karı işi görmeyeceğim diye ha! Ha! Haaa!" Kafama bir, enseme iki tokat yedim!

"Benim elime iğne batmıştı baba," dedi Cemile, "abim yorgan kan olmasın diye..."

"Cemile'nin eli kanadı... da... Baba... ama..."

Yorgan havalandı önümden, odanın öteki ucuna uçuşunu gördüm, pencereye çarpıp yere yığılırken, benden çekip aldığı yorgan iğnesini sol elime sapladı babam. Damarıma rastlayan iğnenin battığı yerden kan fışkırdı.

"Al sana kan!"

"Abi, söylesene... Desene..."

Babam kolundan tutup fırlattı araya giren kızını, bu kez havada Cemile uçtu yorganın üzerine doğru!

"Bir boka yaramaz piçler!" diye bağırdı babam. Cemile'nin korkudan büyümüş gözlerini gördüm. Benim işimi yaparken, benim yüzümden horlanması ağrıma gitti. Babamın elinden çekip aldım iğneyi. Karşı karşıya durduk iki horoz gibi! Bir an içimden iğneyi seğiren sağ gözbebeğinin ortasına saplamak geldi. Elbette yapmadım. Ya sabır, dedim dudaklarımın arasından, ya sabır, ya sabır, ya sabır!

"Son kez söylüyorum, bir daha elinde karı işi görmeyeceğim," dedi babam kapıdan çıkıp gitmeden önce.

"Kasabadaki yorgancı, hani ablamın çeyizini yaptırdığın adam, senin şu arkadaşın hani, kadın işi mi yapıyor?" diye seslendim arkasından, kapıdan geri döndü.

"Bana kafa mı tutuyorsun sen?"

"Sadece bir soru sordum, baba."

"Sorma! Sana ne diyorsam onu yap."

Gözlerinin içine baktım babamın. Bu, bizim oralarda meydan okumaktı. Babaların gözüne bakılmaz dik dik! Yüzünde tükürür gibi bir ifade belirdi, elini bana vuracakmış gibi kaldırdı, ama vurmadı, arkasını döndü, kapıyı hızla çarpıp çıktı! Cemile toparlanıp kalktı düştüğü yerden.

"Bak, gördün mü, benim yüzümden oldu işte... Hay Allah, elin kanıyor abi! Göster bakayım... Gel yıkayalım içeride..."

Usulca ittim kardeşimi, "Bir şeyim yok Cemile," dedim, "sen paramızı iyi sakla. Sakın kaptırma kimselere. Sana bir sır vereyim;

artık daha da çok para kazanacağız. Yakındır kurtuluşumuz, çok yakın."

"Nasıl yani?"

"Sigaranın yanında başka şeyler de pazarlıyor Hüsam."

"Ne?"

Eğildim, kulağına fısıldadım: "Toz!"

"O da ne?"

"Toz işte. Esrar, esrar."

"Amaniin!" Eliyle kendi ağzını kapattı çığlığını bastırmak için!

"Eniştemin kardeşinin bulaştığından mı? Sakın ha abi! Ayağını öpeyim abi! Yapma, kurbanın olayım! Öldürüyormuş!"

"Ben çekmiyorum ki! Hiçbirimiz çekmiyoruz! Sadece taşıyoruz. Recep'le ben taşıyoruz, Hüsam satıyor."

"Abi, yalvarırım yapmayın! Bak neler geldi onun başına. Sen de biliyorsun zaten!"

"Telaşlanma," dedim, "sadece bize lazım olan parayı kazanıncaya kadar! Sonra seni alacağım, çekip gideceğiz buradan, az kaldı, merak etme sen!"

Cemile yorganı yerden kaldırıp itinayla katladı, sedirin üzerine koydu.

"Keşke sadece sigara sataydınız, abi," dedi, "zarar yok, daha uzun beklerdik. Keşke o şeyi taşımasanız... Keşke..."

Bu mümkün değildi, çünkü Hüsam'ın peşimize takılarak yerini öğrendiği mağarada, sigara kolilerinin yanı sıra, gün gelmiş, başka bir şey daha bulmuştuk! Bulduğumuzun ne olduğunu bir türlü anlayamamıştık. Yenecek bir şey zannetmiştik.

"Ulan hamur gibi bir şey bu be! Anam ne sevinecek," demişti Recep, "bol bol ekmek yapar. İstemediği kadar hem de!"

"Un mu lan bu! Baksana rengi başka bunun!"

"Tozlanmıştır. Kirlenmiştir!"

Biz o yaşta toz nedir, esrar nedir, ne bilelim!

Hüsam dalgasını geçmişti bizimle. Bilgisizliğimizden, masumiyetimizden utanmış, ama çabuk öğrenmiştik!

Bir hafta sonra Hüsam'ın idaresinde yeniden görevlendirilmiştik. Artık işimiz, bize söylendiğinde okul çantalarımıza sigara paketleri yerine, Recep'in kirlenmiş un sandığı malı saklayarak kasabaya indirmek, anayol üzerinde bir kamyon şirketine teslim etmekti.

İş kolaydı. Şirkete erken uğruyor, malı teslim edip okula gidiyorduk. Bize paramızı Hüsam veriyordu ama Hüsam'a bu parayı kim veriyordu, işte onu bilmiyorduk. Sorduğumuzda, sıkıştırdığımızda asla söylemiyordu. Recep'le konuşmuştuk aramızda, bilip de ne yapacaktık zaten.

Cebimize para giriyor muydu?

Giriyordu!

İstediğimiz kadar sigara alabilecek, hatta canımız çekerse o karılara tekrar tekrar gidebilecek kadar para giriyordu hem de! Ama canımız o karıları hiç çekmemişti, bir daha o eve hiç gitmemiştik. Kazandığımız paralarla başka şeyler yapmıştık.

Ben Cemile'ye kasabadan bir gofret ve rengârenk plastik bilezikler almıştım. Çok sevinmiş, gofretini hemen yemiş, fakat bilezikleri nereye saklayacağını bilememişti kardeşim! Evlerimizde hiç kimse para kazandığımı bilmemeliydi çünkü. Hüsam bunu çok sıkı tembihlemişti bize.

"Yaptığımız işten başka birine söz ederseniz, üçümüzü de öldü bilin," demişti. Kimdi bu kötü adamlar, defalarca sormuş, yanıt alamamış, tek tük ipuçlarıyla yetinmiştik. Önemli kişilerdi, elleri silahlıydı. Hatta (sesini alçaltmıştı tam da burada) üniformalı olanlar vardı aralarında ve bu yüzden sırtımız sağlamdı!

"Polis mi bunlar? Yoksa jandarma mı?"

"Susun lan! Yerin kulağı vardır! Susun! En ufak hatanızda..." Elini tabanca gibi uzatıp bum bum bum yapmıştı! Korkmuştuk.

İnanmıştık söylediklerine. Bu yüzden, Recep'le ben de aynı şiddetle Cemile'yi ve Recep'in anasını tembihlemiştik, ellerimizi tabanca gibi uzatıp bum bum bum yaparak!

Hüsam'ın, sırrımızı benim kardeşimle, Recep'in de anasıyla paylaştığımızdan haberi yoktu. Bilse canımıza okurdu! Ama madem Hüsam bizden bildiklerini saklıyordu, biz de ondan sakladık sırrı paylaştığımız kişileri. Biz sırrımızı güvendiğimiz birileriyle paylaşmaya mecburduk, çünkü paralarımızı emanet edip saklatacağımız birilerine ihtiyacımız vardı.

Elimize ilk geçen miktarı harcayıp hevesimizi aldıktan sonra paraları çarçur etmeyip biriktirmeye başlamıştık. Niyetimiz önce birer cep telefonu almaktı. Sonra ben sınavlara çalışmak için gerekli kitapları edinecek, sınavı kazandıktan sonra da hangi şehre gidiyorsam Cemile'yi de alacaktım yanıma. Onun bir kez daha paketlenir gibi çarşaflanıp evden yollanmasına asla izin vermeyecektim!

"Beni kim alır ki?" demişti Cemile, "artık kimse bana başlık ödemez abi. Boşuna korkuyorsun. Adım bir de 'sakar'a çıktı! Üstüme para verse babam, köyün delisi bile artık almaz beni! Aslında iyi oldu abi, koca dayağı yerine baba dayağı yerim, ne de olsa babamdır, anamdan uzağa düşmem, senden de ayrılmam böylece."

"Zaten ayrılmayacaksın benden. Her nereye gidiyorsam seni de götüreceğim yanımda."

"Babam bırakmaz!"

"Evden bir boğaz eksilecek diye bırakır!"

"Keşke! Ben de evini temizler, yemeğini yapar, işlerini görürüm abi."

"Sen sadece yorganı gözün gibi kolla şimdilik."

Cemile'ye verdiğim paralar, örtündüğü yorganın pamukları arasında emniyetteydi! Anamız yorganı yıkamaya kalkarsa paraları oradan alıp geçici olarak başka yere saklayacaktık. Cemile hep evdeydi; o evde kaldıkça benim param güvendeydi! Kendi kurtuluşunun da bağlı olduğu bu paraya gözü gibi bakacağını biliyordum. Umutlarımı paylaştığım kardeşim, kasam da olmuştu benim!

Recep'in paralarını ise anası saklıyordu. Onlar da, yeterli parayı biriktirince Recep'in babasının hapis yattığı şehre yerleşeceklerdi. Kurtulacaklardı dedenin zulmünden. Her ikimiz de kurtuluşumuzu hızlandırmak için, bu işe başladıktan sonra, zam istemiştik Hüsam'dan.

"Başlatmayın beni sülalenizden! Sikerim zammınızı da ananızı da!" diye ağız dolusu küfürler savurmuştu, ama sonuçta ücretimizi az da olsa artırmıştı.

Hayat her şeye rağmen güzeldi... Hayal kurmak daha da güzeldi.

Hayallerimizle uzun süre oyalandık! Sonra, zaman içinde gördük ki, hayatın gerçekleri hayallerimizle örtüşemiyordu bir türlü!

Gizli gizli çalışarak babamdan habersiz katıldığım sınavda, güney illerinde bir fakülteye girme hakkı kazanmıştım! Başarımı öğrendiğimiz gün, her türlü azarı göze alarak, Cemile'yi aramıza katıp koruya gitmiştik. Babam duyacak olursa ikimizin de canına okurdu!

Cemile büyümüştü, kollarından tutup aramızda uçuramıyorduk artık. Laf gelir diye koluna dahi giremiyordu Recep. Toprak yoldan ayrılıp koruya çıkan, takış tukuş keçiyoluna saptığımızda, nöbetleşe sırtımızda taşımıştık onu! Elbette yürüyebiliyordu Cemile, ama biz tüm itirazlarına rağmen, aslında eğlenmek için öyle yapmıştık. Yollarımız ayrılmadan önce, ağaçların arasında düşe kalka, güle eğlene, alt alta üst üste dolanmak, o güzel günleri son kez yaşamak, o günlere veda etmek istemiştik. Bir daha dönmeyecek olduğumuz çocukluk çağımıza, son selamımız, vedamız olacaktı o gün!

Dağlara doğru dönüp ellerimi ağzımın iki yanına koyarak, "Ben üniversiteli oluyorum, artık beni hiç kimse durduramaz," diye bağırmıştım avaz avaz, "babam bile!"

"Artık seni kimse durduramaz, baban bile," diye sesimi yansıltmışlardı bana Cemile'yle Recep."

"Kurtuluşa ilk adım! İLK ADIMM!"

Onlar da bağırmışlardı avaz avaz: "İLK ADIMMM!"

Sonra bir gölge düşmüştü Recep'in yüzüne.

"Sen gidince ben n'olacağım lan, Hüsam'la baş başa?"

"Sen de bir iki yıla kadar askere gideceksin zaten. Kurtulacaksın Hüsam'dan."

Sonra, sen askerliğini yapacaksın, ben okulu bitireceğim. Baban hâlâ içerdeyse, yani afla çıkmamışsa ve illa da ona yakın olmak istiyorsan, gider orada iş buluruz. Bir ev tutar, ananla Cemile'yi de yanımıza alırız. Nasıl ama?"

"Ya babam afla salınırsa?"

"Daha çok para kazanır, çok odalı bir eve yerleşir, hep birlikte yaşarız! Ölene kadar!"

"Hani dünyayı dolaşacaktık!"

"Biz dünyayı dolaşırken onlar da bizi bekler. Döner dolaşır, geliriz evimize!"

Kulağıma eğilmişti Recep, Cemile duymasın diye. "Dünyanın bütün sigaralarını içmeden, bütün karılarını düzmeden dönmeyiz eve!"

Cemile yanımızda olmasaydı, fırsat bu fırsat deyip Recep'e yüreğimi açar mıydım acaba? Değil dünyanın tüm karılarını, canımın bir tanesini bile becermeyi çekmediğini söyleyebilir miydim? İçimi döker miydim?

Yaşım büyüdükçe sırrımı taşımak her geçen gün zorlaşıyordu. İçimden gerçeğimi paylaşmak geliyordu Recep'le! Sanki söyleyince sırtımdaki yük azalacaktı. O an harika bir fırsattı, ama Cemile yanımızdaydı ve ben arkadaşıma açılma fırsatını değerlendirememenin hırçınlığı içinde, onun kulağına geri fısıldamıştım:

"Sen de amma amsalaksın, ha!"

"Niye kızıyorsun ulan Bedros! Evlenmezsek bütün karılar bizim sayılır!"

Sinirlenmiş ama yanıtlamamıştım, nerdeyse bir yıldan beri karı-kızdan başka bir şey düşünemeyen Recep sersemini.

"Ne fısıldaşıyorsunuz orada?" diye sormuştu Cemile.

"Ben hiç evlenmeyeceğim," dedim, "onu söylüyordum Recep'e!"

"Ben de," dedi Recep.

İçimden, ama ben bambaşka sebeplerle, diye geçirdim!

"Bir sevdiğin yok mu senin Recep Abi?" diye sordu Cemile.

Recep soruyu yanıtlayacağına, bana döndü, "Senin var mı?" dedi.

"Yok!"

"Senin yoksa benim niye olsun?"

"İkimizin de olmasın zaten! Önce dünya gezilecek!"

"Sahi dünyayı mı gezeceksiniz?" diye sordu Cemile.

"Hayal kuruyoruz kızım!"

"Ben de gezeceğim dünyayı!"

"Olmaz! Sen kızsın!"

"Hayalini kurarım sizin gibi."

"Ama erkekçe bir hayal bu."

Erkeklerin dünyası! Erkekçe yaşamak! Erkek olmak için sarfedilen çaba! Kafama yerleşmiş şablonları cılız bir ses böldü.

"Kızlar da istedikleri hayali kurabilirler abi! Kafamın içindeki hayale kim ne karışır!"

Haklıydı Cemile. Ve ben de tıpkı onun gibi, kendi hayallerimin hesabını kimseye vermeye mecbur değildim! Kimseye açamayacağım sırrımla sığınabildiğim yegâne limandı hayallerim! Bu limanda yapayalnızdım.

Üzerime birdenbire çöken durgunluktan kurtulmak için birdirbir oynamayı teklif ettim. Cemile'yi alçak bir dala oturttuk. Biz sırayla birbirimizin üstünden atlarken Cemile de neşeli kahkahalar atıyordu. Kardeşimin neşesi, az sonra bana da sirayet etti, durgunluğum geçti.

Bir ara sordu Cemile: "Şimdi kollarımı çırpsam, iyice çırpsam, kuş gibi uçabilir miyim bu daldan?"

Çocukluğundan beri hayaliydi uçabilmek... Özgür bir kuş gibi!

Ben hınzırca, "Dene istersen," dedim.

"Deniyorum işte!"

Kollarını hızlandırarak indirip kaldırıyordu.

Recep, "Sakın ha!" diye bağırdı Cemile'ye, "düşer, bir tarafını kırarsın!"

"Ama ya uçarsam?"

Recep kucaklayıp indirdi kızı daldan. "Uçamazsın! Sen kuş değilsin..."

Güneş, sıyrılan örtüsünden taşan saçlarına kızıl ışıltılar katıyordu kardeşimin, hayatında hiç olmadığı kadar keyifliydi o gün, gözleri de hiç olmadığı kadar parlaktı! Sadece Cemile değil, Recep'le ben de uzun zamandır hiç olmadığımız kadar tasasızdık, neşeliydik! Üçümüzün de birbirimizden gizlediğimiz hayalleri uçsuz bucaksızdı.

Sadece birkaç hafta sonra, kolayca kurulan hayallerin gerçekte hiç de kolay olmayacağını anlamaya başladık.

Sınavı kazanmıştım da, kendi kalacağım yeri dahi bilmeden, Cemile'yi nasıl götürecektim yanımda.

Kız kardeşimi öğrenci yurtlarına sokamayacağım için ucuz bir mahallede bir gecekonduya yerleşmem gerekecekti. Hüsam'dan almakta olduğum harçlık kesileceğine göre, ev kirasını karşılayacak parayı nerden bulacaktım? Biriktirdiğim para neye yeterdi ki! İnşaatlarda gece bekçiliğinden lokantalarda bulaşıkçılığa kadar, ne olursa olsun, acele bir gece işi bulmalıydım! Gündüz okula gider, gece çalışırdım. Para biriktirirdim. Cemile'yi ikinci yılımda alırdım yanıma.

İyi de, yokluğumda Cemile'yi kim koruyup kollayacaktı? Kim mâni olacaktı bir başka moruğun koynuna yollanmasına? Cemile'yi Recep'e emanet edemeyeceğimi biliyordum. Artık çocuk değildiler ikisi de. Yanlarında ben olmadan, kapı önüne dahi çıkaramazdı Cemile'yi, Recep. Ama gözü üstünde olurdu, kulağı açık olurdu, kızı dövmeye, başka yere kuma yollamaya filan kalkacak olurlarsa bana hemen haber uçururdu. Ben ne yapar eder, gelir, babama mâni olamayacağıma göre, kaçırırdım Cemile'yi! Sonra da bir çaresine bakardık Recep'le.

Acaba Recep sırf hatır için, elini sürmemek kaydıyla ve elbette tehlike geçtikten sonra boşamak üzere nikâhlar mıydı kızı?

Recep'e desem ki mesela, şu Cemile'ye göstermelik bir nikâh kıy, ben düzenimi kurup onu yanıma alınca boşarsın! Ne zarar gelir ki imam nikâhından?.. Recep diz çöküp oturur cami imamının önüne, imam okur duasını, sonra da zamanı gelince Recep, "Boşadım seni, Cemile," der, olur biter! Böylece babamın da köy halkının da çenesi kapanır. Ama böyle bir şeyi Recep kabul eder mi?

"Ben emanetçi miyim ulan, enayi mi sandın beni," demez mi?

Yok, çare değildi bu; Recep kabul etse babam etmez! İşi gücü olmayan çulsuza vermez kızı, Cemile'yi düşündüğünden değil, başlık alamayacağından...

Bunları düşüne düşüne, uykusuz geçirdim çoğu yaz gecesini!

Temizlikçi kadın, öğle tatilinden istifade ederek, elektrikli süpürgesiyle koridordaki halıyı süpürdü, dikkatimi dağıttı! Yetmedi, Derya elinde bir çörekle geldi, kafasını uzattı cam bölmeden içeri, "Sen yemek yedin mi Bora? Çörek var fazladan, ister misin?" diye sordu.

"Yedim ben, sağ ol," dedim, "bir iş yetiştiriyorum da, kusura bakma..." Yerimden kalkıp cam bölmemin kapısını kapattım. Kız elinde çörekle kalakaldı! Akabinde kapının önünden içeri bakarak Ersin'in geçtiğini gördüm. Hep etrafımda dolanıyor bu çocuk! Hayalet gibi bitiveriyor hiç beklenmedik anlarda! Kafamda ona dair bazı şüpheler var. Ya Derya ile aramda bir şey olduğunu sanıyor, dedikodu peşinde ya da benim peşimde, doğru zamanı kolluyor açılmak için. Açılsa bir arkadaş kazanacağım kendi cephemde. Ama ben nasıl korktumsa yıllarca, o da korkuyor olmalı... Kolay değil benim gibi birinin kendini eşcinsellerin kabul görmediği bir ortamda açık etmesi! Belki bir işaret bekliyor benden, Ersin. Belki o, beni anladı ve niyeti bana asılmak değil, sadece açılmak, bir dost edinmek. İçimden onunla konuşmak, dertleşmek geldi, ama şu anda değil! Şimdi dikkatimi dağıtmamalıydım, birazdan İlhami yemekten döndüğünde, Recep için onunla çok ciddi bir konuşma yapacaktım çünkü!

Kafamı toplamaya, söyleyeceklerimi sıraya koymaya ve hatırlamaya çalıştım; ben sevgilime, "Bizim köyden gerçek kimliğimi bilen birine rastladım, beni tanıdı, çok tedirgin oldum, hemen kaçtım yanından," dediğimde ne demişti bana?

"Kurtul ondan," demişti. Kurtul ondan derken elbette o kişiyi öldürmemi kastetmiyordu.

"Nasıl?" diye sormuştum!

"Düşünürüz bir çare... Uzaklaşsın buralardan! Gerekirse onu yurtdışına, mesela Almanya'ya göndermenin bir yolunu buluruz, bu tipler kapağı dışarı atmaya meraklıdır, fırsatı yakalayınca hemen giderler, sen de rahat edersin."

Aynen böyle demişti. Madem yardıma hazırdı, Hüsam zannettiği Recep'e yardım etmesi için sevgilime gerçeği açıklayan bir mektup mu yazsaydım, yoksa yüz yüze mi konuşsaydım, karar vermekte zorlanıyordum.

İlhami, çoluklu çocuklu, itibarlı, doğru düzgün bir adamdı. Sıkıcı denebilecek derecede sıradan bir hayat yaşamıştı; benimle ilişkiye girene kadar! Bir iki kaçamağı dışında, hiçbir suça bulaşmadığına emindim. Hatta trafik polisine asla ehliyetsiz yakalanmadığına dair parmak basardım! Böyle birinden, esrar kaçakçılığına karışmış Recep'e yardımcı olmasını istemek, kendi ilişkime bomba koymak demekti.

Ürkebilirdi, benden soğuyabilirdi, geçmişte kalsa dahi böyle birileriyle yakınlığımı kaldıramayabilirdi İlhami! Ancak dizilerden ve filmlerden bildiği yeraltı dünyasının en önemsiz, en basit kişileriyle gerçek hayatta karşı karşıya geldiğinde, nasıl tepki vereceğini bilmiyordum. Onu kaybetmekten korkuyordum. Rahatsızdım! Dersine iyi çalışmadan sınava girmeye hazırlanan bir öğrenci gibi hissediyordum kendimi.

Önümde sevgimizin, bağlılığımızın, dayanışma duygumuzun sınanacağı bir sınav vardı. Bu sınavı başarıyla atlatabilirsek ne âlâ... Yoksa yola yalnız devam edecektim.

Hazır mıydım buna? Geldiğim yere dönmeye! Yok ya! Geldiğim yere dönmek de nereden çıktı? Neden dönecekmişim sıfır noktasına, bunca kazanımımla! Önümdeki ihtimal, geriye dönüş değil, olsa olsa yola İlhami'siz devam etmekti.

Yayınevinde çalışmaya başladığımdan beri, yirmiye yakın kitabın kapağına desen çizmiş, kolaj yapmıştım; ayrıca iyi satmakta olan bir kitabın yazarıydım. Yolum açıktı. Korkma, dedim kendi kendime, hiç korkma Bora... Recep için her yolu zorla. Kendini nasıl kurtardınsa, sıfırdan buralara getirdinse, onu kurtarmayı da başarırsın! Ona yardım etmeye mecbursun, çünkü o senin ilk dostun, ilk yoldaşın, hayatta en çok sevdiğin insan!

Yalan!

Ben hayatta en çok Cemile'yi sevdim, ince boyunlu, ince bacaklı, ceylan gözlü kardeşimi.

Cemile'yi düşününce yine keskin bir sızı bıçak gibi saplandı göğsüme! Özledim onu. Nerelerdedir kim bilir, kimin yanında sekiyordur keklik gibi? Akşama Recep'ten bunu da öğrenirim, o mutlaka biliyordur yerini. Gider, bulurum Cemile'yi, seni bağışladım kardeşim, derim, şimdi de sen beni bağışla, senin bana yaptığın iyiliği zamanında anlayamadığım, seni suçladığım için affet beni.

Onu alır İstanbul'a getiririm, evime yerleştiririm. Hatta yeni bir ev bulurum belki, bir fazla odası ve balkonu olan. Balkonda Cemile'nin elleriyle sulayacağı, bakıp büyüteceği çiçekler, fesleğen saksıları... Bir kafeste bir çift sarı kanarya, çocukluğundan beri hep istediği...

Bir çift kanaryayı olsun niye alamamışız acaba ona?

Paramız olmadığından mı, hoyrat ve sevgisiz olduğumuz için mi? Yoksa yoksullukla hoyratlığın, sevgisizliğin arasında gizli bir bağ mı var?..

Olmamalı!

Bunun tam tersini söylemedi mi bize Kör Hoca? Paranın fazlasının hayır getirmeyeceğini, nice zengin zalimin hikâyesini anlatmadı mı bize! O halde söyleyin bana Allah rızası için, zengin olmadıkları halde, neden anamla babamın gönül gözü bu denli kapalıydı çocuklarına?..

Kapıların açılıp kapandığını, büroya gelenlerin ayak seslerini, kızların fısıldaşmalarını duydum. Öğle paydosu sona ermek üzereydi. Yemek yemeye çıkanlar, yavaş yavaş yerlerine dönüyorlardı. Ayaklarımı masadan indirdim, toparlanırken önümdeki gri telefonun yeşil ışığı çakmaya başladı, ahizeyi kaldırdım.

"İlhami Bey odasında seni bekliyor Bora," dedi Nadide Hanım.

Elime rasgele bir dosya aldım, tam ön tarafa geçmek için kapıyı açmıştım ki Derya ile burun buruna geldik!

"Nereye Bora?"

"Patron çağırtmış."

"Boş ver patronu şimdi. Sana geçen hafta sözünü ettiğim projenin kabataslak çizimini demin tamamladım, getirdim. Ne bakıyorsun boş boş yahu! Hani ışıklı panolar yapacaktık kitap fuarı için!"

"Haa, evet! Hatırladım."

"Gel gel, masaya yayıp göstereceğim."

"Sonra göster Derya, baban bekliyor beni."

"Olmaz, sonra gösteremem. Bunlar acil. Sen son düzeltmeleri yapacaksın ki, yarın ısmarlayalım! Yoksa yetişmez..."

"Hay Allah!" dedim masama geri yürürken.

Kızın elinden kurtuluş olmadığını biliyordum! Dediği dedik bir tipti. Elindeki ruloları masama yaydı, üzerine eğildi kâğıtların, açık yakasından küçük göğüslerini görür gibi oldum. Acaba bilhassa mı giymişti bu açık yakalı bluzu, masaya eğildiğinde bana frikik vermek için.

Eline bir kalem alıp bir şeyler anlattı. Ben not aldım.

"Bunları yarına kadar güzelce çizersin değil mi Bora?"

"Valla bilemem Derya, baban daha acil bir iş buyurmazsa..."

"Kabul etme! Yoksa yetişmez fuara."

"Söylerim bu..."

Lafımı kesti. "Sakın ha! Ay ne kadar unutkansın, Bora! Sürpriz yapacaktık, unuttun mu? Katiyen söz etmeyeceksin bu tasarımdan! İlhami patron, fuar salonuna girecek ve bir de bakacak ki, bizim stand ışıl ışıl... Herkesinkinden farklı! Sürpriz olacak yani! Belki bize bir bonus verir, ha ne dersin?" Göz kırptı bana.

"Tamam! Haydi şimdi bırak beni de..."

"Sakın ağzından kaçırma!"

Uzandı, yanağımdan öptü beni. Çıktı gitti. Onun için kötü şeyler düşündüğüme utandım! O kadar çocuksuydu ki, açık yakalı bluzu katiyen beni tavlamak için giymediğine emindim şimdi.

Peşinden ben de çıktım, babasının yanına gittim.

İlhami, ben odaya girer girmez masasından kalkıp kapıya yürüdü, kapıyı kapatırken anahtarı çevirdi, sonra yanıma gelip sarıldı bana.

"Seni merak ettim Bora, dün bir işin mi çıktı, yoksa gerçekten hasta mısın?" diye sordu.

"Keşke hasta olsaydım, ilacımı içer, iyileşirdim," dedim, "beni hasta eden şeyin ilacı yok!"

"Hayrola? Yine o adamla mı ilgili? Neydi adı? Hüsnü müydü, Hüsam mıydı? Evine mi geldi yoksa?"

"Hayır eve filan gelmedi, ama İlhami sen bana geçen akşam demiştin ki... Yanlış hatırlamıyorum değil mi, gerekirse onu yurtdışına göndeririz, demiştin. Gerçekten mümkün olabilir mi bu?"

Masasının arkasındaki koltuğuna otururken sordu, "Aynı adamdan mı söz ediyoruz? Hani şu Balık Pazarı'nda karşılaştığın..."

"Evet, evet! Şey... İlhami, nasıl söylesem... Sen de aynı şeyi düşünmüştün... Yurtdışına çıkması beni çok rahatlatacak. Mümkünse elbette. Hani dış sularda dolanan bir gemide miçoluktan tut, garsonluğa ya da... ne bileyim, Almanya'da filan bir tanıdığının işyeri varsa..."

"Söylesene, yine mi görüştün onunla? Buldu mu seni?"

"Ben ihtimaller üzerine konuşuyorum sadece... Yani eğer beni bulacak olursa, onu dışarı göndermek mümkün olabilir mi diye bir yoklama benimki!"

"Senin güvenliğin söz konusuysa her şey mümkün. Bakarız çaresine."

"Bir an evvel öğrensem ne iyi olurdu. Ona ortaya çıktığı takdirde böyle bir söz verebilirsem, beni huzursuz edeceğine, kalkar giderdi."

"Gider, ama sonra geri dönebilir değil mi? Şantajcı asla pes etmez Bora, ondan korktuğunu sakın belli etme. Sakın!"

"Eder miyim hiç? Sadece ona yardımcı olmak niyetiyle ilgileniyorum zannetmesi lazım. Köyümden eski bir arkadaş işte...

Korktuğumdan değil de, hani işi görülsün diye yardım ettiğimi sanacak, anlatabiliyor muyum?"

"Bora, nereden bulaştın bu herife Allah aşkına!" İlhami kalktı yine oturduğu yerden, sinirli sinirli dolandı odada. Onu böyle asabi görünce, "Pişman oldum söylediğime, unut gitsin," dedim.

"Unutulacak bir mesele değil! Başını belaya sokabilir bu herif senin. Neyse, bu işler öyle hop diye olmaz. Bakacağım ne yapabileceğime. Birkaç acente var tanıdığım, onlara danışayım. Ama sen de bana her şeyi baştan sona anlatacaksın, tamam mı! Gizli saklı hiçbir şey kalmayacak bu konuda."

"Elbette."

"Anlat o zaman. Kim bu? Seninle samimiyeti nedir? Neden korkup kaçtın ondan?"

"Burada konuşmayalım, birileri içeri girip konuşmamızı bölmesin. Bana geldiğinde anlatırım. Zaten biliyorsun, isim değiştirdiğimi söylemiştim ya sana... Fazla anlatacak şey de yok aslında. Beni tanıyacak biri mutlaka çıkar diyordum, çıktı işte! Sen beni niye çağırttındı?"

"Söyledim ya, seni merak ettim, ha bir de şu telif işini hallediyorum bir iki güne kadar. Onu da haber vereyim, dedim."

Kalktım, "Sağ ol. Ben yerime geçeyim..."

"Akşam gelirim, konuşuruz..."

Sözünü kestim.

"Bu akşam uğrama..."

"Neden?"

"Meşgulüm... Çalışacağım."

"Yalan! O herif buldu seni, onunla buluşacaksın."

"Nereden çıkarıyorsun bunları?"

"Sen bana hiç hayır demezdin Bora."

"İlhami, bak, düşündüğün gibi değil, ama bu benim tek başıma halletmem gereken bir iş. Gerektiğinde senden yardım isteyebileceğimi gördün işte! Ama bazı şeyleri kendim halletmeliyim. Lütfen... Korkulacak bir şey yok, güven bana."

"Yanınıza gelmem, siz konuşurken ben yatak odasında beklerim, sadece, gerekirse müdahale etmek için..."

"Daha neler! Lütfen İlhami! Sözünü ettiğimiz kişi düşmanım değil ki, alt tarafı bir tanıdığım. Abartmayalım, olur mu? Lütfen!"

"Bir şeye ihtiyacın olursa... Gerekirse arayacaksın ama, söz mü?"

"Ararım. Söz!"

Ben kapıya doğru yürürken kapı kolu kurcalandı, ardından Handan Hanım'ın sesini duyduk, "İlhami!" Hızlı hızlı vurdu kapıya, "İlhami, açsana kapıyı!"

İlhami fırladı, kapıdaki anahtarı çevirdi, açtı kapıyı.

Yüzünde şaşkın bir ifadeyle daldı odaya Handan Hanım, beni yavaşça kenara itti, etrafına bakındı.

"Niye kilitlediniz kapıyı?"

"Ne kilidi?" dedim ben.

"Ben kilitliyorum," dedi İlhami, "kapı yalama olmuş, iyi kapanmıyor. Çat çat vuruyor rüzgârda..."

"Kilitleyeceğine tamir ettir. Söylesene Nadide'ye!"

"Hep söyleyeceğim, unutuyorum. Ayrıca, belki de tercih edeceğim böyle kalmasını, çünkü odama dalanlar çoğalmaya başladı ofiste."

"Ben haber veririm Nadide Hanım'a, yerime giderken," dedim.

"İyi! Şimdi bize müsaade et Bora, özel bir şey görüşeceğim," dedi Handan Hanım.

Ben, "Ben zaten çıkıyordum, efendim"i, İlhami de, "O çıkıyordu zaten!"i, koro halinde, aynı anda söyledik.

Odadan çıkınca, Nadide Hanım'a hiçbir şey söylemeden ofisin arka tarafına yürürken düşündüm; İlhami, bu işle meşgul olacağım dediğine göre, Recep'in yurtdışına yollanması bir hayal değildi. Bunu bir an önce haber vermeliydim ki Recep'e, gereken hazırlıklara başlasın. İntihar ihtimali mi, artık ne olacaksa yok olma nedeni, işlemeye başlasın ince ince. Bunaldım, desin; bıktım bu hayattan, desin; çaresiz hastalığa yakalanmışım, çekmek istemiyorum, tedavi olmayacağım, desin!

Recep'i yurtdışına çıkarana kadar onu Hüsam'ın erişemeyeceği, ulaşamayacağı bir yerde saklamak şart olursa, bu ancak benim evim olabilirdi. Ama o zaman İlhami'ye ne derdim, onu nasıl idare ederdim? İlhami'yi, Recep'in işini halledene dek tedirgin etmek, telaşlandırmak hiç ama hiç istemiyordum!

Masama geçip oturdum, cep telefonumu çıkardım, Recep'in adını buldum, çaldırdım. Telefonu açık değildi. Ona bir mesaj attım: **Ufukta güneş göründü, akşama mutlaka gel.**

Yanıt anında geldi: **Akşam yedide, aynı yerde.**

Evet, bu sabah görüştüğümüz yerde, onunla buluşacak, evime getirecektim. Yok yok, hayır, evimi öğrenmesin, başka bir yerde oturalım, hem kafa çekelim, hem konuşalım. Ama ya bizi bir duyan olursa ya da maazallah Hüsam'a yakalanırsak! Hüsam'ın ayak basmayacağı yerlere gidebilirdik. Lüks ve pahalı lokantalara... Oralarda da Recep rahat edemezdi, doğrusu ben de pek alışık değildim İstanbul sosyetesinin mekânlarına.

Yine en doğrusu Recep'i evime çağırmaktı. İleride pişman olabilirdim, ama Hüsam'a yakalanmak bin beter olurdu.

Kalktım yerimden, karar veremediğim için, daracık cam bölme boyunca gidip geldim birkaç kere.

"Bugün kafese kapatılmış aslan gibisin, hayrola Bora," diye seslendi Gaye.

"Aynen öyleyim," dedim, "kafese kıstırılmış bir aslan gibiyim şu anda, üstüme gelme, yerim seni!"

Derya'nın masama yaymış olduğu taslağa göz attım, üzerinde biraz kalem oynattım. Kapak çizimleriyle uğraştım, bilgisayarımda internete girip dolandım. Saatler geçmek bilmedi! Nihayet saat beş buçukta bilgisayarımı kapattım, pılımı pırtımı toplayıp çantama tıkıştırdım, sonra da tuvalete geçip ellerimi yıkadım. Musluğun üstündeki aynada bana hâlâ yabancı gelen saçsız yüzüme baktım iç sıkıntısıyla. Kesinlikle saçlı halim daha yakışıklıydı! Bir türlü alışamıyordum dazlak kafama... Cebimde taşıdığım gözlüğümü takıp bir kere daha yabancıladım kendimi, büsbütün sinirlendim! Yatışmak için gözlüğümü çıkarıp yüzümü yıkadım, kafama su çarptım! Tuvaletteki kâğıt havlunun nerdeyse tümünü kafamı kurulamak için harcadım. Kâğıt ıslanınca ufalanıp başımın her tarafına yapıştı. Tekrar yıkadım kafamı ve kuruması için sudan çıkmış köpek gibi iki yana salladım. Gözlüğü yeniden gözlerime yerleştirdim ve tüm bu gereksiz işlerden yorgun, kendi bölümüme yürüyüp masamın üzerinde hazır ettiğim çantamı aldım, ön tarafa geçtim, saat altıya çeyrek kala Nadide Hanım'a veda ettim.

"Erkencisin bugün!"

"Memleketten bir arkadaş gelmiş, onunla buluşacağım," dedim, kapıdan çıkarken.

"İyi eğlenceler size," diye seslendi arkamdan Nadide Hanım.

Eğlence, geçireceğimiz akşam için pek uygun bir kelime sayılmazdı ama sekreterin temennisi iyi niyet içeriyordu ve benim önümdeki uzun gece için iyi niyete çok ihtiyacım vardı!

HAYATIMIZI KADERİMİZ SANDIĞIMIZ TESADÜFLER Mİ YÖNETİYOR YOKSA

Akar giderim ay ışığında pınarların
Yüreğim sevdadan yana
Yüreğim sizlere taraf
Düşlerimse ormanlarında masalların
*Çocukluğumu arıyor saf saf.**

Yayınevinden çıkınca bir taksiye atlayıp doğru Taksim'e gittim. Recep'le sabah karşılaştığımız noktada buluştuk. Hava güzeldi, eve kadar yürüyebilirdik, ama taksiye binmeyi tercih ettim. Uzamış sakallarım, nerdeyse sıfıra vurulmuş saçlarım ve gözlüklerimle tanınmam kolay olmasa da, içimde özellikle de Taksim civarında, Recep'le beraberken Hüsam'la karşılaşma korkusu vardı.

Apartmanın loş merdivenlerini, ben önde Recep peşimde tırmandık, kapıyı açtım, önden ben girdim, holün yumuşak ışıklı lambasını yaktım, sonra buyur ettim arkadaşımı yeni dünyama! Recep kapının önünde ayakkabılarını çıkarmak için eğildi.

"Çıkarma, öyle gir," dedim.

"Aaa, olur mu?"

---

* Ayşe Kulin, *Saklı Şiirler*, "Şiirin Satırlarında Gizli Kimliğim."

"Olur, olur."

Biraz şaşırarak yürüdü oturma odasına doğru, sonra hole geri döndü, "Çıkarayım ben... Daha rahat edeceğim," dedi.

"Nasıl istersen."

"Terlik yok mu?"

"Yok."

Ayakkabılarını çıkardı, çoraplı ayaklarıyla odanın ortasına kadar gitti, duvarda asılı röprodüksiyon resimlere, raflarda duran kitaplara baktı. Sonra döndü topuklarının üzerinde, bütün odayı gözden geçirdi.

"Sen okudun mu bütün bu kitapları?"

"Çoğunu okudum."

"Bedros... Sen yırtmışsın oğlum, başka bir âleme geçmişsin sen!"

"Kitaplar yüzünden mi?"

"Yok ya... Sadece kitaplar mı! Evde ayakkabı çıkarılmıyor, terlik yok..."

"Niye çıkarılsın abi, yer sofrasında yemek yemiyorum ki! Namazı da kılacaksam yatak odamda kılarım."

Beni duymamış gibi devam etti, "Saçlar gitmiş, sakallar uzuyor, gözde gözlük profesörler gibi, sonracığıma kitaplar, resimler... Evin de bir tuhaf senin lan!"

"Ne var ulan evimde? Sıradan bir ev işte, iki oda bir hol."

"Ama bizim alışık olduğumuz evlerden değil. Tamam, köy odasını buraya taşıyacak halin yoktu ama... Bu ev bir başka."

"Recep, evi boş ver, ben aynıyım."

"Ne aynısı be, adın bile değişmiş"

"İçim değişmedi," dedim.

"Göreceğiz."

Pencereye gitti, dışarı baktı, "Manzaran yokmuş."

"Ben zengin değilim ki, bu şehirde manzara zengin işi."

Güldü. "Benim gecekonduda manzara var ama..."

"Nerede oturuyorsun?"

"Zeytinburnu'nda."
"Hüsam'la mı?"
"Hayır. Onun belirli bir yeri yok."
"Allah Allah!"
"Öyle olması gerekiyor!"
Suçluların telaşı içinde yaşıyordu demek ki Hüsam.
"Aç mısın?" diye sordum.
"Yerim bir şeyler. Yemek mi yapacaksın?"
"Telefonla ısmarlayacağım. Lahmacun mu, kebap mı istersin?"
Karar veremedi. Sokağın altındaki kebapçıya telefon ettim, hem kebap hem lahmacun ısmarladım.
Recep sigara paketini çıkardı cebinden, içinden bir sigara çekip paketi sehpaya bıraktı.
"Sen de alsana," dedi.
"Yahu, bak ne diyeceğim. İnanması zor ama ben bıraktım bu mereti!"
"Aaaa! Neden bıraktın abi, ne zaman bıraktın?"
"Çok oldu. Askerde hastalandım demiştim ya, aylarca yattımdı revirde. Orada içmek yasaktı. Zaten sigara içecek hal nerede?.. Anlattım ya sana! Neyse, revirden çıktıktan sonra da sigara alacak param yoktu, bu sefer... Bizim zula memleketteki dağda kalmış (Ben güldüm burada, ama o gülmedi.) ondan bundan otlanarak idare ettim bir zaman. Sonra bu işi buldum işte... Cebim para gördü ama bu kez de ofiste sigara içmek yasak, illa dışarı kapı önüne ineceksin. Zor geldi abi, in çık! Bıraktım ben de."
"Eee, başla şimdi. Çek bir tane şu paketten, haydi lan!"
"Yok, başlamak istemiyorum. Hatta yanlış anlamazsan, sen de arkada yatak odasında balkon var, orada içsene!"
"Delirdin mi oğlum?"
"İçmeyene çok fena kokuyor bu sigara. Benim şey de içmiyor... İçiyordu da bıraktı o da yeni... Hani sinmesin diye koku eşyalara!"
"Kim içmiyor, manitan mı?"

"Hıı!"

Sigarasını aldı, arkaya geçti Recep. Gitmedim peşinden, zaten tek bir oda vardı arka tarafta, balkonu bulurdu nasılsa. Ama içime hüzün çöktü, pişman oldum odada içmesine izin vermediğim için. Gitsem peşinden, boş ver, gel içerde iç desem... Yapmadım. Sehpanın üzerine mutfaktan tabak çanak taşıdım o sigara içerken. Çabuk döndü balkondan.

"Rakı?" diye sordum.

"İçerim," dedi.

Rakı bardaklarını, buzu ve rakıyı getirdim. Ben bütün bu işleri yaparken, evde huzursuz adımlarla dolandı Recep. Ben de attım ayakkabılarımı, gömleğimin kollarını sıvadım, gözlüğümü çıkarıp kapının yanındaki masaya bıraktım, sonra bardaklarımıza rakı koydum.

"Su?"

Hemen hemen her şeyini bildiğim çocukluk arkadaşımın rakıyı nasıl içtiğini bilmiyordum. Sigara gibi değildi ki bir ağaç dibine tüne de tüttür zıkkımı! O yaşta kasabada ya da şehirde içki içilen yerlere giremezdik, evlerimizde içmemiz ise hiç mümkün değildi. Sadece tek bir rakı deneyimimiz vardı birlikte; Recep'in anasının kırkı çıktıktan sonra, şehirdeki marketten aldığımız bir şişe rakıyı gazeteye sarıp Recep'in evine getirmiş, acemisi olduğumuz için susuz içmiş, fena halde sarhoş olup kusmuştuk. Ben askere götürülmeden birkaç gün önce.

"Bol koy," dedi, "rakının susuzundan dersimizi aldıktı, hatırlasana!"

"Hatırlamaz mıyım!"

Mutfağa gittim ve evimde İlhami'yi ağırlarken hiç yapmadığım bir şeyi yaptım, suyu sürahiye boşaltmadan şişesiyle getirip sehpanın ortasına bıraktım. Oh be! Oh beee!

İlhami'nin benden öyle bir talebi olmadığı halde, ona her su ikram edişimde suyu niye hep sürahiye koymuştum acaba? Onun evine gittiğim sayılı seferlerde su her zaman sürahide getirilmiş olduğu için mi? Onun yanındayken benim hep en doğruyu yapmak, şehirli gibi davranmak telaşımdan mı? İyiymiş bazı şeylere boş vermek, kendini koyvermek...

Recep sehpaya bıraktığım şişeye uzandı, rakısının üzerine su doldurdu. Hâlâ dikiliyordu ayakta. Oturursa duruma hâkim olamayacakmış gibi bir hali vardı! Ben bardağımı kaldırdım, "Şerefe kardeşim, evime hoş geldin," dedim, "otur artık bir yere de, şöyle gevşeyelim, sarhoş olmadan önce, ne dersin?"

"Bu sefer kusmayalım ama," dedi gülerek, "biliyor musun, ne zaman rakı içsem aklıma ilk rakımız gelir."

"Ananı yeni kaybetmiştik, acılıydık. Biraz da ondan çarpıldıktı öyle! Rakı, kederliyken fena ediyor insanı."

"Yok be! Kederden değil, şişeden sürekli fırt çekip durduğumuz içindi, bir yudum su içmeyi akıl edemeden! Feleğimizi şaşırmıştık sonunda."

"Ben uzun zaman rakı içemedimdi bir daha. Haydi, otursana Recep."

Kanepeye değil, halıya oturdu, sırtını kanepeye dayadı. Ben de koltuktan yere, yanına kaydım. Yıllar önce, ağacımıza nasıl sırtımızı verip yan yana oturduysak defalarca, öyle omuz omuza oturduk halıda. Rakımızı yudumlayamadan kapı çaldı, yemeklerimiz geldi.

"Ekspres servis!" dedi arkadaşım, "ee, tabii, ısmarlayan mühim adam olunca..."

"Çok yakından geliyor," dedim.

Kebapçıdan yollanan yemek paketlerini önce mutfağa taşıdım, tabaklara aldıktan sonra hepsini bir tepsiye sıralayıp oturma odasına götürdüm, sehpanın üzerine bıraktım. Recep lahmacunlara doğru hamle yaptı, bir tane kapıp yemeğe başladı. Belli ki çok acıkmıştı, yerken konuşmadı. Lahmacunu bitirmek üzereyken, "Hayatından memnun musun?" diye sordu bana.

"Memnunum," dedim.

"İşinden memnun musun diye sormayacağım, sabah söyledin zira... Kapak mı ne yapıyordun, değil mi?"

"Evet."

"İyi para kazanıyorsun, belli."

"İdare ediyorum."

"Sevgilin?"

Duraladım, söylemek istemedim ama inkâr da edemedim!

"Var," dedim usulca.

"Var olduğunu anladık da, nasıl biri?"

"İyi biri."

"Adı ne?"

İlhami diyecekken yine duraladım, bizim ofisteki gey olmasından şüphelendiğim genç çocuğun adını söyledim.

"Ersin."

"Ersin mi?"

"Evet."

"Kıza takacak başka isim bulamamışlar mı? Erkek adı gibi, Ersin! Herhalde erkek beklediler, kız çıktı!"

"Ersin kadın değil, erkek!"

"Erkek?"

Yüzündeki ifade değişti. Yanlış duyduğunu sandı bir an. Yeniden sordu:

"Erkek mi Ersin?"

"Evet."

"Sen orada takılı kaldın, desene!"

"Takılı kalmadım Recep, ben böyle doğdum."

"Olur mu yahu! İnsan çocukken dener böyle şeyleri. Gençlikte her şey yapılır. Yani köylerde, bilirsin. Ama belli bir yaştan sonra olmaz, abi!"

"Neden olmasın, Allah insanı böyle yarattıysa?"

"Olmaz abi! Ayıp olur böyle! Allah böyle yaratmışsa da, vazgeçeceksin! Değişeceksin, öyle değil mi? Bulacaksın bir avrat, ona takılacaksın! Bak bizim köyde kız Veli vardı hani, bizden büyüktü. Çocuğu oldu, biliyor musun?"

"Herkes bir olmuyor, Recep. Ben uğraşmadım mı sanıyorsun değişebilmek için! Kerhaneye bile gitmedik miydi? Olmayınca olmuyor!"

"Aman o kerhaneyi hatırlatma! İnsanı zürriyetten keser oradaki telaş. Sen ümidini o kerhane yüzünden kestiysen hata ettin. Sonradan ben başka yerlere de gittim, bal gibi gördüm işimi, zevkimi de aldım! Seni de götüreyim Bedri! Çok kıyak karılar var, inan bana! İlk sefer ikramım olsun!"

"Boşuna nefes tüketme! Ben böyleyim abi. Değişebilsem değişirdim. Bak, ne büyük bedel ödedim ben, evimi, anamı babamı geride bıraktım, kimlik değiştirmeyi göze aldım, kendim olabilmek için..."

"O yüzden mi ad değiştirdin?"

"Elbette! Sen bir ara bana dedin ki kahvede otururken, baban bu günleri görseydi, seninle gurur duyardı, dedin, oysa ben padişah olsam, gururlanmazdı benimle! Babam yaşatmazdı beni, Recep! O isterdi ki, onun istediği gibi olayım, onun bana seçeceği kızı alayım, onun istediği işi yapayım. Okumamı bile istemediydi, ama gözünden uzak olayım diye ses etmediydi bence. Neden biliyor musun?"

"Neden?"

"Değişmeyeceğimi anladı da ondan. Taa küçücük bir çocukken okudu ruhumu! O yüzden yemek yapmama bile kızardı, ne alakası varsa... Hiçbirinizin fark etmediğini ilk o gördü, beni belki de en iyi babam tanıdı, inadımı da bildi, farklılığımı da!"

"Ne diyorsun lan sen? Roman yazıyorsun, roman! Hepimiz geçtik o yollardan çocukken. Birbirimizle oynadık, şey ettik! Bitti, gitti! Büyüdük artık Kıvırcık! Sen de büyüdün. Sana hoşlanacağın karıyı ben elimle bulacağım!"

"Bak Recep, ruhumu öldürmemek için geçmişimi öldürdüm ben! Üstüme sakın gelme. Sen benim neler çektiğimi hiç bilmiyorsun! Taci'den sonra uzun süre kimseye yanaşamadım, kimsenin bana dokunmasına izin vermedim. Zaman içinde sarıldı yaralarım. Yaralarımı kızlar sarmadı. Ben teselliyi gönlümün çektiği cinste ardım. Arada bana utanç veren ilişkiler de yaşadım, bana haz ve sevgi veren insanlara da rastladım. O insanların hepsi erkekti, anlıyor musun? Bu işler nasihatle olmuyor abi, emirle hiç olmuyor!"

"Bir kerecik denesen, seni ben götüreceğim."

"Beni olduğum gibi kabul edeceksin, çünkü ben buyum! Böyleyim!"

"İbneyim diyorsun yani!"

"O lafı kullanman şart değil, ama ısrar ediyorsan, keyfin bilir! Ben kendim için şöyle derdim: Ben erkeklerden hoşlanan bir erkeğim! Terbiyeli insanlar benim gibilere 'eşcinsel' diyor."

"Tamam da abi, böyle şeyler uluorta söylenmez! Ne halt edersen edersin gizlice, kimse de bilmez eşcinsel misin, tekcinsel misin!"

"Köylük yerde mecburen... Çünkü yaşatmazlar insanı. Bu şehir öyle değil. Burada kendimi gizlemeye mecbur değilim."

"Avaz avaz bağırmaya da mecbur değilsin, ben ib... şeyim diye!"

"Bağırmıyorum ki! Yayınevindekiler bilmiyor mesela. Soran olsa söylerim ama kimse sormadı. Çünkü kimseyi ilgilendirmiyor! Belki başkaları da var benim gibi... Ne malum?.."

"Bak Bedri, başkaları ne halt ederse etsin, gel ben seni bir yere götüreceğim, vallahi meşrebin değişecek! Bir kerecik gel, hatırım için..."

"Israr etme!"

"Ulan günah yazılmasın diye sana! Dinde de yeri yok bu işin, cehennemlerde yanmayasın diye yırtıyorum kıçımı!"

"İnananlar olarak, hani elimiz mahkûmdu, Yaradan'dan ötürü her yaradılanı sevmeye! Beni Allah yaratmadı mı Recep? Doğada var olan bir şey, günah olabilir mi? Var olan her şeyin bir sebebi var diye öğrenmedik mi? Kimseye zararı dokunmamış, Allah'a inanan bir insan cehennemde niye yansın? Bırak Allah aşkına!"

Sustuk. Yan yana hiç konuşamadan oturduk. Sokaktaki trafik de azalmış olmalıydı ki, kütüphanenin yanında asılı duvar saatinin tıkırtısını duyuyorduk sadece. Trık... Trık...Trık... Ben, nihayet gerçeği söylemenin huzuru içindeydim. Recep'in koluma değen kolu seğiriyordu!

Sonra sesini duydum.

"Tamam kardeşim, n'apalım, canın sağ olsun! Sevgilin bizim oralardan mı?"

İçimden Recep'e sımsıkı sarılmak, teşekkür etmek geldi ama renk vermedim.

"Değil, İstanbullu."

"Anlaşıldı şimdi niye dünya değiştirdiğin. Evini o mu döşedi?"

"Hayır. Beraber oturmuyoruz."

"Niye?"

Duymazlığa geldim.

"Rakına buz ister misin?" diye sordum.

"Koy bir tane. Niye beraber oturmuyorsunuz? Masrafları paylaşırdınız."

"Sen niye Hüsam'la oturmuyorsun?"

"Hüsam'ın paraya ihtiyacı yok."

"İlhami'nin... Ersin'in de yok."

"Sevgilinin adı İlhami mi, Ersin mi?"

"Ne fark eder Recep. Sen de taktın benim sevgilime! Şu anda benim sana söylemek istediğim çok daha önemli şeyler var seninle ilgili."

"Ne? Neymiş önemli şeyler? Dur yahu, dur, bir sigara içip geleyim balkonda, sonra anlat!"

Ayaklandı arka tarafa geçmek için.

"Otur oturduğun yerde, burada iç sigaranı," dedim, "ben havalandırırım odayı sen gittikten sonra."

"Sahi mi?"

"Elbette! Şurada sohbet kıvamını bulmuşken... İç be!"

Hemen yaktı dudaklarının arasında duran sigarayı, ben mutfağa gidip kül tablasını getirdim, koydum önüne.

"Ne diyordun?" dedi.

"Diyordum ki... Seni Hüsam'dan kurtarmak için bir çare düşüneceğim demiştim ya..."

"Senin yaptığın gibi adımı mı değiştirteceksin bana?"

"Yok... O işler şimdi öyle kolay değil! Vatandaşlık numarası filan var artık. Zaten seni Hüsam'dan adını değiştirerek koruyamayız!"

"N'apacaksın o zaman?"

"Bir tanıdığım var benim. Yurtdışında sana bir iş ayarlamaya çalışacak."

"Ben senin gibi kapak resmi yapamam oğlum."

"Recep, lafımı kesip durma! Bir gemi mutfağında patates de mi soyamazsın, garsonluk, kamarotluk da mı yapamazsın? Ya da ne bileyim ben, bir fabrikada işçi, bir inşaatta taş kırıcı..."

"Bütün bu işler beni bekliyorlardı. Bir gariban varmış Karasöğüt'ten, aman gelsin işe alalım diyormuş patronlar."

"Ayarlanacak hepsi."

"O tanıdığın niye böyle bir kıyak yapsın ki bana?"

"Senin için değil, benim hatırım için."

"Senin hatırın için? Vay be! Ulan, sen başbakan mısın, oğlum? Milletvekili misin? Ne haltsın? Sen büyük adam oldun da biz mi duymadık?"

"İyilik, Allah rızası için de yapılır."

"Yok ya! Şimdi de Kör Hoca kesildin başıma."

"Recep, sen normal bir hayata dönmek istiyor musun, onu söyle? Dün kahvede konuşurken böyle demiyordun, Hüsam'dan kurtulmak istediğini sandım ben! Hayatına sahip çıkmak istediğini, hatta evlenmek, çoluk çocuğa karışmak istediğini söyleyince, suça batmış bir herifin ayak işlerini yapmaktan usandığını sandım. Yok, hayatından memnunsan beni uğraştırma!"

"Neden iyiliğimi istiyorsun benim?"

"Çünkü sen benim hayattaki tek has dostumsun."

"Sevgilin ne güne duruyor?"

"O başka. O benim çocukluğumu, geçmişimi, eşindiğim çöplüğü bilmiyor. O beni kitap kapakları çizen grafiker Bora olarak tanıdı. Daha öncesinden haberi yok!"

Recep içini çekti, rakı şişesine uzandı, iki parmak rakı daha koydu bardağına, buz ilave etti. Kül tablası tepeleme dolmuştu. Tablayı mutfağa götürüp izmaritleri çöpe bocaladım, geri getirdim.

"Sen içmiyorsun, rakı duruyor bardağında!"

Öyle deyince, bardağımı kafama dikip art arda birkaç yudum daha içtim.

Sonra, aynı çocukluğumuzda yaptığımız gibi, uzun bir süre sessiz kalıp iç dünyalarımıza döndük.

Recep'le birlikte olmanın en güzel taraflarından biriydi bu, birlikte canımız sıkılmadan susabilmek... Yan yana oturup hiç konuşmadan, hiç de sıkılmadan, sinema seyreder gibi aklımızdan geçenlere odaklanmak... Beynimizin sinemalarını bazen birbirimize aktarmak, çoğu kez de sessiz kalmak, bizim dostluğumuzun en huzur verici yanıydı bence. Sırdaş olmak kadar önemliydi birlikte suskun ya da birlikte durgun olabilmek. Bizim gibi derdi bol, yükü ağır çocukların düşünceye daldığında, birinin ötekine, sürekli neyin var, canın neye sıkılıyor, bir şeye mi gücendin diye sormaması! Birbirini sürekli eğlendirmeye, hoş eylemeye çalışmaması! Ne çok ama ne çok özlemişim meğer Recep'le birlikte olmayı, birlikte susmayı.

Sessizliği o bozdu, "Az evvel Kör Hoca dedim de aklıma geldi, Hoca'nın ayakkabılarını sakladığımız günü hatırlıyor musun?" diye sordu.

"Nasıl unuturum? El üstünde tuttuğu en sevgili öğrencisinin ceketinin altına saklamıştık pabuçlarını... Ulan ne hergeleydik be!"

"Niye en sevgili öğrencisi oymuş, biliyor musun? Meğer amcası kasapmış kasabada! Hoca'nın etleri bedava yani..."

İkimiz de o günün ayrıntılarını konuşup gözümüzden yaş gelinceye kadar güldük, yeniden yaşadık o günü. Hoca'nın meslerinin üzerine çektiği lastiklerinin çalındı zannetmesini, Raif'in ceketini giymek için yerden kaldırdığında, mesleri bulduğu anki şaşkınlığını... Kekeleye kekeleye, "Vallahi ben yapmadım," demesini, Hoca'nın ender kullandığı sopasının hepimizin kıçına inmesini... Yemekten hiç gocunmadığım, hatta keyif aldığım dayak!

"Sana bir şey sorsam bozulur musun?" dedi Recep.

"Ne soracaksın?"

"Hep düşünmüşümdür, taa o zamanlar... Neden bu Taci seni şey etti diye?.."

"Eeee?"

"Yani demek istiyorum ki... Anladı mı herif senin şey olduğunu... Ya da sen kırıttın mıydı farkına varmadan bu herife?"

"Ben ne kırıttım ne de bir işaret verdim Recep. Zaten ödüm patlıyordu açık vereceğim diye! Sana bile açılamamışım, düşün artık. O herifi bulursan git kendisine sor!"

"Kızmadın di mi sordum diye?"

"Kızmadım. Zaten taa o zaman da sorup durmuştun aynı soruyu. Sezmişsin yani bir şeyler... Uyanık seni!"

"Sezmek başka, kondurmak başka! Hiç kondurmadım. Neyse... Boş ver..."

Sonra ben yine doldurdum bardaklarımızı. Buz erimişti, soğuk su getirdim buzdolabından rakının üzerine koymak için.

"Bununla idare edeceğiz arkadaş, kusura kalma."

"Ne kusuru?"

"Yani buz bitti de..."

"Ne kibar olmuşsun sen, kibar yârim, esmerim," dedi Recep, "has İstanbullu olmuşsun lan!"

Kendime dair itirafımın dışında, ben hiç farkında olmadan, hiç istemeden artık ayrı dünyalara ait olduğumuzun işaretlerini mi veriyordum Recep'e? Benim cinsel kimliğimi öğrenmesinin onu fazla şaşırtmış olacağını sanmıyordum. Tepki göstermişti ama anlayış da göstermişti. İtirazına rağmen, farklılığımı, çok önceden babam gibi onun da sezmiş olduğuna emindim. O gün başkaları anlayacak diye ödümü patlatan gerçeğimi, bugün korkusuzca açık etmemden duyduğu şaşkınlık uzun sürmemişti Allah'tan! Beni yeniden bulmaktan o da benim gibi öyle memnundu ki bence, "kusur"um olarak gördüğü "gerçeğin" aramıza girmesine izin vermemişti! Vermeyecekti!

Beni tedirgin eden, itirafıma duyduğu hayal kırıklığı değildi!

Ben, bana konforsuz gelmeye başlayan evimi onun lüks bulmasından, şehre uyum sağlamamdan, sigarayı bırakmış olmama bozulmasından rahatsız olmuştum. Onu ağırlarken gösterdiğim özenin, hatta ağzımdan çıkan bazı sözlerin ona battığını fark etmiştim. Onu hor gördüğümü sanacak diye ödüm patlamıştı.

Oysa ben ne çok "kendim" olmuştum onun yanında...

Recep'i hor görmek bir yana, çocukluğumun, ilkgençliğimin anılarında eşelenmek, eski ben olmak, Kıvırcık, Bedri, Bedros, Bedrettin olmak istiyordum! Çocukken çekmiş olduğum onca acıya, sevgisizliğe, yoksulluğa rağmen, o günlere dönmek için kıvranıyordum! Bu yüzden de hep dere kenarında oynadığımız günlere, köy hayatımıza getiriyordum lafı, hep geçmişte dolaşıyordum.

Dedesinin ahırını yakışımızı, çakalların tavukları boğması için kümesin kapısını açık bırakma planlarımızı anımsattım, biraz daha içtik, biraz daha konuştuk. Köyden, sevdiklerimizden, sevmediklerimizden... Yine içtik, yine konuştuk.

Biz çocukluk haylazlıklarımızı konuşurken lahmacunlar bitti, kebaplar, yeşil biberler, domatesler, bulgur pilavı silinip süpürüldü. Oda sigara dumanı içindeydi.

"Bir porsiyon daha getirteyim mi sana?" diye sordum.

"Bir şişe rakı daha var mı evinde, sen onu söyle."

"Rakıdan yana korkma. Ev bar gibi."

"Seninki içkici galiba?"

Yanıtlamadım.

Söz sevgilime geldikçe konu değiştiriyordum başlarda. Ama içki kursağımızda şişede durduğu gibi durmuyordu, dizlerimizin bağı gibi dilimizi de çözüyordu, içtikçe birbirimize daha çok açılıyorduk! Duygusal ayrıntılara giriyorduk, gözlerimiz yaşlanıyordu, sesimiz boğuluyordu! Zamanın nasıl geçtiğinin, saatin kaç olduğunun farkında bile değildik. İkinci şişenin sonuna doğruydu sanırım, Recep, "Sen kaçak oynuyorsun, Kıvırcık," dedi bana.

"Ne demek o şimdi?"

"Sayın garafik... Grafit... Ulan neydin, söylesene?"

"Grafiker."

"Sayın Bay Grafiker sevgilisini mi kıskanıyor benden nedir, laf ona geldi miydi hep taca atıyor topu. Oysa anlattım sana ben bütün gece, benden ona zarar gelmeeez, ben bir esmer karıya yanığıım."

"Nerden çıkarıyorsun bunu? Sana öyle gelmiş, Recep."

"Anlat o zaman lan! Nerede tanıştın, ne zaman tanıştın? Ne iş yapar, ne bok yer? Uzun mu, kısa mı? Esmer mi, kumral mı? Anlat gözünü seveyim."

"Dur dur dur! Önce ben seni yakan şu esmer karının ifadesini alayım? Her şeyi anlattın da bunu niye sakladın lan?"

"Bir yere varmadı da ondan. Yarım kalan bir aşk hikâyesi... Şarkı sözü gibi tıpkı!"

"Neden yarım kaldı abi?"

"Benim yaşadığım hayatta her şey yarım kalmaya mahkûm! Başlıyor gibi oluyor, başlamadan bitiyor."

"Neden?"

"İnsan sevdiklerine zarar vermek istemiyor da ondan."

Gözleri buğulandı Recep'in.

"Adı neydi?"

"Nebahat."

"Nasıl tanıştın?"

"Boş ver!"

"Söyle be! Hani gizlimiz saklımız yoktu bizim, kankardeş?"

"Boş ver, dedim."

"Genelevde mi bulup âşık oldun yoksa? O yüzden mi konuşmuyorsun?"

"Ulan ben genelevdeki karılardan başka kimseyle olamam mı, hıyar?"

"Olursun tabii de, sen böyle ıkınıp sıkınınca... Hem ne var bunda abi, insanın gönlü özgür bir kuş, dilediği yere konar."

"Nebahat öyle biri değildi. Eminönü'nde, avukat bürolarının bulunduğu bir handa temizlikçiydi."

"Eee?"

"Ben o işhanına bir herifin... Avukattı herif... Geciktirdiği ödemesi için gitmiştim. Daha doğrusu Hüsam gitmiş benden önce, herifin yüzünü gözünü haşat etmiş. Beni birkaç gün sonra yolladıydı Hüsam. Baktım herif yerinde yok. Bürosunda nah bu kadar (Parmaklarıyla birer yuvarlak yapıyor.) kocamaan zeytin gözlü bir avrat, toz alıyor. 'Nerede bu adam?' diye sordum. 'Yok!' dedi. 'Ne demek yok ulan?' dedim. 'Türkçe anlıyor musun?' dedi. Şaşırdım. 'Evet, Türk'üz elhamdürüllah!'

'O zaman, 'yok' ne demek anladın sen,' demez mi! Öyle harbi bir karı yani! Ben ne yapayım şimdi bu avradı? 'Bak kızım,' dedim, 'ben seni anladım da, sen beni anlamadın! Bu adamın bize borcu var mı? Var! Bu borç bugün ödenecek mi? Ödenecek! Amaaa, bu borcu ödeyecek adam ortada yok! Ben ne yapacağım şimdi, seni mi alıp götüreyim?'"

"Yuh artık Recep!"

"Sen işin bu kısımlarına bulaşmadan çektin gittin askere, kız kardeşin sayesinde. Yaptıklarım benim hoşuma mı gidiyor sanıyorsun? Ama bu işin raconu böyle Baro Efendi... Neydi ulan adın?.. Baro muydu, Barbaros muydu, ne boktu?"

"BORA!"

"Kızma ya... Bora... Kıvırcık, valla kusura bakma, bunca rakıdan sonra..."

"Anlat ulan, ne yaptın karıya?"

"Karı deme lan! Kardeş mardeş tanımam, yırtarım ağzını... Ne dedi bana, biliyor musun? 'Ben senin işine yaramam, efendi,' dedi. 'İstersen götür beni, ama beni yiyemezsin, içemezsin, düzemezsin. İşine yaramam yani! Avukatın odasını ben temizlerim, ama kendini tanımam. Bunca zamandır ya üç kere gördüm, ya dört. Arkadaşım değil, akranım değil, akrabam değil! Bana ne onun borcundan? En iyisi sen git buradan, ufak ufak! Çünkü bak, aradığın kişi burada değil,' dedi. Bok gibi kalakaldım! Ne yapayım şimdi ben bu koca gözlü avradı? Döveyim mi, söveyim mi?"

"Dövmek, sövmek... Hiç sana göre işler değil bunlar be Recep'im."

"İşte onun için böyle ikiye parçalanmış gibi dolanıyorum ortalıkta, abi! Benim işim değil bunlar... Sıçayım bu hayatın içine!"

"Ee, ne yaptın kadını?"

"Bir iskemle çekip oturdum. Başladım adamı beklemeye. Nasılsa bir ara gelir diye düşündüm. Şimdi çekip gitsem, Hüsam'dan bir sürü küfür işiteceğim. İşime de geliyor, orada oturup beklemek, çünkü bu kara gözlü avrat hoşuma gitmiş fena halde. Cemi... anamın gözleri vardı ya karadut gibi, bununkiler de aynen öyle! Neyse, o işini yaptı, yerleri sildi, tozları aldı. Camları silerken ona yardım bile ettim! Bir ara çaycı geldi, iki çay bıraktı bize. Benim ikramım elbette. Lafladık bu arada. Adı Nebahat'miş. Dört yıldır temizlik yapıyormuş handa. Kocası Almancı olmuş, bir gitmiş, gidiş o gidiş! Hiç dönmemiş. Aramamış, sormamış! Boşanmışlar. Bekâr yani... Bir oğlu varmış altı yaşında. Okuldaymış. Onun için çalışıyormuş böyle it gibi. Anaoğul ve hayırsız koca üçlüsü! İçime sıcak sıcak bir şeyler aktı be Bedros, anamla kendime benzettim durumu. Her neyse, kadının işi bitti, gidecek, nerdeyse yalvaracağım gitme diye... Böyle tanıştık işte."

"Bir daha gördün mü onu?"

"Gördüm. Ertesi gün işhanına gittim yine, tam bunun çıkacağı saatte. Dikildim ana kapının orada. Çıkmaz da çıkmaz kapıdan. Nasıl olur? Oğlanın okul çıkışı saatini öğrenmişim. Çoktan gitmiş olması gerekiyor oğlunu almaya! İçeri girip hanın kâhyasına soruyorum, Nebahat Hanım çıkmadı mı diye, valla henüz inmedi aşağı diyor. Yukarı çıkıyorum, bizim avukatın bürosu kapı-duvar! Kırk odalı handa hangi büroyu temizliyor, ben nereden bileyim? Yine iniyorum aşağı, soruyorum, çıktı mı? Yok! Akşam altıya doğru çıktı geldi, anasını satayım! Ben helak olmuşum beklemekten, merdivenleri inip çıkmaktan... 'N'oldu? Senin oğlan hani saat üçte çıkıyordu okuldan? Sokakta mı kaldı bugün?' diye sordum. 'Yoo, niye kalsın, onun bugün mandolin dersi vardı, geç çıkacak,' demez mi!"

"Bizim kekeme Raif de mandolin çalardı!"

"Dağıtma konuyu! Sonraki günlerde, aynı büroya birkaç kere daha gittim para tahsiline. İçimden de dua ediyordum herifçioğlu yine yerinde bulunmasın da, ben hep gidip geleyim diye... Kırk yılın birinde, duydu sesimi yukardaki! Meğer babası vefat etmiş, memleketine gitmiş bir haftalığına, avukat. Neyse, ödedi parayı sonunda, zaten fazla bir şey değildi, ne olacak bir garibanın esrarından?.. Bu arada gide gele, biz ahbaplığı ilerletmişiz Nebahat'le... Ben bir pazar günü onu oğluyla birlikte Boğaz vapuruna atmışım, üst güvertede oturup keyif yapmışız, Kanlıca'da yoğurt yemişiz, bir başka pazar çocuğu lunaparka götürmüşüz. Oğlan da ısınıyor bana yavaş yavaş."

"Yahu Recep, sen bu Nebahat'le hiç baş başa kalamadın mı?"

"Dur be oğlum, acelen ne! Kaldım tabii. Şimdi, biz ahbaplığı ilerletince birkaç defa da tek başımıza çıktık. Sonra benim kaldığım evde arkadaşlara rica ettim. Anlarsın işte, eve gelmediler o gün! Sonuçta ben artık kimseyi sevemem derken, takıldım kaldım bu Nebahat'e! Ama sorunlar vardı aramızda. Nebahat bizim köyün kızlarından değildi. Yani bu rezil şehirde yaşamış, o da kendine göre feleğin çemberinden geçmiş. Ben bunu kaldırır mıyım? Günün birinde kanıma dokunmaz mı? Kocası heyula gibi çıkıp gelmez mi bir yerlerden? Boşanmışlar ama ne de olsa oğlanın babası! Gelir mi gelir! Oğlan babayı hiç hatırlamıyor, o başka!"

Bir sigara daha yaktı, efkârlı bir tavırla, lafına devam etmeden önce.

"Nebahat'e gelince, yaptığım işin farkındaydı. Memnun değildi işimden. Başka bir iş bulayım desem, Hüsam belası var, tehdit edip duruyor. Bir de, tam o günlerde başımız derde girdi, telaş yaşadık, belaya bulaşıyorduk az daha. Hüsam'ın bel bağladığı polis yamuk yapmış, nerdeyse içeri düşecektik yine."

Recep rakısından büyük bir yudum aldı, çatalına tabağında kalmış domates parçasını taktı, "Dur yahu, sana biraz beyazpeynir getireyim mutfaktan," dedim.

"Otur yerine, lafımı kesme!" dedi, "ben kimselerle paylaşamamışım derdimi... Şimdi tam içimi dökeceğim, istemem peynir meynir. Bak kardeşim, ben kıyamadım bu Nebahat'e! Nasılsa bir gün başım belaya girecek, adım gibi biliyorum bunu. Ben içerde, o küçük bir çocukla dışarıda sefil... Kendi hayatımız geldi gözümün önüne. Gözünün yaşı dinmeyen anam, babası içeride diye sürekli horlanan ben... Kıyamadım abi! Bıraktım karıyı, anasını satayım! Hayatına sıçacağıma, bırakayım, gitsin kendine adam gibi birini bulsun, dedim. Olmadı, anlayacağın. Benim aşk hikâyem de bu işte. Şimdi sen, seninkini anlat!"

Şişede kalan son rakıyı paylaştırdım bardaklarımıza, "Anlatacağım, anasını satayım," dedim.

Böyle sırılsıklam sarhoş olduğum bir gecede, iyi şeyler olmuştu bana. Yine iyi şeyler olsun, boşaltayım içimde sımsıkı sakladıklarımı, kendime bile itiraf edemediklerimi... Can arkadaşım, kankardeşim oturmuş karşıma soruyor, ona anlatmayayım da kime anlatayım. Ah Cemile'm, bir zamanlar her şeyimi paylaştığım kınalı kuzum, sana da anlatamayacağıma göre, Recep'e anlatayım bari!

"Uzun hikâye, sıkılma sonra sakın."

"Sıkılmam. Ben sana Nebahat'i anlatırken sen sıkıldın mı?"

Ne yalan söyleyeyim, sıkıldım azıcık ama, "Hayır," dedim.

"Ben de sıkılmam seni dinlerken. Anlat haydi! Nerede buldun sen bu sevgiliyi, oradan başla."

"Yolda buldum."

"Yolda? Otobüste filan mı?"

"Yok yahu! Basbayağı yolda."

"Bozuk para gibi düşmüş duruyor muydu kaldırımda?"

"Cıvıma lan! Adam gibi dinlemeyeceksen nefesimi tükettirme."

"Sen susana kadar bir daha ağzını açanın ağzına!"

Önce bir yudum rakı aldım, sonra da derin bir nefes... ve söylediklerime zaman zaman ben de hayrete kapılarak anlatmaya başladım!

"Onu ilk kez, kalabalık bir caddede ışığın değişmesini beklerken gördüm. Önümde duran taksiden indi, taksinin ön camına yaklaşıp şoförden parasının üstünü aldı ve o da benim gibi karşıya geçmek için yanımda durup beklemeye başladı. Yan yana beklerken önce kaçamak bakışlarla süzdüm, sonra yetinemeyip gözlerimi dikerek açıkça seyrettim onu. Hayranlıkla, gıptayla, belki biraz da kıskançlıkla seyrettim bir dakikaya yakın bir zaman, ışık tekrar yeşile dönene kadar. Ben nasıl olmayı hayal etmişsem Allah onu öyle yaratmıştı: Uzun boylu, açık kumral, renkli gözlü, düz saçlı, atletik vücutlu, zayıf! Ben yıllarca nasıl giyinmeyi hayal etmişsem öyle giyinmişti: Mavi gömlek, lacivert ceket, çakı gibi ütülü bej pantolon, paramın almaya yetmeyeceği kalitede kahverengi süet ayakkabılar ve elinde bir deri çanta, ki sapını kavrayan parmaklarının boğumları, şu an bile aklımdadır hâlâ! Yaklaşmıştım yanına... Belli belirsiz bir tıraş losyonu kokusu, denizi hatırlatan ama en çok da insanda temizlik duygusu uyandıran; bu işte temiz bir insan, bu koku temiz bir insanın kokusu, dedirten..."

Recep'in gözleri yarı kapalıydı. Başını kanepeye dayamış. İçi mi geçmiş, yoksa dinliyor mu beni, emin değildim. Ama ben başlamıştım bir kere anlatmaya, susamadım, masal anlatır gibi devam ettim.

"Işık yayalar için yeşile döndü. O hızlı adımlarla karşıya geçerken yanı sıra ben de yürüdüm. Ulaştığımız kaldırımda bir an durdu, saatine baktı, hemen yanına gittim, 'Saati sorabilir miyim?' dedim. Tekrar göz attı sol bileğindeki kahverengi kayışlı, büyükçe saate, bana vakti söyledi, ne dediğini duymadım, ağzına bakıyordum.

"'Teşekkür ederim,' dedim. Gülümsedi. Dişleri beyazdı. Bembeyazdı. Eminim en gerilerde bile tek bir çürük dişi yoktu. Eminim nefesi mis gibi kokuyordu. Eminim ağzı hayatı boyunca soğan, sarmısak, rakı, ucuz şarap ve çürük diş kokmamıştı. Eminim o an uzansam ağzına doğru, en iyi marka diş macununun naneli kokusunu alırdım. Eminim onunla en ufak bir tanışma imkânım olaydı, onun için ölürdüm, gözümü kırpmadan canımı verirdim ve eminim o anda pazarlık imkânım olsa şeytanla, onun gibi olmak ve onunla olmak içim ömrümün yarısını masaya koyardım."

"Bedros, oğlum, şaka yapmıyorsun değil mi? Doğru mu duyuyorum? Şu anlattığın tipi hiç tanımıyorsun, sokakta karşıdan karşıya geçerken gördün ve bammm! Bir anda aşk! Gerçek mi bu?"

Dinliyormuş meğer beni!

"Şaka yapmıyorum. Ne hissettimse sana aynen aktarıyorum."

"Hani dizi desem... Orada bile olmaz bu kadarı! Canını vermeye hazırsın ağzı iyi kokan bir herif için! Manyak mısın sen lan?"

"Ben de temizlik bir takıntı olmuş, abi! Kör Hoca derslerinde belletmedi miydi bize, Müslüman dediğin temiz olacak, Allah'ın karşısında secde ederken her tarafı mis gibi... Elleri, ayakları, ağzı, burnu... İçime işlemiş ulan, söyledikleri! Şimdi sana saçma gelebilir, ama tertemiz bir adam bana heyecan verdi işte..."

"Bir bakışta anladın yani temizliğini!"

"Anladım, abi!"

"Namazında niyazında mı bari bu sevgilin senin? Hani boşa gitmesin diye onca temizlik... Malum iyi bir Müslüman temiz olmalı, dedin de!"

"Ulan seninle de bir şey konuşulmuyor, eskiden de böyleydin, cıvırdın hemen. Sen Nebahat'ini anlatırken ben sözünü kesmedim."

"Tamam, tamam. Sustum. Anlat sen. Şimdi sen bu temiz adamın peşine düştün, sonra ne oldu?"

"Şöyle oldu Recep..."

Ben önce ona hayran oldum, sonra da sırılsıklam âşık oldum, çünkü o güne kadar birlikte olduğum en yakışıklı insandı; kara kıllı kalın ya da kara kıllı sıska bacaklar yerine, sarı tüylü muntazam, uzun bacakları vardı! Kaslı kolları, kaslı göğsü yine sarı tüylerle kaplıydı! Göbeği yoktu, midesi, karnı dümdüzdü, taş gibiydi. Çıplakken ondan gözlerimi alamıyordum, onun muntazam dişli güzel ağzını öpmeye, sert bedenini okşamaya doyamıyordum, demeye utandığım için yutkundum ve bıraktığım yerden devam ettim.

"Bana saati söyledikten sonra sola döndü ve yürüdü. Benim ise sağa sapmam gerekiyordu, ama öyle yapmadım. Onun peşinden gittim! Onun adımlarının hızında yürümeye çalıştım. Caddenin öte yanına geçince biraz yürüdük, bir sokağa daha saptık, az daha gittik, küçük bahçeler içinde şık villaların bulunduğu bir mahalleye geldik. Üç yıldır bu şehirde yaşadığım halde burayı ilk kez görüyordum. Bahçe içindeki villaların sırasında aniden yükseliveren bir binadan içeri girdi. Onu takibe cesaret edemedim. Orada, elinden oyuncağı alınmış çocuk gibi kalakaldım! Bedenim kapının önünde duruyordu, ama aklım, kalbim, ruhum adını bilmediğim bu güzel adamın peşinden gitmişti. Biraz bekledim kapının önünde, ne yapabileceğimi düşündüm, sonra bir cesaret geldi bana, girdim içeri, danışmaya yürüdüm.

"'Demin içeri giren bey... Hay Allah, adını unuttum. Hangi kattaydı, bir emaneti var da... Onu getirmiştim,' dedim, elimdeki dosyalara işaret ettim başımla.

"'Kontrol kayışından geçirin önce,' dedi üniformalı adam. Dosyaları kayışın üzerine bıraktım, kontrol kapısından geçtim.

"'Hangi kattı?' diye sordum.

"'Neresi?' dedi.

"'Demin geçen beyin işyeri.'

"'Oğlum, geldiğin yerin adını bilmiyor musun? Buradan yüzlerce kişi geçiyor,' dedi oranın koruması.

"'Kurye olarak yeni işimde ikinci günüm, kusura bakma abi, adını kâğıda yazmıştım, ofiste unutmuşum. Şimdi az önce bir bey girdi ya buradan,' dedim.

"Koruma yutmadı yalanımı! Kovuldum resmen. Dosyalarımı alıp kapının dışına çıktım, ilerideki alçak duvara oturup bekledim. Hayatımda ilk kez böyle bir şey yapıyor, birinin peşine düşüyordum, çünkü trafik ışıklarında beklerken, bir melek aracılığıyla bu adamı benim karşıma Tanrı'nın çıkardığına dair güçlü bir his vardı içimde. Ne bakıyorsun öyle, oğlum? Delirdim sanıyorsun değil mi? Ama inan bana Recep, hayatımızı tesadüfler sandığımız kaderimiz yönetiyor! Ben o gün tesadüfen caddenin o tarafında durmasaydım, İlhami o taksiden inmeseydi... Neyse, ben sabırla bekledim. O, ikinci saatin sonunda kapıda gözüktü, sonra da geldiği istikamete dönüp yürüdü. Peşinden gittim yine."

"Ulan Kıvırcık, sen benden de beter çıktın be!"

"Bak Recep, bir taksi çevirip bineydi onu kaybeder, bir daha bulamazdım, ama o taksiye binmedi, yürümeye devam etti, ta ki sonradan kendi işyeri olduğunu öğrendiğim binaya gelene kadar. Peşi sıra binaya girdim, birlikte asansöre binip üçüncü kata çıktık. Farkımda bile değildi, öyle ki, aynı katta indiğimizi dahi fark etmedi. Beni binaya girip çıkan yığınla insandan biri zannetti. O üçüncü kattaki kapının ardında kaybolunca kapının üzerindeki yazıyı okudum. İLHAN YAYINLARI yazıyordu. Asansöre binip giriş katına indim, dışarı çıktım, yiyecek içecek bir şeyler alıp geri geldim, yan binanın alçak duvarına oturup bekledim."

"Ulan Bedros, şimdi ben delirmiş bu, diyorum ya senin için, haydi itiraf edeyim sana, ben de Nebahat'i aynı senin yaptığın gibi bir duvara oturup saatlerce beklemiştim. Aşk insana abuk subuk şeyler yaptırıyor be abi! Eee, sonra ne oldu?"

"Benimki akşamüstü saat altı sularında yanında uzun boylu bir kadınla çıktı binadan. Ben duvarda oturmuş, kim bilir kaçıncı simidimi yiyordum. Beni görmeden önümden geçip gittiler. Birkaç gün gelip gittim bu adrese. Adını bilmediğim bu adama, içimi aydınlattığı için Işık adını vermiştim. Işık, kesin burada çalışıyordu. Bundan emindim artık."

"Işık adını taktın yani adama? Âlemsin be!"

Lafımı böldüğü için yine içerledim Recep'e! Keşke sorularıyla beni kesmese, hiç susmadan anlatsam, anlatsam...

"Eee, sonra ne oldu bu Işık? Aydınlatabildi mi seni?"

"Hem de nasıl aydınlattı! Lafımı kesme de anlatayım."

"Tamam. Sonra?"

"Sonra... Bu İlhan Yayınları'yla ilgili her şeyi öğrenmeyi görev edindim. Orada, Işık'ın yanında gördüğüm uzun kadın, bir başka kadın daha, orta yaşlı bir adam, bir delikanlı ve bir sürü genç kız çalışıyordu. On gün süreyle hiç üşenmeden göz hapsine almıştım burayı, kimin saat kaçta geldiğini, kimin kaçta ayrıldığını biliyordum, ama kimin ne iş yaptığını ancak ben de orada çalışmaya başladıktan sonra öğrenecektim."

"Orada çalışmak mı? Bunu da mı becerdin abi? Sen şimdi orada mı çalışıyorsun?"

"Evet."

"İnanamıyorum sana! Sen neymişsin be abi!"

"Birkaç ay sonra mezun olunca, koltuğumun altında tanıtım dosyam, diplomam, desenlerim ve özel olarak hazırladığım hayali roman kapaklarımla, İLHAN YAYINEVİ'nin kapısını çaldım."

"Gittin oraya ve iş istedin, öyle mi?"

"Aynen! Gitmeden önce, bizim sınıfta afili bir arkadaşın proje çantasını ödünç aldım, öyle elimde çizimler salkım saçak gitmedim yani..."

"Ulan oğlum, sen beni yurtdışına değil, Mars'a uçurursun kafaya takarsan! Hemen alındın mı işe?"

"Dinle işte be! Kapıyı çaldım, tık diye açıldı, içeri girdim, giriş kapısına bakan şık bir masada kızıl saçlı, ince yüzlü bir kadın oturuyordu. Bir grafiker talebiniz varmış, dedim. 'Bizim böyle bir talebimiz olmadı, yanlış yayınevine gelmiş olmayasınız,' dedi bana.

'Adres doğru, bakın, İLHAN YAYINLARI yazıyor,' dedim, adres yazılı kâğıdı uzattım önüne. 'Yavrum, kim yolladıydı sizi?' diye sordu. Gazetelerde resmini sık gördüğüm sosyetik bir işkadınının adını söyledim. 'Handan Hanım'ın dostu olabilir, bir sorayım,' dedi, kimse o Handan Hanım. Yalanımı ne kadar uzatabilirdim ki? Yolun sonuna geldiğimin farkındaydım... Az sonra öyle birinin beni tavsiye etmemiş olduğunu öğrenecekler, bana kapıyı göstereceklerdi. Olsun! Hiç olmazsa ben elimden geleni yapmıştım. Hayallerimin peşinden gitmiştim. İleride bir gün, aşk nedir diye sorarlarsa bana, Işık adında biri, diyecektim, ilk görüşte vurulduğum, peşine düştüğüm, yaklaştığım ama hiçbir zaman kavuşamadığım... Tıpkı Mecnun gibi... Hayalimdeki aşkın imgesi, hatta aşkın tarifi olarak bende kalacak, uzun boylu, yakışıklı, iyi giyimli, güzel kokan, temiz bir adam! Işık!"

"Ulan Bedros, ben senin bu uzun boylulara meraklı olduğunu taa ne zamandan çakmıştım, biliyor musun? Hani bizim Kör Hoca'nın yerine bir genç çocuk gelmişti, hani sonradan katılmıştı bize. Neydi adı? Her neyse, unutmuşum. İşte ben o çocuğa nasıl baktığını görmüştüm!"

"Atma lan, hiç de değil."

"Valla yemiştin. Ama kızarsın diye sana bir şey söylememiştim o zaman. Eee, kapı dışarı etmediler mi seni yalanını çakınca?"

"Çakmadılar ki! O ince yüzlü kadın telefonda bir şeyler konuştu, sosyetik işkadınının adını da söyledi. Sonra bana baktı, 'Handan Hanım görecek sizi,' dedi.

"Ben, gösterdiği kapıyı şöyle kibarca tıklatıp açtım. Binayı gözlerken Işık'ın yanında gördüğüm uzun boylu, iri kadın, geniş bir masanın ardında, güleç bir yüzle bana bakıyordu, iyi mi! 'Seni Güler Hanım mı tavsiye etti?' diye sordu. Evet diye yalan söyledim. 'Onlarda mı çalıştın?' dedi.

"İkinci yalanı söyledim: 'Onlara birkaç desen yapmıştım... Dışarıdan... Kadrolu olarak değil.'

'Göster bakayım işlerini,' dedi.

"Referans olarak doğru ismi vermişim, aferin bana! Dosyamı önüne serdim. Her bir çalışmayı dikkatle inceledi.

'Fena değil yaptıkların. CV'in nerede?' diye sordu. Önce şaşırdım, duraladım, neydi ulan bu CV? Sonra birden aklıma geldi. Uzanıp çizimlerin arasında özgeçmişimi bulup verdim.

"'Güzel Sanatlar ha? İyi! Yeni mezun! O da iyi! Yeni mezunlar heyecanlı, hevesli olur, ama şu anda bizim böyle bir elemana ihtiyacımız yok. Biz kapakları dışarı veriyoruz. Düşünmüyor da değiliz bünyemize almayı. Öyle bir şey yapacak olursak sana ulaşmak isterim. Telefonunu bırak Nadide Hanım'a. Yanına G.S. diye not düşsün ki hatırlayayım,' demez mi!

"Dosyamı toparladım, uçarak çıktım odadan! O sekreter kadının önünde uzun süre oyalandım, belki Işık kapılardan birinden çıkar diye. Çıkmadı. Ben çıktım kapıdan, kapının dışında ellerimi açarak içimden birkaç dua okudum ve dedim ki o güne kadar elimi tamamen bırakmamış, ama pek de sıkı tutmamış olan Allahıma, 'Bana bu kapıda çalışmayı nasip et, senden bir daha hiçbir şey istemeyeceğim,' dedim. Bu kez duydu beni."

"Ulan, bu anlattıkların doğru mu? Sahiden, aynen böyle mi oldu? Yani o sekreter kadın sana sonradan telefon etti ve gel burada çalış, dedi, öyle mi?"

"Aynen öyle oldu! Birkaç ay sonra aradılar, o ilk konuştuğum kadınla görüştüm, yaptığım kapakları yanımda götürmüştüm. Belki çağırırlar diye arada birçok kapak hazırlamıştım zaten. Beğendi yaptıklarımı, beni işe aldı."

"Seninki nerelerde bu arada?"

"Ben işe alınırken o yurtdışındaymış. Bir hafta sonra geldi, tanıştık."

"Neymiş gerçek adı?"

"İlhami."

"Bana niye başka ad söyledindi sen?"

"Öyle mi yaptım? Şimdi her şeyi anlatıyorum işte... Doğruları anlatıyorum."

"Ulan sen başından beri benimle dalga geçiyor olma!"

"Recep, dalga geçmiyorum seninle! Sana yüreğimi açıyorum, kimseye anlatmadıklarımı anlatıyorum. Bir sevgilim var, adı İlhami!"

"Bari umduğun gibi mi çıktı bu İlhami? Memnun etti mi seni?"

"Evet. Peşine düşmüş olmaktan hiç pişmanlık duymadım."

"Sonra nasıl sevgili oldunuz?"

"Çok çok sonra. Ben sabırla bekledim. Hiçbir şey de olmayabilirdi aramızda. Ben, onun gözünde, o işyerinde çalışan genç bir elemandım, zamanla elimden iyi iş çıktığını fark etmişti, hepsi bu. Beni sorarsan, ben onunla aynı yerde bulunmaktan mutluydum. Her sabah işe dörtnala koşarak gidiyor, onu görüyor, onunla aynı havayı teneffüs ediyordum. Onunla konuşuyor, proje geliştiriyor, zaman zaman da ahbaplık ediyordum. Bunlar bana yetiyordu. Ha, bir de onu örnek almıştım kendime, elbette aynı dükkânlardan alışveriş edecek gücüm yoktu ama, onun gibi giyinmeye başlamıştım. Mavi gömlekler... Sıfır yakalı ince yün kazaklar, bir lacivert ceket edinmiştim. Ondan giyinmeyi öğreniyordum, konuşmayı öğreniyordum. İngilizce kurslarına da yazılmıştım."

"Hadi lan, İstanbul Türkçesi yetmedi, bir de İngilizceye mi bulaştın?"

"İstanbul Türkçesi diye bir dil mi var, Recep?"

"Var billahi. Senin Türkçen benimkine benziyor mu lan? Türkçeyi boş ver şimdi, ne zaman sevgili oldunuz siz?"

"Çok sonra. Birlikte çıktığımız bir iş gezisinde oldu olan! Hem de hiç beklenmedik bir şekilde. Çok rakı içtik, çok sarhoş olduk."

"Şimdi olduğumuz gibi mi?"

"Nerdee! Seninle ilk rakı içtiğimiz seferde olduğumuz gibi! Küfelik oldum ben, küfelik!"

"O?"

"O da sarhoştu ama benim gibi değil. O, sanırım o sırada hayatının çok mutsuz ve karmaşık bir dönemini yaşıyordu. İtiraf ediyorum işte, ben tıpkı leşini bekleyen akbaba gibi, bir zaaf anı bekliyormuşum. Günler, haftalar, aylar boyunca sabırla bekliyormuşum, ama inan bana, birlikte olduğumuz o gecenin sonunda, onun koynunda uyanmamda benim suçum yoktu. Ne o geziyi ben planlamıştım ne de o bol rakılı akşam yemeğini. Ben çok uzun bir zaman daha beklemeye hazırdım. Hatta belki sonsuza dek! Bir ümitsiz vakaydı benim aşkım. Varlığımdan bile haberi olmayan birine âşık olmuştum. Kafamda ne zamandır canlandırıp durduğum yakışıklı, uygar, şehirli adama... Karısını, çocuğunu dövmeyen, sövmeyen, küfür etmeyen, bağırıp çağırmayan rol modelime âşıktım ben. Tek taraflı bir aşktı bu."

"Ne diyorsun be! Bunca zaman sen yanıp kavruluyorsun, onun senden hiç haberi yoktu, öyle mi?"

"Hiç! Ama Recep, ben gerçekten yanıp kavrulmaya, onunla birlikte olduktan sonra başladım. Onunla yatana kadar aşk sandığım vızıltıymış, abi!"

"Başka aşkların da mı oldu?"

"İlişkilerim oldu da, aşk... Sadece bir kere, üniversitedeyken benden üst sınıflardan birine âşık oldum. Olduğumu sanmışım. Bir yıldan fazla sürdü."

"Neden bitti?"

"Mezun olunca ayrıldı İstanbul'dan. Ben bayağı sarsılmıştım."

"Madem seviyordun, ayrılmanız şart mıydı?"

"Bizim bu tarafta, an geliyor, bu işler zora giriyor haliyle. Haydi aile içinde nişan takalım, okul bitene kadar bekleriz, yapamıyoruz, Recep! Para kazanma derdi var, şu var, bu var... Ayrılık gelip çatınca da... Önce tavsıyor, sonra da bitiyor aşk!"

"Tabii ulan! Leyla'yla Mecnun gibi öyle uzaktan sevmek, ancak kitaplarda olur, eski kitaplarda! Hoş, ben de uzaktan uzağa, hiç belli etmeden sevmiştim ama... Gençlikte oluyor öyle şeyler. Mesela şu Nebahat'e olan hislerim... Kanlı canlı aşk... Belki sevgi çook derin değil, ama iyi geliyor insana abi! Sahiplenmek, dokunmak, şey etmek istiyorsun yani!"

"Evet! Aynen öyle!"

"Peki, neden bekledin bu kadar zaman? Keşke bekleyeceğine ona belli etseydin hislerini."

"Edemezdim. Öğrendiği takdirde tepki gösterebilirdi. O zaman sadece aşkımı değil, işimi de kaybederdim. Aslında işimi kaybetmekten yana bir korkum yoktu, mesleğim olduğu sürece bir başka iş bulmak zor değildi benim için. Ama ben ona yakınlaşmanın yollarını ararken, ondan tamamen uzak kalmak, onunla aynı havayı soluyamamak, sesini duyamamak... Düşünmek bile istemiyordum bu ihtimalleri! İşte bu yüzden sonu gelmeyen bir beklemedeydim ki, İstanbul dışına bir iş seyahati fırsatı çıkmaz mı! Ancak hayalini kurabileceğim bir durum mucize gibi gerçekleşiverdi."

"Mucize gibi?"

"Mucize gibi, Recep! Birlikte çıktığımız o yolculukta, çok sarhoş olduğumuz o gece hayatım değişti."

Sustum. Ayrıntıya girmek istemedim. Ona desem ki, bir anda... Hiç düşünmeden, hiç planlamadan... Onun tarafından şefkatle başlayan bir kucaklaşma, benim ateşimin harıyla müthiş bir çekim gücüne dönüştü; birbirimizi kucakladık önce, benim ateşim dudaklarımdan, parmak uçlarımdan, tenimden ona aktı, onu da tutuşturdu, sonra birlikte parladık, yandık, kül olduk desem, anlar mı acaba Recep?

Ben bile hâlâ inanamıyorum yaşadıklarıma!

Birlikte olduğumuz gecenin sabahında, İlhami'nin yatağında uyandığımda o derin bir uykudaydı. Odadan sessizce süzülüp kendi odama geçmiş, hemen duşa girmiştim. Soğuk suda kendime gelmek için tir tir titreyerek dakikalarca kalmıştım! Korkuyordum. Çok korkuyordum karşılaştığımızda olabileceklerden. Kurulandıktan sonra giyinip dizlerimin üzerinde dakikalarca yalvardım Allahıma, yaşadıklarım bir rüya değil, gerçek olsun diye.

İlhami, uyandığında kendinden tiksinebilirdi, gece kâbus gördüğünü düşünüp benden kaçabilirdi. Yüzümü görmek istemeyebilir, beni işten kovabilirdi. Uzak bir ihtimaldi, ama hiçbir şey olmamış gibi de davranabilirdi.

Korktuklarımdan hiçbiri olmadı. Benim ona olan tutkum, bir güçlü sihir gibi ona da bulaştı, kenetlendik, kilitlendik. Ve ben böylece, yaşadığım sürece fedakârlığın hep bana düşeceği bir ilişkiye rıza göstermiş oldum. Bana sevgisinden, ilgisinden ve zamanından o ne kadar verebilecekse o kadarla yetinmeyi öğrenecektim. Şikâyet etmemeyi, boyun eğmeyi, onun hayat üçgeninin dışında, yaşamının kıyısında kalmayı da! İtiraf edeyim, ilgisinden, sevgisinden cömertçe aldım nasibimi, beni değiştirdi, dönüştürdü, başka boyutlara taşıdı. Anadolu'nun bir köyünden gelme yoksul genç kimliğimden onun sayesinde sıyrıldım. Ona bakarak, ona özenerek, onu taklit ederek... Başka bir sınıfın yaşam inceliklerini öğrendim, sınıf atladım. Bunları böylece söylesem Recep'e, acaba ne düşünür hakkımda?

"Heyy Kıvırcık! Daldın gittin. İyi bir geceydi belli ki!"

Recep, saygılıydı, ben ayrıntı vermeyince o da sormadı.

"O gece sevgili oldunuz yani?" demekle yetindi.

"Evet," dedim, "o gece sevgili olduk. Sonra o bana hayatın güzelliklerini, inceliklerini öğretti, sevgi verdi, itibar etti. Hayatımda ilk kez çok mutlu oldum!" Sustum. Derin bir nefes aldım. "İşte kardeşim, benim hikâyem aynen bu."

"Eee Bedros, ne demişler, gönül bu; aka da konuyor, boka da! Aşk aşktır diyelim."

"Allah bana bu kapıda çalışmayı ve bu aşkı nasip etti ya, sözümde durdum, başka hiçbir şey istemedim ondan, taa ki seninle karşılaşana kadar! Senden niye kaçtığımı ise hiç sorma. Panikledim, korktum. Ama Allah inandırsın, senden kaçtıktan sonra eve geldim, şu pencereden sokağa baktım ve bütün kalbimle beni takip etmiş olmanı diledim. Yoktun! İşte ancak o zaman, Allah'tan bir kez daha bir şey istedim: Seni bulmayı! İki gün boyunca, İstanbul kazan ben kepçe, seni arayıp durdum. Allah beni gerçekten seviyor olmalı ki, seni yeniden karşıma çıkardı. Şimdi son bir amacım var, o da seni düzlüğe çıkarmak!"

"Ulan Bedros, Allah'ın işine akıl ermiyor. Ben, anam ölmesin diye ne dualar etmiştim, ne kurbanlar adamıştım, hatırlasana... Bir gece sabaha dek hiç uyumadan, iyileşsin diye dizlerimin üstünde yalvarmıştım. Beni duymayıp ertesi gün anamın canını alan Allah, bak seni duymuş!"

"Her şeyin bir zamanı var, seni de duyacağı gün gelecek. Sen de benim gibi sabırla bekle, arkadaşım," dedim.

"Sahi mi?"

"İnan bana! Sana yurtdışında bir iş bulunacak, çekip gideceksin buradan. Yok olacaksın. Buharlaşacaksın. İster Hüsam'a bir veda mektubu bırakırsın, başımı alıp çok uzaklara gidiyorum, beni arama dersin, ister bıktım bu hayattan intihar ediyorum, dersin. Orası sana kalmış."

"Kapağı yurtdışına atabilirsem, kısa bir mesaj alacak benden Hüsam:

Sayın Müdürüm Hüsam, yıllarca sana sadakatle hizmet ettikten sonra, falanca tarih itibariyle emekliye ayrıldım. Darısı senin de başına. İmza: Emekli ve firari memurun Recep.

Mesajı çektikten sonra telefonu denize atacağım."

"Telefonla birlikte geçmişini de atacaksın denize. Sonra tıpkı benim yaptığım gibi sil baştan yeni bir hayata başlayacaksın!"

"Ben senin göz diktiklerini istemiyorum. Erişilmez şeylerde değil gözüm. Ben böyle kalayım, hiçbir şeyim değişmesin, incelik filan öğrenmesem de olur. Ama her an kıçımı kollamaktan, polis beni ne zaman enseleyecek diye ya da Hüsam yine canıma okuyacak diye endişelenmekten bıktım! Benim de adam gibi bir hayatım olsun, be!"

"Olacak. İnan bana. Elin helal para tutunca Nebahat'ini de çeker alırsın yanına."

"Beni beklemişse!"

"Beklemeyecekse zaten boş ver onu."

"Öyle deme! Ben çekip gittim kadının hayatından. Niye beklesin ki beni?"

"Fazla bekletmeden, bir an önce bul onu, o halde. Hayatını değiştireceğini söyle. Onu ikna et. Hemen yarın. Söz ver bana."

"Cesaretim yok, abi."

"Olmaz! Arayacaksın! Belki hâlâ şeydir... Kimseyle birlikte değildir."

"Şimdi Nebahat'i boş ver de kendini anlat sen!"

"Anlattım ya Recep."

"Bu adam evli mi, değil mi, söylemedin."

"Evli!"

"Olmadı abi! Olmadı katiyen!"

"Ne alaka, Recep?"

"Seninle olduktan sonra boşamadı mı karısını?"

"Boşamadı."

"Yani ikinizle de... Şey mi ediyor?"

"Yok, hayır. Onların evlilikleri sadece kâğıt üzerinde."

"Nerden biliyorsun lan?"

"Diyelim ki boşandı, biz evlenip çoluk çocuk sahibi mi olacağız? Boşanmış, boşanmamış, ne fark eder, abi?"

"Sen bir gün yapayalnız kalma diye benim endişem... Ben yalnızlıktan çok çektim de..."

"Ben mutluyum böyle."

"Şimdilik mutlusun. Günün birinde bu adam seni cıscıvıldak ortada bırakırsa canın çok acır. Çoluğu çocuğu var mı bunun?"

"Var."

"Uyyy! Ne işin var evli barklı herifle?"

"Âşığım diyorum sana, laf anlamıyor musun? Şu dünyada, ilişkiye girdiğim birine nihayet âşığım! Mecbur olduğum için değil, karşılık alayım diye hiç değil... Canım istediği için, severek, isteyerek beraberim onunla... Daha ne olsun!"

"Bugün iyi de, gün gelecek moruyacaksın. Gün gelecek adam dönecek evine, karısına! Ne halt edeceksin o zaman? Bunca yılını heba etmiş olmayacak mısın?"

"Aşk, gazeteye ilan verilerek bulunmuyor. Bekâr, çocuksuz, yakışıklı sevgili aranıyor. Tarife uyan beri gelsin! Keşke böyle yürüseydi işler. Bak, ben bir gün küt diye âşık oldum!"

"Ben de âşık oldum, ama benimkilerin kocası mocası yoktu, sapsız üzüm sayılırlardı."

"Benimkinin sapı var!"

Gülmeye başladık, sarhoş sarhoş!

"Bari hayrını gör," dedi Recep, sonra yine ciddileşti.

"Hayat zor be Bedros. İş de zor, aşk da zor!"

"Zor olsun da sonunda olsun, abi! Bak, önce senin iş durumunu halledelim hayırlısıyla, seni düzlüğe çıkaralım, bu arada sen git sevgilini bul, sonra da ben Cemile'yi bulacağım, kafaya koydum!"

Yüzüme bakmakta olan Recep, bakışlarını karşı duvara çevirdi.

"Onu kime verdiler biliyor musun?"

Bu kez de yere eğdi başını, yüzüme yine bakmıyordu.

"Anlaşıldı, bilmiyorsun. Bak Recep, ben bizim oralara gidip soruşturamam. Bunu benim için sen yapacaksın. Ne o? Ne o surat öyle? Biletini alsam, seni bir otobüse koysam, gidip soruşturmaz mısın, öğrenmez misin kime sattılar kızı? Diyeceksin ki ne satması, onu boğaz tokluğuna vermişlerdir. Her nereye verildiyse bulacağız, abi! Hayatından memnunsa mesele yok. Ama eminim ki değildir. Hangi kadın memnun kalmış hayatından bizim oralarda. Kim bilir hangi hoyrat herifin evinde itilip kakılıyor. Ah benim ceylan gözlü kardeşim... Yıllarca boşuna lanet ettim ona. Pişmanım Recep, çok pişmanım. İnan ki şimdi sarhoşum diye söylemiyorum bunları, dün gece de çok düşündüm ben."

"Ne olmuşsa olmuş! Bırak artık, düşünme bunları. Bak bir yol çizmişsin kendine madem..."

Kestim sözünü, "Cemile'yi kime verdiklerini, sahi bilmiyor musun?" diye sordum.

"Bilmiyorum."

"Hapiste miydin?"

"Hıı!"

"Hay Allah! Ama öğreniriz değil mi? Öğreniriz!"

Bir tuhaflık vardı halinde. Gözlerini kaçırıyor, kaçamak yanıtlar veriyordu. Acaba bir bildiği mi vardı? Cemile, sürekli dayak mı yiyordu yoksa?

"Sen hapisten döndüğünde Cemile gitmiş miydi?"

"Hıı."

"Sormadın mı kız nerede? Hiç mi merak etmedin?"

"Anam mı vardı bana bunları anlatacak, sen de! Kime soracaktım? Kapıyı çalıp anana, heyy teyze, kızını kime verdin söyle bakalım mı diyecektim? Yoksa kahvede babanın başına dikilip ona mı soracaktım? Zaten diş biliyordu bana!"

"Tamam, sinirlenme. Ben nasılsa bulurum onu."

"Bırak Cemile'yi rahat, ne yapıyorsa yapıyor. Sana ne? Bunca zaman aklına gelmemiş zaten!"

Doğru değildi bu. Defalarca düşünmüştüm kardeşimi. Anamla babamın çöken damın altında kalarak ölmeleri ihtimalini öğrendikten sonra hele, endişelenmiştim de. Onlar öldüyse ve eğer o zamana kadar bir kocaya vermedilerse, ne yapardı, nereye giderdi? Evdeki kuma, kendine başka kapı bulamamışsa, anamın yokluğunda canına okurdu onun. Belki de ablalardan biri almıştı yanına, sevabına. Eğer öyle ise, eniştesi horlardı bu sefer. Bütün bunları defalarca düşünmüştüm, kâbuslar görmüştüm. Ama hem bana ihanetinden sonra gururuma yedirememiştim onu aramayı, hem de hangi sıfatla arayacaktım, hangi kimliğimle, hangi ismimle?

"Onu bulmalıyım. Bana yardım edeceksin!"

"Cemile'yi rahat bırak, Bedri!"

"Bana defalarca Cemile senin hayatını kurtardı diyen sensin Recep! Gözümü açan sensin. Seninle konuşana kadar ben hep suçlamıştım onu. Şimdi de tersini söylüyorsun."

"Sen kazı köz anlamışsın. Benim dediğim başka şeydi. Eee, bu kadar içince..."

Recep boşalmış şişeyi son bir gayretle damlatmaya çalıştı bardağına.

"Bitmiş bu! Ben de kalkayım artık," dedi.

"Sana bir kahve yapayım gitmeden."

"Zahmet etme." Ayağa kalktı, yalpalayarak yürüdü. "Hela ne tarafta?"

Gösterdim. Mobilyalara, sonra da duvarlara tutuna tutuna gitti tuvalete. Ben sehpanın üzerindekileri mutfağa taşıdım, sehpanın üzerine dökülmüş külleri sildim. Birazdan geri geldi, saçı ıslaktı, belli ki yüzünü yıkamış açılmak için.

"Kahve istemediğinden emin misin?"

"Eminim. Kaçayım ben."

İşte kendini ele verdi Recep.

Kaçmak istiyor!

Ne zaman Cemile lafı açılsa ya lafı değiştiriyor ya hıı, hıı diye geçiştiriyor ve hep gözlerini kaçırıyor benden. Holde ayakkabılarını geçiriyordu ayağına, karşısına dikildim. "Recep, bak bana."

Doğruldu, "Ne var?" dedi.

"Cemile'ye ne oldu, söyle!"

"Haydaaa!"

"Ağzında geveleme! Söyle!"

Kapının yanındaki iskemleye oturdu, yüzünde çok tuhaf bir ifade vardı.

"Tamam abi, söyleyeceğim. Öğren, ikimiz de kurtulalım."

Yere çöktüm, dizlerimin üzerine kalktım, gözlerimiz aynı hizadaydı, bakışlarımı gözbebeklerinden ayırmadan sordum:

"Cemile nerde?"

Bir an durdu, dudaklarını ısırdı, sonra fısıldadı adeta:

"Öldü."

Recep'in duyulur duyulmaz bir sesle fısıldadığı dört harf, giderek yükseldi, yükseldi, keskin tiz bir çığlığa dönüşüp çınladı kafamın içinde: Öldü öldü öldü öldü öldü öldü ÖLDÜ!

Ellerimle kulaklarımı kapattım bu çığlığı duymamak için!

Neden? Nasıl? Ne zaman diye sormak istedim! Ah, ne fark ederdi ki! Başım dizine düştü Recep'in. Ellerim onun kollarına yapıştı, tırnaklarım etlerine geçti, hıçkırıklarımın gürültüsü kulağımdaki çığlığı bastırıyordu, sarsılarak ağlıyordum. Recep, dizine düşmüş başımı okşuyordu usul usul. Bir ara kaldırdım kafamı, hıçkırıklarımın arasında sordum: "Niye bana söylemedin?"

Bir şey demedi. Başımı okşamaya devam etti. Allahım diye düşündüm, iyi ki şu anda Recep var yanımda. Acımın derinliğini anlayacak biri var.

Ne kadar zaman holdeki o iskemlenin üzerinde oturdu Recep, kucağında benim sürekli sarsılan başımla? Kaç saat ağladım, bilmiyorum. Bir ara koltukaltlarımdan tutarak kucaklayıp ayağa kaldırdı beni, oturma odasına yürüttü, devrildim divana. Bir şeyler mi içirdi, ıslak bir havlu getirip elimi yüzümü mü sildi?.. Orada ne kadar kaldı?.. Hiçbir fikrim yok.

Kendime geldiğimde, ben sırtüstü divanda yatıyordum, o koltuklardan birinde bacaklarını karnına çekmiş, kıvrılmış, uyuyordu. Doğrulmaya çalıştım, gücüm yetmedi. Sanki bir gizli el bütün enerjimi söküp götürmüştü bedenimden. Öyle ceset gibi yattım bir süre daha. Sonra bir hayat emaresi... Çişimin geldiğini hissettim. Bacaklarımı oynattım, baktım hükmüm geçebiliyor bacaklarıma, yere uzattım ayaklarımı, halıya bastım. Doğrulmam daha zor oldu. Nihayet ayaktaydım. Sürüklendim tuvalete doğru. Aynada yüzümü gördüm. Hortlak gibi, rengi kaçmış, bembeyaz bir yüzüm, bitkin bir bedenim vardı da ruhum neredeydi? Ruhum uçup gitmiş, ben acıdan, kederden ve rakıdan sızmışken! Ruhsuz, cansız kalmışım.

Banyodan çıkıp odaya yürürken yerde duran ayakkabıma çarpıp tökezledim. Az daha düşüyordum. Çıkardığım gürültü Recep'i uyandırdı.

"Ah, her tarafım tutulmuş be," diyerek gerindi yattığı yerde.

"Seni bırakıp gidemedim. Seni divana taşıdım, orada sızdın, başını beklerken de ben uyuyakalmışım."

"Kardeşim neden öldü?" Sesim insan sesine değil, bir kör testerenin kestiği tahtadan çıkan hışırtıya benziyordu.

"Sana da iyi geceler!"

"Neden öldü Cemile?"

"Ulan bir teşekkür be... Sağ ol kardeş, beni taşımışsın, divana yatırmışsın, pışpışlamışsın, siktir olup evine gideceğine başımı beklemişsin, Allah senden razı olsun, bir çay içer misin? Hiçbiri yok!"

"Sağ ol kardeş. Cemile neden öldü? Bir çay içer misin? Cemile neden öldü? Başımı beklemişsin. Cemile neden öldü? Allah senden razı olsun. Cemile neden öldü?"

Recep doğrulup oturdu, eliyle yanındaki yeri işaret etti.

"Gel yanıma otur, Bedri."

Dediğini yaptım. Şimdi diz dize, birbirimize bakıyorduk.

"Neden öldü Cemile?" dedim, "ne zaman öldü?"

"Sana onunla birlikte yazdığımız mektup var ya... O mektubu yazdırmak için gizlice bize geldi, koca bir mektup döşenmeye yetmiyordu senden öğrendiği yazı, benden yardım istedi. Mektuba o başladı, bildiğin gibi, sonra o söyledi, ben yazdım. Aslında ben ona vazgeç, yazma bunları, dedim ama ısrar etti. Senin illa gerçeği bilmeni istiyordu. Baban nereden duymuşsa duymuş yaptığımız işi! Jandarmanın içinden biri galiba, kulağını bükmüş babanın. Enselenmenizin yakın olduğunu mu ne söylemiş. Bunları da Cemile anlatmıştı. Aklı da o kişi mi verdi, bilemem, seni askere göndererek uzaklaştırmak istemiş köyden baban. Muhtara rüşvet vermesi lazımmış senin yaşını büyütmek için. İyi de parası yok tabii! O zaman Cemile yorganda sakladığınız paraları çıkarmış, vermiş babana. Kurtulasın diye. Cemile'yi de o akşam baban dayaktan haşat etmiş ayrıca. Bir bileziği varmış kolunda, o bir haftalık kocasının taktığı... Onu da çekip almışlar kolundan ceza niyetine."

"Geç oraları... Cemile neden öldü, onu söyle sen."

"Anlatıyorum işte! Sonra da sen cevap verdin ya o mektuba, sıçtın sıvadın kıza..."

Bir süre ne diyeceğini bilememiş gibi sustu Recep.

"Susma Recep. Anlat."

"Tamam abi. Madem illa bilmek istiyorsun, başın göğe erecek öğrenince, buyur: Yazdığın mektubu postacı daha kapıya getiremeden, yolun başında görünce koşmuş Cemile, kapmış elinden, açmış mutfakta zarfı, heceleye heceleye okumuş, öyle dediydi anan. Şarkı söyler gibi bir ağlama tutturmuş sonra... Yememiş içmemiş bütün gün... Sonra anan bakmış bunun mecali yok hayvanları yemlemeye, kendi çıkmış akşamüstü... Eve dönmüş ki... Asmış kendini Cemile!"

Bir çığlık! Bir böğürtü! Ya da bir hayvan uluması! Hiç bitmeyen bir uğultu odada! Ben dizlerimin üzerinde, yerdeydim, iki elimle yeri yumrukluyordum, kafamı yumrukluyordum, duvarları, kanepeyi, koltukları, sehpayı yumrukluyordum, sehpanın üzerindekiler yerlere saçılıyordu. Başımı duvarlara vuruyordum. Kollarımı tutmaya, beni sakinleştirmeye çalışıyordu:

Recep: "Sus, bağırma, sus, apartman ayağa kalkacak. Sesin kısılacak, sus!"

Sonrası suyla karışmış rakının bulanık beyazı renginde bir tuhaf sis... Her yer sis... Recep'le ben koltukaltlarından tutmuş, uçuruyoruz Cemile'yi. Siste sadece Cemile'nin havada sallanan incecik bacaklarını görüyorum ve şen çocuk kahkahalarını duyuyorum. Şen çocuk kahkahalarını... Arada bir kardeşimin neşeli kahkahalarına o hayvan uluması karışmasa keyfime diyecek yok. Uluma inci rengindeki sisi kömür siyahına boyarken bir cümleye dönüşüyor...

KARDEŞ KATİLİ... KARDEŞ KATİLİ... KARDEŞ KATİLİ... KARDEŞ KATİLİ!

ELLERİMİZDEN KAYIP GİDEN HAYATIMIZIN PEŞİNDE

Neler ummuştuk oysa
Uzun seferine çıkarken
alacakaranlığında
*bilinmezlerin.**

Siyah sis dağıldı. Başımın üzerinde çığlık çığlığa uçuşan kargalar yavaş yavaş uzaklaştı, sesleri duyulmaz oldu. Gözlerimi açtım, yatağımda yatıyordum. Oda loştu, perdeler çekiliydi. Başım çatlıyordu. Her tarafım acıyordu, kollarım, bacaklarım, sırtım... En çok da içim. Sanki birileri göğüs kafesimden içeri kırmızıbibere buladıkları bir hançeri sokup, çevirip durmuşlar gibi yanıyordu yüreğim.

Saat kaç?

Sabah mı, akşam mı?

Kapı açık kaldığı için odayı da aydınlatan koridorun ışığında, karşı köşedeki koltukta uyuyan birini fark ettim. Gözlerimi kısıp baktım, aaa Recep! Birden onun neden evimde olduğunu hatırlayamadım. Bir rüya gördüğümü sandım, ben Recep'i günler-

---

* Ayşe Kulin, *Saklı Şiirler*, "Hasret."

dir gökte ararken, o gelmiş, evime girmiş, başucumda oturmuş, bana sürpriz yapıyormuş... Şimdi gitsem yanına, koluna dokunsam, rüya bozulacak, yok oluverecek arkadaşım. Sımsıkı yumdum gözlerimi, az daha yattım. Belki on dakika daha... Belki yarım saat... Belki saatlerce! Zaman kavramını yitirmişim.

Perdelerin arasından sızan gün ışığı uyandırdı beni. Sabah olmuş.

Bir ara yavaşça, "Recep," dedim ama ses sanki benim sesim değil... Testere gibi tuhaf bir ses... Boğazım da acıyor üstelik. Hastayım ben. Doğruldum, yatak gıcırdadı, Recep gözlerini açtı, nerde olduğunu o da anlayamadı birden. Dehşetle etrafına bakındı, beni görünce sakinleşti. Gözlerindeki endişe geçti, yüz hatları gevşedi, gülümser gibi oldu. Birden yine endişe geldi, yerleşti bakışlarına.

"Bedri, nasılsın? Uyuyabildin mi biraz?" dedi bana.

"Ben hatırlamıyorum... yattığımı."

"Sen yatmadın ki, ben taşıdım seni yatağına. Pantolonu çekip aldım ayağından, ama gömleğini çıkaramadım."

"Saat kaç?"

"Sabah olmak üzere... Biraz daha uyu. Ben beklerim."

"Sen orada mı yattın bütün gece?"

"Hıı. Her tarafım tutulmuş be! Korkuttun beni dün gece. Hiç susmayacaksın sandım bir ara. Kötüydün. Bırakamadım seni o halde."

O halde! Hangi halde?

Belleğim geri geldi, hatırladım. Çırpınarak, başımı duvarlara vurarak, hıçkırarak, sarsılarak, uluyarak ağlamıştım.

Kardeşim de mi böyle ağlamıştı mektubumu okuduğunda? Hırsla, kızgınlıkla, isyanla yazdığım, onu suçladığım, asla affetmeyeceğimi, bir daha yüzünü görmek istemediğimi söylediğim, sert, acımasız mektubumu...

Oturdum yatağımda, sakindim, daha doğrusu bitkindim, çırpınacak, bağıracak halim kalmamıştı. Yastığa sırtımı dayamış, kıpırdamadan duruyordum, yaşlar bu sefer yanaklarımdan sessizce, ip gibi inip çenemden aşağı damlıyordu. Recep yerinden kalktı, yatağa gelip arkama geçti, sırtını benim dayandığım yastığa verdi, beni kucağına çekti, sımsıkı sarıldı bana. Başımı göğsüne dayadım. Kollarına sığındım. Elini tutup yüreğimin üzerine yerleştirdim; çarparken ondan güç alması için. Annelerin bebeklerini kucaklarında uyuturken sallamaları gibi usul usul sallıyordu beni. Birlikte sallanıyorduk, bir o yana, bir bu yana...

Birbirimize sarılıp ne çok sallanmıştık böyle... Defalarca... Ben ağlarken onun kucağında, o ağlarken benim kucağımda, ne çok acı göğüslemiştik sarmaş dolaş! Küçük bedenlerimiz yediğimiz dayaklara, ruhumuza indirilen darbelere, onurumuzun paramparça edilmesine katlanırken, haksızlığın, zulmün, ölümün karşısında, tek vücut olmuştuk hep. Tek ruh, tek yürek olmuştuk!

Bu kez darbeyi bana ne babam, ağabeylerim, tecavüzcüm, ne askerdeki komutanlarım, ne yaşama tutunmaya çalışırken beni sömürenler, beni istismar edenler vurmuştu. Bu kez darbe, hayatın tek "karşı konulmaz"ı, tek "çare bulunmaz"ı ölümle patlamıştı suratımda. Beni yere sermişti.

Sonra, çok sonra, belim tutulunca, kıvırdığım bacaklarım uyuşunca sıyrıldım kollarından, yataktan indim, yalpalayarak helaya yürüdüm. Kafamı musluğun altında tuttum uzun süre. Soğuk su beynimi yeniden çalıştırdı, acımı yeniden harekete geçirdi. Islak kafamla ön tarafa gittim, baktım Recep kalkmış, mutfakta, çaydanlığa su koyuyor. Kapıda beni görünce ocağın kenarında sallanan mutfak havlusunu fırlattı bana doğru.

"Kurula kafanı."

Hiç itiraz etmeden havluyu yakalayıp yüzümü, kafamı kuruladım.

"Sağ ol Recep. Dün gece fena yük oldum sana!"

"Lafı mı olur. Anam öldüğünde sen de beni teselli etmedin mi? Gecelerce zırıl zırıl ağlamadım mı ben de senin kollarında? Ama ağlamak gideni geri getirmiyor. Hayat bu oğlum, ölümü de var, doğumu da. Herkesin ölümü kendi kaderinden, başkasının kabahatinden değil. Alnına ne yazıldıysa, o oluyor. Bunu sen de benim kadar biliyorsun, ama insan isyan ediyor elinde olmadan... Bilmez miyim? Seni en iyi ben anlıyorum. Toparla kendini, Bedri! İşe gidecek misin bugün?"

Recep'in ateşe oturttuğu çaydanlık fokurdamaya başladı.

"Kafam çatlıyor. Ama gideceğim mecburen. Evvelki gün de gitmedim, işler birikti."

"Sen git giyin. Ben kahvaltıyı hazırlarım."

"Sen nereden bileceksin ne nerde?"

"Göt içi kadar mutfak ulan! Bakar bulurum. Git giyin. Kızdırma şimdi patronunu."

"Patron kızmaz bana," dedim.

"Şanslısın. Benim patron benim ağzıma sıçıyor."

"Evet şanslıyım, o bakımdan."

"O bakımdan şanslı olabilirsin ama bir başka bakımdan değilsin. Bak benim şimdiden içime dert oldu, akşama Hüsam döner de ben sana gelemezsem, aklım sende kalacak. Halbuki manitan evli olmasa seni ona emanet edebilirdim. Gelir beklerdi başını, yalnız kalmazdın!"

"Ulan Recep, ben çocuk muyum? Niye biri başımda beklesin ki!"

"Kederi olan kişi dertleşmek, içini dökmek için birini ister yanında. Öyle herhangi biri de olmaz yani... Yakını olacak, seveni olacak, halinden anlayan, derdini bilen biri olacak. Şimdi sen bu akşam yine içmeye kalksan kim toplayacak kıçını? Sigaranı düşürdüğün yerde bırakır, yangın bile çıkarırsın ulan, evde!"

"Sigara içmiyorum ki artık! Yangını da tek bir kere çıkardım hayatımda, o da senin yüzündendi."

"İşte ben de onun için... O günlerin hatırına, seni bırakmam bu halde... Acın hafifleyene kadar yanındayım."

"Bu acı hafiflemez!"

"Hafifler, Kıvırcık! Her gün harı az biraz daha söner acının. Sonra incecik bir duman tütmeye başlar, ki o da rüzgârda savrulur gider. Ölüm acısı unutulur. Aşk acısı haydi haydi unutulur. Sen bana sor, bana!"

"Bu, ölüm acısı değil! Bu, vicdan azabı. Vicdan azabı kabirde bile bırakmaz yakanı."

"Kim demiş? Kör Hoca mı? Her dediği doğru olsa, mahşer günü çoktan gelmiş geçmişti."

"Benim mahşerim, Cemile'nin benim yüzümden kendini astığı günmüş. Bana esaslı bir gecikmeyle, dün gece tebliğ edilmiş oldu!"

Odama yürüdüm. Arkamdan bir şeyler söyledi Recep, ama kapıyı biraz hızlı çarparak kapattığım için ne dediğini duyamadım. Üzerimdekileri çıkarıp bir havluya sarındım, banyoya gittim. Suyun ısınmasını beklemeden altına girdim duşun. Tazyiksiz soğuk su, iplik gibi ince ince döküldü tenime. Üşüdüm, ama kendime eziyet etmekten adeta haz duyarak, uzun süre kaldım duşun altında. İyi geldi, diriltti beni biraz. Yoksa o kadar halsizdim ki, bir köşeye kıvrılıp günlerce aynı yerde kımıldamadan kalabilirdim. Ha gayret, giyinmeli, çıkıp işe gitmeliydim. İşe gitmek istememin asıl nedeni, kafamı meşgul etmekti. Evde kaldığım takdirde, Cemile'nin hayaletiyle uzun bir sohbete oturacağımı biliyordum. İstiyordum ki kardeşim görünsün bana, hesap sorsun, benim yüzümden öldüğünü haykırsın, ben de onun ayaklarına kapanayım, bağışla beni diye ağlayayım, özür dileyeyim. Beni bağışladığını söylesin. Söylesin ki, ben huzura ereyim. Sevgilim sayesinde Recep'i yurtdışına yollatabilecek güce sahibim de, hayaletlere hükmüm yok. Getiremem Cemile'mi karşıma.

Odaya dönüp alelacele giyindim, mutfağa gittim. Mutfaktaki küçük masanın üzerine beyazpeynir, zeytin ve reçel koymuş Recep. Çayı demlemiş. İki dilim ekmek kızartmış.

"Elinden mutfak işi gelir olmuş senin," dedim, "eskiden hiç beceremezdin."

"Bekâr adam bir şeyler öğrenmek zorunda," dedi, "yıllardır yalnız yaşıyorum, öğrenmesem açlıktan ölürdüm."

Karşılıklı oturduk küçük masaya. Bardağıma çay koydu, ekmeğe reçel sürüp tabağı önüme itti.

"Ulan Bedri, mutfağında her şey yerli yerinde... Aferin sana be! Sen gel de benim mutfağı gör. Kendini zor bulursun, değil aradığını."

"Ben intizamı severim," dedim.

İntizamı sevdiğim için az mı alay etmişlerdi benimle okuldayken. Tek işime yaradığı yer, asker ocağı olmuştu. Jilet gibi yapılmış yataklardan, ayna gibi parlatılmış postallardan, milimi milimine düzenli hizalanmalardan hiç gocunmamıştım. Hayatımdaki derbederliğin acısını çıkarıyordu sanki aşırı düzen! Askerde başım başka nedenlerle derde girmişti, o başka!

Ah, benim dertten hiç kurtulmayan başım! Recep'in başka, benim bambaşka nedenlerle başımız dertten hiç kurtulamadı. İşte benim, tam rahata erdim, aşkı da işi de, huzuru da buldum dememe kalmadı, bir karga kalbimi oymaya başladı dün geceden beri! Lanet sesini sadece kulağımda değil, kafamın içinde, kemiklerimde, iliklerimde, yüreğimde duyuyorum. Kardeş katili... Kardeş katili... Kardeş katili...

Toparlanmalıydım! Yapacak işlerim vardı. Recep'e verdiğim sözü tutacaksam kendimi bırakamazdım. Kayıp gideceksem kederlere, ancak onun işlerini hallettikten sonra... Haydi, dik dur, matemini unut, dedim ama yine de çenemi tutamayıp, "Recep, biz niye böyleyiz?" diye sordum, çayını karıştıran arkadaşıma. "Niye bize hiç rahat, huzur yok?"

"Biliyor musun, ben de düşündüm bunu. Birilerinin günahını ödüyoruz herhalde. Bazen, iyi ki çocuğum olmamış, diyorum. Olsaydı, o da dedemin günahının vebalini ödeyecekti herhalde."

"Şuna da bak! İyi ki çocuğu olmamışmış. Sanki elli yaşında. Dur be oğlum, daha çocuğun da olur, torununu da görürsün inşallah!"

"Köydeki akranlarımızın çocukları yürümeye, konuşmaya başladı. Bense, evlilik hayallerimi gömdüm gitti, çoktan. Evlilikti, aileydi, bu hayalleri gençken kuruyor insan. Bir sevdiği varken..."

"Onca zaman kandırdın beni demek ki! Hani hep konuşurduk aramızda, hani biz evlenmeyecektik? Dünyayı gezecektik. Öyle karar vermemiş miydik?"

"Öyle olmasını isteyen sendin Bedros! Sen söylerdin, ben de senin dümen suyuna giderdim, aramızda uyumsuzluk olmasın diye!"

"Gizli gizli isterdin yani evlenmek, öyle mi?"

"Yahu, o zamanlar çocuk sayılırdık. Yıllar geçmiş aradan. Ne isterdim, unuttum gitti. Zaten senin istediğin gibi oldu, baksana! Çoktaan geçmiş benden o işler!"

"Niye geçsin? Hani vardı bir sevdiğin? Neydi adı?.. Melahat mi?"

"Nebahat! O, benim gençlik hayalim değil."

"Yahu sen ihtiyar mısın? Sen daha gençsin oğlum."

"İçim ihtiyar."

"İçine bakma sen. Daha koca bir hayat var önünde. Senin gençlik hayalin kimdi bakalım, bizim sınıftaki Pembe miydi yoksa?"

"Hayır."

"Ben tanıyor muyum?"

"Ee... Yani... Evet."

"Söyle o zaman."

"Boş ver!"

"Niye boş vereyim. Ben senin sırdaşın değil miydim? Birinin hayalini kurdunsa demek ki âşık oldun. Ben niye bilmiyorum?"

"Geçmiş, gitmiş... Boş ver!"

"Gücendim şimdi bak... Ben sana kendimi tersyüz etmişim, sen tut çocukluk aşkını sakla benden... Valla..."

Lafımı bitiremeden bir öğürtü tuttu, boğazımdan geçmeyen ekmeği ancak birkaç yudum çayla yutabildim. İttim tabağı önümden. "Yiyemiyorum!"

"Ye!" dedi Recep, "üzüntü insanda güç bırakmaz. Bitir o dilimi!"

"İçim almıyor. Israr etme."

"Dilimini bitirirsen anlatırım."

"Neyi?"

"Kimdi benim hayallerimin... şeyi."

"Söyle hadi."

"Önce ekmeğini ye."

"Yahu yiyemi... Peki, tamam... Ama kusarsam karışmam bak!"

Bir lokma daha ısırdım tabaktaki reçelli ekmekten.

"Anlat haydi!"

"Nasıl desem... Söylemesem mi? Kızmak yok ama... Yahu... Bak... Ben hep Cemile'nin bir gün bana varacağını hayal ederdim!"

"NE?!"

Boğuluyordum az daha. Lokma boğazıma kaçtı, tekrardan öksürüp tıksırırken ağzımdakiler dışarı püskürdü.

"Cemile! Kardeşim Cemile, ha? Atıyorsun!"

"Atmıyorum. Çok sevdim ben onu."

"Nasıl olur? Cemile o! Aksak Cemile!"

"Ne olmuş bir bacağı azıcık aksıyorsa? Kapkara gözleri vardı. Bakışları içime işlerdi. Gülüşü günümü aydınlatırdı. Ne çok gülerdik onunla, hatırlasana. İnsanı dinlerdi, derdine ortak olurdu. Hiç şikâyet etmezdi. Hiçbir şey istemezdi. Bu dünyaya insan suretinde inmiş bir melekti sanki. Baban onu kocaya yollarken en az senin kadar üzülmüştüm. Geceleri uyku tutmamıştı. Döndüğünde bayram etmiştim, ama biliyor musun Bedri, hiç konduramamıştım ona sevdalandığımı. Kardeş bellemişim ya bir kere... Sonra düşündüm, niye ben hiç gocunmadan futbolu filan bırakıp seninle koruya iniyorum diye... Aslında anam anladıydı, biliyor musun! Bana dediydi ki, sen bu Bedri'nin peşinde Cemile'nin yüzünden mi dolanıyorsun gölge gibi, dediydi. Kıpkırmızı olmuştum, kızmıştım, söylenmiştim. İnkâr etmiştim tabii ki! Sonra, anamın başını beklediği günlerde iyice anlamıştım, ona olan hislerimin aslında kardeş sevgisi filan değil, bal gibi aşk olduğunu."

"Niye hiçbir şey söylemedin bana?"

"Nasıl söylerdim? Sen benim kardeşimdin."

"Kankardeşin sadece."

"Olsun, kardeşimdin. Ayıp olurdu. Gelenek, görenek diye bir şey var, oğlum. Emanete hıyanet gibi... Iıh, olmaz!"

Ben nasıl bir körmüşüm, nasıl bir vurdumduymazmışım ki hiçbir şey fark edememişim. Kuyu başında hep birlikte oturup saçma sapan şeylere gülerken, Recep'in aşırı neşesine şaştığım olmuştu, Cemile'nin Recep'in anasının başını beklerken gösterdiği sabra, insaniyete hayran kaldığım olmuştu da, aklıma hiçbir şey gelmemişti. O da sevdi mi acaba Recep'i için için? Dayanamadım, sordum.

"Ya Cemile? O da... şey miydi... sana karşı?"

"Sanmıyorum. Ben hislerimi hiç belli etmedim ki onun ne düşündüğünü bileyim. Bence o beni sadece bir abi gibi sevdi."

"Ah Recep, keşke söyleseydin bana..."

"Söylesem ne olacaktı ki? Aramızı mı yapacaktın, babanı mı ikna edecektin? Baban başlıksız kız verir mi? Bende kuruş yoktu."

"Hüsam para ödüyordu ya bize. Ben askere gittikten sonra sen para kazanmaya devam ettin. Üstelik biraz da birikmiş paran vardı."

"Ben kendi payımı başka yere harcadım."

"Nereye harcadın? Anan da ölmüştü... Nereye harcadın Recep?"

"Babana verdimdi. Yaşın büyüsün diye muhtara verilen rüşvet vardı ya..."

Ben ayağa fırlayınca sustu Recep.

"Sen de mi dahil oldun kumpasa?" Ellerim yakasındaydı.

"Bırak beni. Otur yerine! Ben sonradan öğrendim."

"Seni hain seni!"

"Ağzından çıkanı kulağın duysun Bedri, bir dinle be!"

"Neyini dinleyeceğim Allah aşkına! Güvendiğim dağlara teker teker kar yağıyor. Çıldıracağım yahu!"

Bıraktım Recep'in yakasını.

"Dinle de öğren nasıl oldu. Cemile bir gün geldi, paraya ihtiyacı olduğunu söyledi, hayırlı bir iş için, dedi. Verdim ben de."

Yerime otururken çay bardağımı devirdim, hiç aldırmadım çayın masaya yayılmasına. Recep musluktaki bezi kapıp geldi, sildi masayı.

"Sormadın mı ne yapacağını? Verdin gitti parayı, öyle mi? Hadi sen de!"

"Sordum ama söylemedi. Hayırlı bir iş için, dedi. Çok hayırlı bir iş için... Ben de gönlünü birine kaptırdı sandım."

"Cemile gönlünü kaptıracak? Nereye çıkıyor, nerelerde geziyor ki birini bulsun?"

"Çıkıyordu ara sıra... Çeşmeye... Bakkala... Anamı beklemeye gelip gidiyordu, daha önceden... Ne bileyim ben, birisi var sandım. Sonra söyledikleri var. Para istemeye geldiğinde, baktım yanağında kıpkırmızı tokat izi var. Kollarında morluklar... Belli ki dayak yemiş. Kim dövdü seni diye sordum. Babam, dedi. Niye diye sordum, suçluyum, dedi. Suçu büyükmüş. Sen olsan ne zannederdin? Suçunu da kabul ediyor üstelik. Bedri biliyor mu, dedim. Bilmiyormuşsun. Yalvardı sana söylememem için. O dayak yediğimi de bilmiyor, bilirse kötü olur, dedi. Ne zannedersin sen olsan, söyle, ne zannedersin?!"

"Ben neredeymişim de haberim yok bütün bunlardan?"

"Kayıt işlerini yapmaya mı, son alışverişlerine mi, her neyse, şehre inmiştin o gün."

"Verdin mi parayı?"

"Verdim. Bu ikimizin arasında bir sır olsun, dedi. Bunca yıllık arkadaşlığımızın hatrına, dedi. Ben bu parayı sana geri vereceğim bir gün, dedi. Bir bileziği varmış anasının kolunda, kocası olacak herifin taktığı, ne yapıp edip alacağım onu anamdan, sana vereceğim, dedi. İstemem, dedim."

"Ulan insan hiç verir mi parayı, ne yapacağını bilmeden?"

"Yakında öğreneceksin niye bu parayı istediğimi, sır kalmayacak aramızda, dedi. Sandım ki kaçıp evlenecek."

"Ve sen bunu bana söylemek zahmetine girmedin. Sakladın bunu benden! Kız kardeşim birine kaçacak, sen bunu benden saklıyorsun! Yuh olsun sana! Yuh olsun senin gibi namert arkadaşa!"

"Sen değil miydin şu kız gönlüne göre birine varsa, deyip duran! Cemile'yi moruğun birine gazlamasa babam, diyen. Kocaya verdiklerinde kara derilere bürünen? Düşündüm ki, sonunda istediğin oluyor, kardeşin gönlünün çektiğine gidiyor."

"Olsun. Bana söylemen gerekirdi."

"Kızı vurasın diye mi?"

"Yuh artık!"

"Ne yuhu be! Kaçan kızı sağ bırakırlar mı bizim oralarda? Sen vurmasan diğer ağabeylerine vurdururdu baban. Ya da elleriyle asacak zavallıyı, diyecek, aaa, kendini asmış! Canına kastettirir miyim ben Cemile'nin! Gözümden sakınmışım ben onu yıllarca. Senin kadar benim de kardeşim olmuş... Yani... Çocukken..." Önüne baktı Recep.

"Ha bir de o var! Ulan insan sevdiğini başka herifle yollar mı?"

"Kendisi ulaşamayacaksa, sevdiği ölsün, öyle mi? Bu mu? Böyle mi yapaydım?"

"Ben sevdiğimi kendi ellerimle kimselere vermezdim!"

"O benim kankardeşimin kardeşiydi. Bizim işimiz umutsuz vakaydı Cemile'yle. Bir çıkmaz sokaktı. Ben sevgimi gömmüştüm kalbime, üzerine Karasöğüt'ün kara toprağını küremiştim. Bari o mutlu olsun diye düşündüm."

"Ulan Recep! Arabesk herif... Senden adam olmaz be! Sevdiğin kız sevdiğine gitsin diye cebine para koyuyorsun."

"Para koymakla kalmadım, ayrıca nasihat de ettim. Sen şimdi bu parayı al, her kimse o, onunla çok uzaklara git. Kimse sizi bulamasın, dedim. Bu para da size hayırlı olsun inşallah, dedim. O da bana, merak etme Recep Abi, bu paranın hayrını hep birlikte göreceğiz, bir sevdiğimizin işine yarayacak, dedi. Ben heyecandan ne dediğini bilmiyor zannetmiştim. Meğer ne dediğini biliyormuş, hayır görecek olan senmişsin!"

"Bu anlattıklarına inanacağımı mı sanıyorsun?"

"İster inan, ister inanma. Üzülmeyesin diye Cemile'nin ölümünü bile söylemedim sana. Ama kafaya taktın, nasılsa öğrenecektin. Madem öğrendin, her şeyi bil işte! Ben Cemile'ye parayı verirken, birkaç gün içinde kaçacağını zannettim. Bir de baktım ki, o yerinde duruyor, sen götürülüyorsun jandarmaların arasında. Kafam iyice karıştı. Aynı gün kapımda bitti Cemile, kendi anlattı bana yorganda sakladığı paranın rüşvete yetmediğini. Bende de para olduğunu bildiğinden, onu istemeye gelmiş. Benden aldığı parayı da babana verdi. Aklı fikri senin kıçını kurtarmaktaydı yani. Sonra dedi ki, bir bileziği varmış, onu verecekmiş bana ama bileziği getirmek için vakit istedi. Aklı sıra bana olan borcunu ödeyecek bilezikle. Bilezik onunmuş da, yorganda sakladığı paraları öğrenince ceza olsun diye almış kolundan babası, anasına takmış da... Geri almak için anasının kolundan çıkarmasını bekliyormuş. Ancak hamama gittiğinde yıkanırken çıkarırmış bileziklerini anan."

Doğruydu söyledikleri. Anam bileziklerini kolundan hamamdan hamama çıkarırdı, sabunlanırken. Beni de yanına kattığı yaşlarımda, ben ve ablalarımla kasabadaki hamama yılda bir iki kere bayram öncelerinde giderdik. Anam keselenirken göz kulak olurduk bileziklerine, diğer eşyalarına. Ben onunla hamama gidecek yaşı geçince Cemile devralmıştı hamam bekçiliğini.

Cemile'nin bileziğini de hatırlıyordum: O bir haftalık kocası, Cemile'yi baba evine geri getirdiğinde, boynundaki çeyrekleri almış, kolundaki ince bileziği bırakmıştı babamın sıkı pazarlığı neticesinde.

Recep hâlâ anlatıyordu, söylediklerinin yarısını duyuyordum ancak. Sesi yankılanıyordu, kulağımda bir çınlama başlamıştı.

"Ben istemedim tabii bileziğini. Katiyen getirmeye kalkışma, almam, dedim. Ben sandım ki, senin bir sevdiğin var, ona kaçmak için para istiyorsun benden, dedim, haydi ge..." Lafını bitirtmedim Recep'e, ittim önümdeki tabağı hızla. Tabak yere düşüp kırıldı.

"Sevdiğin kıza, kaçsın diye para veriyorsun, hayırlar diliyorsun. Pezevenk misin ulan sen!"

"Manyak herif! Kız kocaya mı gitti? Neyin kavgasını yapıyorsun lan ibne, söyletme beni şimdi. Kız, babası ağabeyinin yaşını büyütsün de, kıçını kurtarsın diye para bulma peşine düşmüş. Beni düşünen yok bu arada, sen kurtulurken benim param gitmiş, başım yanmış, hapse girmişim, kimsenin umurunda değil. Ben bunu bile dert etmeden vermişim parayı, biraz da benim sayemde siktirip askere gitmişsin, okumuş etmişsin, yırtmışsın.

Şimdi gölgenle mi kavga ediyorsun lan! Alamadığı kızın iyiliğini isteyen, pezevenk mi oluyor?"

Recep de iskemlesini savurarak kalktı, ayağıyla tekmeledi yerdeki tabak kırıklarıyla ekmek parçalarını, sonra da eğildi, ekmeği öpüp başına koydu.

"Ben gidiyorum, ne halin varsa gör!" dedi, içeri geçti.

Peşinden koştum.

"Dur yahu, nereye gidiyorsun?!"

"Cehennemin dibine!"

"Dur... Gitme... Özür dilerim... Recep dur ama..."

"Bırak lan! Her zamanki bencil Bedri işte!"

Koştum, önüne geçtim.

"Ben dün geceden beri ne yaptığımın, ne söylediğimin farkında değilim. Kusuruma bakma. Çok sarsıldım dün gece. Otur şuraya iki dakika..."

Tekrar çöktük mutfak masasına.

"Laflarım sana değil, kendime aslında. Kendimden nefret ediyorum."

"Etme. Faydası olmaz. Olan olmuş. Böyle olması gerekiyormuş, bunu kabullen! Bak ne güzel bir düzen kurmuşsun kendine. Her şeyin var. Bir de sevgilin var, hem erkek hem de evli... Ne diyeyim sana, bu da senin cezan zahir! Bari herif bekâr olaydı, kara gün dostu olurdu en azından. Ama ne yapalım, o kadar kusuru da olsun artık! Uğraşma geçmişte kalanlarla."

Söyledikleri bir kulağımdan girip ötekinden çıkıyordu, aklım Recep'in Cemile'yi sevmesine takılmıştı.

"Recep, bak itiraf ediyorum işte... Şaşıracaksın duyunca... Bir bilsen ben kaç kere aklımdan geçirdim, Cemile'yle seni... İnanmayacaksın bana ama... şu Recep, dedim keşke beğenecek olsa da... Her neyse... Üniversiteye giderken Cemile'yi sana emanet etmeyi düşünmüştüm fakat söyleyemedim... Hem istemezsin diye, hem de utandım, yahu! Keşke söyleseymişim. Keşke, en azından üniversiteye gittiğimde, Cemile'yi sana emanet etsem, deseymişim. Belki o zaman açılırdın bana."

"Kısmet değilmiş, Kıvırcık! Sen söyleseydin, ben de kızı isteseydim, baban vermezdi. Mutlaka bir maraza çıkarırdı. Üstelik Cemile'nin paramı niye istediğini öğrendiğimde, beni sevmemiş olduğunu anladım. Sevse beni de kurtarmaya çalışırdı, öyle değil mi? Hepsi geçmişte kaldı, unut gitsin!"

"Her şey unutulur da, o mektup... Pişmanım Recep! O mektubu yazdığıma çok pişmanım."

"Nerden bilecektin?"

"Her şeyi unutsam, bunu unutamam. Kardeşimi ölüme sürüklediğimi hiç unutamam. Bir katilim ben!"

"Dilimde tüy bitti. Bu senin suçun değil! Yazı böyleymiş. Ulan, yıllarımız geçti yeşil halıda dizlerimizin üstünde, hiç mi bir bok öğrenemedin bunca vaazdan! Boşuna mı geldin gittin derslere?.. Senden güçlü bir şey var. Adı Kader!"

Ayağa kalktı Recep, "Ben gidiyorum," dedi, "sen de toparlan, işine git. Haydi!"

"Az bekle, beraber çıkalım."

"Senin balkonda bir sigara içeyim o halde, sen hazır olana kadar."

"Otur, salonda iç keyfince!"

"Yok, yok! Sinir yaparsın sen şimdi. Balkona çıkacağım."

Evimin sigara kokması, küllerin halıya, masaya, oraya buraya dökülmesi... Bunların hiçbiri umurumda değildi artık. Dün geceden beri, değişik bir boyutta yaşıyordum. Recep yatak odasına doğru yürümeye başlayınca, sırf itiraz etmeye halim kalmadığı için ses çıkarmadım.

Tuvalete girdim, aynadaki mutsuz yüzüme nefretle baktım. Dazlak kafama, kan çanağına dönmüş gözlerime, sapsarı suratıma, içimden yüzüme tükürmek geldi. Sonra işedim, sifonu çektim ve muslukta ellerimi yıkarken, ağlamaktan kısılmış sesimin son gücüyle, "Anasını bellediğimin töresi, anasını bellediğimin geleneği, göreneği, ayıbı, yasağı, Allah hepinizin belasını versin!" diye haykırdım. Hayvan inlemesini andıran sesime sifonun gürültüsü karıştı.

Çıktım dışarı, Recep elinde yarısı içilmiş sigarasıyla geldi, "Şunu söndürüp çöp tenekesine atayım," dedi, mutfağa girdi.

O titiz bildiği beni tedirgin etmemek için sigarasını çöpe atma telaşındaydı, ben kaçırdığımız fırsatların, yaptığımız yanlışların, söyleyemediğimiz sözlerin yüzünden elimizden kayıp gitmiş hayatlarımızın muhasebesindeydim.

Kapıdan çıkmadan önce, holde sarıldık birbirimize Recep'le. Ben ona dün gece bana kardeşlik ettiği için bir kere daha teşekkür ettim içtenlikle.

Merdivenleri indik. Sokak kapısının önünde, "Sen şimdilik Hüsam'a hiçbir şey belli etme," dedim. "Ben bugün senin işinle uğraşacağım. Akşama doğru ararım seni. Yanındaysa yanlış numara dersin."

"Bugün dönmemişse buluşuruz yine."

"Bana gelirsin."

"Tamam."

"Evi bulursun değil mi?"

"Elbette."

Sokağa çıktık, sabah güneşi, ikimizin de uykusuzluktan yorgun gözlerimizi kamaştırdı. Ben cebimde duran gözlüğümü taktım. Elini uzatıp, bana güç vermek ister gibi, sırtımı sıvazladı Recep, sonra birbirimize arkamızı dönüp ters istikametlere yürüdük.

Taksim Meydanı'nın kargaşasında, metroya doğru ilerlerken birden bacaklarımın bağı çözülür gibi oldu. Vücuduma bir titreme geldi. Metronun merdivenlerine çöktüm. Cemile'nin cesedi omuzlarımda, vebali yüreğimde, sesi kulağımdaydı yine. İnsanlar telaşla yanımdan geçip gidiyorlardı, ben oturduğum yerde gelip geçenlerin sadece bacaklarını görüyordum. Gri pantolonlular çoğunluktaydı. Arada bir yerleri süpüren bir pardösü... Topukları yenmiş bir kadın ayakkabısı... Bir çift çorapsız kadın bacağı... Uçuşan bir etek... Paçaları sökülmüş kotlar... Lastik pabuçlar... Çocuk ayakkabıları... Gelip geçiyorlar, gelip geçiyorlar... Kimi koşturarak... Kimi aheste... Kimi sürüklenerek...

"Az daha düşüyordum yahu! Takılıyor insan! Burada oturulur mu?"

Merdivenlerden inerken bana takılıp tökezlenen adamın azarıyla kendime geldim. Ayağa zorlukla kalktım. Külçe gibiydim. Güç bela meydana yürüdüm, önüme çıkan taksiyi çevirdim, adresi verdim. Şoför, oraya kadar taksiye mi binilir gibisinden baktı yüzüme aynadan, "Kendimi iyi hissetmiyorum," dedim, "işe gidiyordum, yolda fenalaştım!"

"Taksim İlkyardım'a atayım sizi."

"Sağ ol! Evime gideyim ben."

Yığıldım arka koltuğa, çalıştırdı arabayı. Evin önünde, arabadan inmeme yardımcı oldu şoför, paranın üstünü almadım. Apartmana girdim, merdivenleri tırabzana tutunarak çıktım, eve girer girmez, doğru yatak odasına gittim ve kendimi yatağıma attım. Yatak örtüsünü kafamın üzerine kadar çekip mezarıma girdim adeta.

Mümkün olsa, kardeşimi yattığı kabirden çıkarıp yerine kendim yatardım. Mümkün olsa, o hakaret dolu edepsiz mektubu yazacağıma, ellerimi bileklerimden keserdim. Mümkün olsa, canımı ağzımdan onun ağzına üflerdim.

Ne yazık ki yapabildiğim sadece yatağımda zıbarıp kendi kendime lanet etmekti! Ölmeyi beklemekti!

Öyle yaptım. Kendime lanet ederek zıbardım.

Bana günlerce, aylarca gibi gelen bir zaman diliminde, örtünün altında yattım, nerdeyse hiç kıpırdamadan.

Sanırım uyudum da uzun süre.

Ölemedim!

Sonra, çok uzaklardan bir zil sesi geldi kulağıma. Gözlerimi açtım, biri kapıyı çalıyor, hem de parmağını zilden hiç kaldırmadan. Ayrıca gümbür gümbür de vuruyor kapıya, kıracakmış gibi. Ev telefonum da cırlak cırlak çalmaya başladı. Dayanılmaz bir gürültü odanın içinde.

Yatak mezarımdan çıktım, çıplak ayak zorlukla kapıya yürüdüm. Açtım.

Aaa, karşımda İlhami!

"Çok merak ettim seni Bora! İki gündür senden ne haber ne bir şey! Telefonları da açmadın?"

"Hastalandım İlhami. Kusura bakma, çok haklısın da, ilaç alıp yatınca duymamışım telefonu filan. Saat kaç olmuş?"

"Saat yediye geliyor. İşten çıkıp geldim. Kapıyı açmasaydın, kapıcıya kapıyı kır... kapıcı da yok ya bu evde... Polise gidecektim herhalde, kapıyı kırması için."

"Yok artık!"

"İnsanın aklına bin türlü şey geliyor. Bir de şu rastlaştığın adam var! Nasıl merak etmem!"

"Haklısın."

"Haydi ilk gün, hastalandı, dedim kendi kendime, Nadide Hanım da zaten hasta diyordu senin için. Ertesi gün daha beter merak içindeydim ama belki o arkadaşınla buluşmuşsundur, bir yerlere gitmişsindir diye düşündüm. Bugün çok iş olmasa yayınevinde, sabahtan dayanmıştım kapına! İnsan telefona olsun cevap verir, yahu!"

"Onca zamandır mı yatıyorum ben. Aman Allahım! Çok özür dilerim! Gerçekten kendimi bilmeden yatmışım, sürekli uyudum. Zamanın nasıl geçtiğinin farkında bile değilim. Gelsene içeri."

İlhami oturma odasına yürüdü.

"Uzun kalmayacağım. Benim kız konsere bilet almış bize. Neyse, seni gördüm ya, içime su serpildi. Soğuk şarabın var mı?"

"Bilmiyorum. Bak buzdolabına. Üstüme bir şey giyeyim ben..."

"Yok yok, giyinme. Yatarsın belki yine ben gidince. Stresimi atmak için içecektim bir kadeh. Ben görürüm işimi, sen keyfine bak."

Hangi keyfime bakayım?! Keyfim mi kalmış benim...

Yatak odasına yürüdüm. Çin'den aldığımız ipek ev ceketini geçirdim üzerime, kuşağını bağladım, banyoya girip yüzümü yıkadım. Salona döndüğümde, kendine bir bardak şarap koymuş, kanepede oturuyordu İlhami.

"Seni strese ben mi soktum?" diye sordum.

"Seni çok merak ettim o başka, ama bu stres yeni değil."

"Hayrola?"

"Uzun hikâye!"

"Söylesene İlhami! Derdini dökmeyen derman bulamaz."

"Handan canımı sıkıyor. Çin seyahatimi ona önceden haber vermememi mesele yaptı. Yahu ben ona her attığım adımın hesabını vermeye mecbur muyum?!"

"Keşke iş görüşmesi yapmaya gittim demeseydin."

"Ne olmuş gittimse? O Amerika'daydı o sırada. İznini mi alacaktım?"

"Boş ver İlhami. Dert etme," dedim.

"Dert etmiyorum ama temcit pilavı gibi ısıtıp ısıtıp önüme getiriyor. Kadın ortağım değil karım sanki!"

"Bir de beraber gittiğimizi öğrense..."

"Aman, Allah korusun!"

"Neyse, bütün derdin bu olsun."

"Haklısın. Bora, bak ne diyeceğim, sen neredeyse bir haftadır hastasın, halsizsin. Yarın sabah Amerikan'da bir kontrole girsene, Allah aşkına! Belki Uzakdoğu'da bir mikrop kaptın!"

"Sanmıyorum."

"Halsizliğe sarılık da sebep olur, biliyor musun? Bir idrar tahlili yaptır en azından."

Kısa kesmek için, "Olur," dedim.

"Yarına muhasebeciyi ayarlamıştım öğle yemeği için. Gelebilecek misin?"

"Geleceğim."

"Tahlile gider de gecikirsen haber ver, e mi!"

"Veririm ama gecikmem, merak etme."

"Allah aşkına Bora, telefonunu açık tut. İlaç alıp uyusan bile cebin açık kalsın."

"Peki."

Şarabını bitirmeden ayaklandı İlhami.

"Madem her şey yolunda, ben kaçayım," dedi.

Hiçbir şey yolunda değildi, oysa!

Kapıya doğru yürüdüm peşinden. Ellerini omuzlarıma koydu, beni kendine doğru çekti. "Beni meraktan öldürdün, aşkım. Bir daha böyle yapma."

Önce alnımdan öptü, sonra dudaklarımdan.

"Ne yapacaksın bu akşam?"

"Yatıp uyuyacağım."

"Yemeğin var mı evde? Hazır bir şeyler alıp bırakayım mı sana?"

"Her şeyim var. Sağ ol!"

"Buzdolabın tamtakırdı da... Şarabı alırken gördüm."

"Telefonla yemek ısmarlayacağım pideciden."

"Tamam o zaman! Haydi canım, yarın görüşürüz."

"Güle güle," dedim. Kapıyı usulca kapattım arkasından.

Ne demişti Recep bana, "Manitan evli olmasa, gelir beklerdi başını, yalnız kalmazdın," demişti, "kederi olan kişi, dertleşmek, içini dökmek ister. Yanında öyle herhangi biri de olmaz yani... Yakını olacak, seveni olacak, halinden anlayan biri olacak," demişti.

Doğru demiş.

Mutfakta iki büyük bardak su içip odama döndüm.

Yatağıma girdim yine. Bu sefer yatak örtüsünü çekmedim başıma. Örtüyü katlayıp koltuğun üzerine bıraktım, ışığı kapattım, yorganın altına girdim. Daha derin, daha sıcak bir mezara yatar gibi... Ve merak ettim ana rahmi de böyle bir yer midir diye?

Nasıldır hakikaten?

Sıcak, karanlık ve derin bir yalnızlık içeren... Anaya mesafeli, anadan uzak! Tıpkı benim anam gibi, cismen var, ama manen yok olan... Sevmeyen, korumayan, oralı olmayan, analık görevi yavrusunu doğurduğu an biten bir ananın dölyatağı böyle olmalı.

Ben anamın bir kalbi olduğunu ancak, atışını saat gibi tık tık duyduğumda bilmiş olmalıyım. Rahmindeyken. Keşke hep orada kalsaymışım. Anamın kalbine yakın.

BORA MIYDIM BEDRİ Mİ, BEN DE BİLMİYORDUM ARTIK

Hırçın keskin gençlik
Yontulmamış taş!
Yalnızlığın vadisindeyim şimdi
Ne içimde acı var artık
*ne gözümde yaş.**

Aşk Bencilliği adlı romanın kapağına saçma sapan çeşitli desenler çiziktirmekle meşgulken cep telefonumun mesaj zili üç kez çınladı. Recep'ten bir haber beklentisi içinde hemen baktım.

"Bugün ansızın çıkan bir sigorta primi sorunu nedeniyle muhasebeci vergi dairesine gitti, ama sen yine de 12:30'da arabamın yanında ol," diye yazmış patron sevgilim.

Çifte hayal kırıklığı.

Telifimi alma işim biraz daha uzayacak ve arayan Recep olmadığına göre, Hüsam'ın dönüp dönmediğini akşama kadar bilemeyeceğim.

---

* Ayşe Kulin, *Saklı Şiirler*, "Yalnız."

Suratım asıldı, "Emrin olur sayın patron, madem öyle buyurdun, elbette arabanın yanında olacağım," dedim içimden. Sonra pek küçümsediğim, elimdeki işe döndüm.

Şımarık bir kadın yüzü mü resmetsem kapağa, bencil, hain bir adam sureti mi? Yoksa kocaman bir yürek mi çizsem aşkı sembolize eden. Yüreğin içini sivri oklarla, tombul, gri kurşunlarla doldursam... Yok olmaz, bencilliğin bir başka sembolü olmalı da, ben nereden bulacağım onu?

Bu sefer dersime hiç çalışmamış olduğum için zorlanıyorum. Bana patronum kitaba göz atmamı, en azından özetini okumamı söylemedi mi? Söyledi. Her kitabı okumaya vaktim yok dediğimde, kitabın editörüne git, içeriğini anlattır da dedi. Ama ben öyle yapmadım. Yapamadım. Günlerdir Recep'i aramakla, Recep'i bulmakla, Recep'le geçmişime dönmekle, Recep'le içmekle, Recep'e kızmakla, Recep'ten özür dilemekle, Recep'e içimi dökmekle meşguldüm.

Sonra araya çok daha önemli bir başka şey girdi: Cemile!

Dağılmış olan aklım büsbütün uçtu gitti başımdan. Akılsız kaldım, tepeden tırnağa vicdan azabı oldum bu kez.

Kendimi işe veremiyorum. Bu yüzden, önümde duran kapak taslaklarım inanılmaz ölçüde vasat, ışıksız, özensiz, hatta ucuz çizimler.

Şimdi kalksam yerimden, Gaye'nin yanına gitsem, anlat bana şu kitabı desem... Ama üşeniyorum! İçimden değil desen çizmek, elimi uzatıp telefonun tuşlarına basarak bir yanıt atmak dahi gelmiyor. Ne çizim yapmak ne sevgilimle yemeğe çıkmak... tek arzum, başımı masanın üzerine koyup kestirmek. Uyursam yine, çok şeyi unutacağım, bir rüya âlemine dalacağım ki bundan iyi kaçış olmaz.

İsteksizce tuşladım harfleri: **"Tamam."**

"Tamam!" dedim ya kendi kendime, sonra ağzıma o anda aklıma gelen bir tekerleme takıldı: "Tamam, tamam, kubbeli hamam /Anam hamama gidince/ Çıkaracak kolundan bileziği / Zaten Cemile'nin olan!"

Yorgan içinde sakladığım parayı vermiş Cemile, yaşım büyüsün diye ve dayak yemiş babamdan. Babam da kızdı mıydı gözünün yaşına bakmazdı evlatlarının. Maksat benim iyiliğim olunca dayak korkutmamış Cemile'yi. O vermese, babam nereden bilecek yorganda saklanan parayı. Kendinden gizli iş döndürdüğümüzü duyunca da basmış tokadı, tekmeyi, haşat etmiş kızı. Zavallının bileziği de gitmiş bu arada. Haydan gelen huya gitmiş.

Bir iki çeyrek altın, bir ince bilezik ve kışı geçirecek erzak karşılığı satılan kardeşim, aşağılanmış, horlanmış ama yine ucuz kurtulmuştu koca evinden. Recep'le öğrettiklerimizi yaptığı için ya dayak da yiyeydi, kaşı gözü patlayaydı... Ya sıkaydı kafasına, kocası olacak herif!

Ne düşüncesizlikmiş bizimki ama! Boşuna "delikanlı" dememişler yirmisini doldurmamış hırtlara. O yaşların "deli" aklıyla akıl vermiştik kıza, onu içine attığımız tehlikenin farkında dahi olmadan...

Bu tehlikeyi atlatmıştı da ne olmuştu?

Yine benim yüzümden kara topraklardaydı Cemile. Yazgıdan kurtuluş yok, hakkı var Recep'in.

"Allahım, aklıma mukayyet ol." dedim. O sırada kapının önünde dikilen Ersin, "Bir şey mi söyledin abi?" dedi.

"Yok... Öyle mırıldanıyordum kendi kendime."

Mukayyet kelimesini bilmez o, bizim gibi Kör Hoca önünde diz çöküp ders görmedi ki, nereden bilsin!

"Madem mırıldanacaksın, bari şu şeyi mırıldansana abi, hani şey söylüyordu... *Zamanla geçer, dedi; zamanla, zamanla!*" Bir şarkı döküldü dudaklarından.
"Ne bu Allah aşkına?"
"Şarkı abi. Hiç duymadın mı, radyoda filan?"
"Duymadım."
"Âlemsin valla! Herkesin dilinde."
"Zamanla geçen şey, ne ola?"
"Acı abi, aşk acısı!"
Recep de sabah böyle söylemedi mi bana, acın zamanla geçer, demedi mi? Herkesin dilindeyse bu laf, demek herkes acı çekmekte, "şeytan azapta gerek" misali. Kimi aşk acısı, kimi kardeş...
Şu çocuk gitse kapımdan, acımla baş başa bıraksa beni.
"Benim kapıyı kapasana bir zahmet Ersin... Çalışıyorum da..."
"Pardon! Ben şey ettim... Rahatsız ettim seni..."

Çekti sürmeli cam kapıyı, gitti Ersin. Ben içerde, akvaryumumda balık gibi kaldım, dört yanım cam... Çıkış yok... Vicdanımdan kaçış yok... Hangi yöne gitsem kafamı duvarıma toslamaya programlanmışım. Yüzümde balık ifadesi, yeniden çizimlere döndüm.

Saat tam yarımda, yan sokakta park edilmiş arabanın başındaydım. İlhami benden önce gelmiş, direksiyona geçmiş, beni bekliyordu. Uzandı, kapıyı açtı, geçip yanına oturdum. Çalıştırdı arabayı, yavaşça hareket ettik.
"Boğaz'da bir lokantada yer ayırttım," dedi, "balık yiyeceğiz."
Ben balık sevmem. Alışık değilim balık yemeye.
"Neden balık?" diye sordum.
"Senin telif işini, kimsenin duymasına imkân vermeden, ofisin dışında bir yerde sakin sakin konuşuruz diye düşünmüştüm. Bu sabah Sabri Bey'in vergi dairesinde acil işi çıkınca... İptal etmedim yerimizi, kolay yer bulunmuyor bu balıkçıda."

Üç kişi gideceğiz diye yer ayırmış balıkçıda, yoksa baş başa yemeğe çıkma âdetimiz yok. Taa Çin'e kadar bu yüzden gitmedik mi zaten, lokantalara rahatça girip çıkalım, sokaklarda sere serpe dolaşabilelim diye...

"Tevekkeli değil," dedim, "ben de baş başa Boğaz'a gittiğimiz için, hangi dağda kurt öldü, demiştim!"

"Bana haksızlık etme, Bora!" dedi İlhami yumuşak bir sesle. Bir süre konuşmadan gittik yan yana. Sonra İlhami elini uzattı, kucağımda duran elimi tuttu.

Biz Recep'le de el ele çok tutuşmuştuk. Yolda yürürken, ağacımızın altında otururken, dereye ayaklarımızı sokmuş, konuşurken. Ama bizim el ele tutuşmalarımız birbirimize güç, cesaret, umut aktarma maksadıyla olurdu. Ya da bak, ben buradayım, yanındayım, yalnız değilsin demek için... Acının, kederinin yarısını bana yükle, derdine ortak olayım, anlamında.

İlhami ise, bana sadece tek bir mesaj veriyor elimi tutmakla: Seni arzuluyorum. Akşama evime gelmek ve benimle sevişmek istediğinin bir işareti, elimi tutması... Hepsi bu!

Böyle düşündüm ama çekmedim elimi.

Bir otobüs geldi yanımıza, bir süre birlikte yol aldık, başımı kaldırdım, otobüs penceresinden bize bakan yaşlı kadınla göz göze geldim, kadın otobüsün zaviyesinden bakınca, arabanın içini ve el ele oturduğumuzu gördü, suratında tuhaf bir ifade belirdi, başını öteye çevirdi, bir an sonra yine baktı. Gözleri fincan gibi olmuş.

Elimi çektim.

İçimdeki sıkıntı giderek büyüdü, kızgınlığa dönüştü. Hava ne kadar güzel ve aydınlık, benim acımla alay eder gibi parlıyor güneş. Oysa içimle uyum sağlaması için bugünün yağmurlu olması gerekmez miydi? Yağmasa bile, en azından bir yağmur sıkıntısı havada... Gri bulutlar, kasvetli bir gökyüzü...

Kimsenin umurunda değil benim çektiğim acı, havanın bile... Yanımda oturan adam farkına varmadı ruh halimin, gözlerimdeki kederi, yüzüme akseden acıyı göremedi. Oysa sevgilim olacak güya...

Ne zamana kadar sevgilim olacak ayrıca? Bir yıl mı? Beş, on? Ömür boyu? Recep'in sözleri çınladı kafamın içinde: "*Bir gün yalnız kalmaya mahkûmsun, ondan sana hayır yok. Çünkü evli o, oysa her insan kederini paylaşmak için yanında bir yakınını ister.*"

Bebek'e kadar hiç konuşmadan geldik. Lokantanın önünde arabayı değnekçiye bıraktı İlhami, içeri girdik, tantanayla karşılandık. Kocaman, tuhaf bir aletin yanından geçerken, "Laterna bu," dedi İlhami, eliyle koluna vurdu aletin, tanıdık bir müzikten bir tını... Merdivenleri indik, masaların bulunduğu alana geldik.

İlhami, "Üç kişi için ayırtmıştım ama birimizin işi çıktı," dedi bizi karşılayan takım elbiseli adama. Bir başka garsonun peşinde, deniz kenarındaki masalardan birine yöneldik. Garson oturmam için iskemlemi çekti. Bir diğeri, "Meze tepsisini hemen getiriyorum," dedi.

"Meze almayalım. Güzel bir balık yiyelim salatayla."

"Emredersiniz," dedi garson.

"Benim de fikrim sorulsa... Ben alırım meze."

Yine, "Emredersiniz!"

Garson çekildi.

"Neyin var Bora?" dedi İlhami, "niye bu kadar gerginsin?"

"Değilim!"

"Öylesin. Arabaya bindiğimizden beri sende bir tuhaflık var."

"Sana öyle gelmiş."

"Eğer muhasebeci gelemedi diye bozuldunsa, sadece bir gün için ertelendi bu konuşma. Yarın görüşeceğiz Sabri Bey'le. Bugün öğleden sonra randevum yok, vaktim bol diye Boğaz'a gelelim istemiştim. Yarın bizim oralarda bir yerde yeriz, hallederiz bu işi..."

"Sen beni bu yüzden mi bozuldum sanıyorsun?"

"Bozulacak başka bir şey olmadı ki..."

"Aşkolsun sana İlhami!"

Garson elinde meze tepsisiyle başımızda bitince sustuk.

"Ne istiyorsan seç," dedi İlhami.

"Bir şey istemiyorum."

"Az önce meze istedin ya?"

"İştahım kaçtı."

"Şu lakerdayı, bir de patlıcan salatasını verin lütfen. Bir de şunu..." İlhami parmağıyla karides tabağını işaret etti.

"Balıklarınızı sonra mı seçersiniz?"

"Biraz sonra."

Söylenenleri masaya bırakıp gitti garson.

"Hırçınlığının nedenini öğrenebilir miyim? Bir hatam mı oldu sana karşı?" dedi İlhami.

"Ben senin gözündeki değerimin derecesini öğrenebilir miyim?" diye sordum.

"Bilmiyor musun?"

"Bilsem sormazdım."

"İnsaf et! Bir yere varmaya çalıştığın kesin de, nereye, anlayamadım?"

"Anlatayım! Mesela bir gün benimle birlikte yaşamayı düşündün mü hiç?"

"Birlikte değil miyiz? Her gün, nerdeyse her an... Haftada birkaç gece..."

"Öyle değil. Aynı evi paylaşarak, hayat arkadaşı olarak... Bu mümkün mü?"

"Ben evliyim!"

“Aşk uğruna bozulan nice evlilikler biliyorum.”

İlhami bizi duyan var mı gibisinden etrafına göz attı, sesini alçalttı.

“Burası Los Angeles değil Bora.”

“Yani?”

“İstanbul’da belli bir statüye gelmiş, çoluğu çocuğu olan bir erkeğin bir başka erkekle birlikte yaşaması kolay değil.”

“Kolay olmayabilir ama mümkün.”

“Nereden çıktı bu şimdi?”

“Ben sadece bir yanıt istiyorum.”

“Aramızda böyle bir konu hiç olmadı bugüne kadar.”

“Şimdi soruyorum işte.”

“Bak, sana açıkça söyleyeyim. Karım kendi arzusuyla beni terk etmediği müddetçe ben onu boşayamam. Eda bir gün kendi gelir de, hayatıma başka bir yön vermek istiyorum derse hayır demem. Boşanırız. Ama teklifin ondan gelmesi şart.”

“Neden? Senin kendi hayatına bir başka yön verme hakkın yok mu?”

“Yok! Çünkü bizim ilişkimiz herhangi bir karıkoca ilişkisinden daha başka. Ben kendimi ona karşı sorumlu hissediyorum.”

“Bildiğim kadarıyla çocuğunuzun ölümünde senin payın sıfır.”

“Olsun. Onun sırtına bir başka acı yüklemeye hakkım yok. Yapamam bunu.”

“Benim sorum bu değildi zaten. Kaçak oynama. Diyelim ki karın boşanmak istedi, boşandınız. Artık bekârsın. Biz birlikte yaşayabilir miyiz? Soru buydu!”

“Bak Bora... Ben sana...”

Yine kurtuldu İlhami. Garson, o lafını tamamlayamadan, elinde bir balık tepsisiyle yeniden bitti başımızda. İlhami garsonla uzun uzadıya balık seçimi yaparken, ben gözlerimi kısmış, denizin üzerinde süzülen bir yelkenliye bakıyordum.

Hayatımda adım atmış değildim bir yelkenliye. Bu tip teknelerin suyun üzerinde yağ gibi kaydığını, sütliman havalarda bocaladığını, rüzgârda hızlandığını, batarmışçasına yan yattığını, dalgalarla birlikte salındığını, denizle öpüşüp flört ettiğini ama batmadığını sadece uzaktan seyretmiştim de, üzerinde olmak nasıl bir histir bilmiyordum. Türk filmlerinde vardı bazı sahneler, kız sevgilisinin dizine başını dayar, erkek kızın saçlarını okşarken yelkenli ufka doğru yol alır. Meçhule giden gemi gibi. Meçhule giden gemi şiirini bana İlhami okumuştu ilk kez... *Artık demir almak günü gelmişse zamandan/Meçhule giden bir gemi kalkar bu limandan!* Sonra da bir Yahya Kemal kitabı armağan etmişti. Geceler boyu okumuştum şiirleri, evire çevire, tekrar tekrar! Ben de şair olmayı düşlemiştim. Şiir yazabilmek için öncelikle çok şiir okumalısın, demişti İlhami. Bana pek çok şairin şiir kitaplarını getirmişti. Evet, bana çok şey kattı sevgilim, ama gün gelecek ondan sadece hüzün düşecek payıma. Hüzün ve yalnızlık.

"İkimize de lüfer söyledim."

"Efendim?"

Ben uzaklara bakmış düşünürken garson siparişleri alıp gitmiş.

"Lüfer diyorum... Mevsimi şimdi."

"Şu yelkenliyi görüyor musun?"

İşaret ettiğim yöne baktı.

"Evet."

"İşte öyle bir yelkenlide baş başa olabilir miyiz?"

"Elbette."

"Çin'e kadar gitmeden?"

"Bora, lütfen!"

"İstanbul'da bir yelkenliyle gezebilir miyiz?"

"Evet, gezebiliriz. Bir arkadaşımın teknesi var, rica ederim birkaç gün için alırım."

"İstanbul'da mı gezeriz?"

"Fırsatını bulursak Ege'ye açılırız. Çok güzel koylar vardır Ege'de."

"İstanbul'da gezsek?"

"Karadeniz, bir de Adalar... Çabuk biter İstanbul. Tekne keyfi için demir atabileceğin mahfuz, güzel koylar lazım."

"Pekiyi, İstanbul'da bir evde birlikte yaşayabilir miyiz? Bir gün karın olmazsa?"

"Karımı zehirlemeyi mi düşünüyorsun?" Gülüyor, dişinin birine maydanoz yapışmış.

"Onu baştan çıkarmayı düşünüyorum."

Bir sessizlik oldu. Denizin üzerinde giderek küçülen yelkenliye dikti gözlerini İlhami. Sonra buz gibi bir sesle konuştu.

"Yarın ilk iş banka hesabına telifini kendi özel hesabımdan çekerek yatıracağım. Sonra zaman içinde formüle ederiz muhasebeciyle. Tamam mı?"

"Senden para isteyen kim?"

"Telifin senin hakkın... ve gerçekten de biraz fazla uzadı ödenme durumu. Seni zora soktuğumu düşünmeliydim."

"Sen paradan başka bir şey düşünmez misin?"

"Seni bu kadar hırçın ve küstah yapacak başka bir şey aklıma gelmiyor. Paranı bir türlü alamamış olmanın dışında..."

"Sevgi? Acı? Ölüm?"

"Hiçbiri Bora! Dün akşamüstü sana uğradığımda aramızda bir pürüz yoktu. Hatta üç gün önce, hatırın için o tanıdığına yurtdışında iş bulmaya söz vermiştim, her şey yolundaydı. Tek ters giden şey, muhasebecinin bugün gelememesi oldu ki..."

Lafını kestim.

"Benim kardeşim öldü!"

"NE?"

"Kız kardeşim öldü."

"Ne zaman? Nasıl öğrendin?"

"Dün gece öğrendim."

"Ah Bora... Boracığım... Özür dilerim. Çok özür dilerim. Bilemezdim ki, sen öyle şey yapınca... Affet..." Masanın üzerinden uzandı, elimi yakaladı. "Hasta mıydı? Trafik kazası mı? Nasıl olmuş?"

"Asmış kendini."

Eli gevşedi, kolu yanına düştü. Gözlerinin yaşlandığını gördüm. Hiçbir söz çıkmadı ağzından. Neden sonra, "Memleketine gitmek ister misin?" diye sordu, "seninle gelirim arzu edersen? Birlikte gideriz cenazeye."

"Cenaze kalkmış, çoktaan..."

Gözleri gözlerime dikili, binlerce soru soruyor bakışlarıyla: Neden asmış kendini? Birini mi seviyordu? Sen bu haberi kimden aldın? Ama hiçbir soruyu seslendirmiyor, merak etmediğinden değil, beni üzmemek, acımı deşmemek için. Ben ne yapıyorum? Şu masaya karşılıklı oturduğumuzdan beri, Çin işkencesi yapıyorum ona.

"Bora..." Sesi titriyor, "seni çok iyi anlıyorum. Ben de ölümün şokunu yaşadım, hem de düşün, evlat acısı yaşadım ben. Hepsini biliyorum. İntihar ihtimallerini, teşebbüslerini... Kim bilir kaç kez! Ne olur, yüreğini kapatma bana. Sana yardıma hazırım. İstersen bir tatil al. Hatta bir yerlere gidelim birlikte. Birkaç gün... Acını hafifletmek için ne yapayım, sen söyle?"

"Acımı hafifletmez, ama benim için yapabileceğin tek bir şey var."

"Ne?"

"Şu arkadaşın işi... Hani yurtdışı için."

"Evet, biliyorum. Bakıyorum o işe. Dün birkaç kişiyle görüştüm."

"Senden istediğim, o işi hızlandır."

"Boracığım, bu işler ha deyince olmaz. Pasaport çıkartmak lazım önce."

"İlhami, bu ülkede doğru ipler çekilirse her şey olur. Çabuk da olur. Madem bana telifimi ödemeye karar verdin, ben o telifi rüşvet olarak kullanacağım. Kime ne verilecekse, bir an önce... Lütfen! Bu bir hayat memat meselesi."

"Birinin hayatı mı tehlikede?"
"Bak, ben bir kardeş kaybettim. Bir kardeş daha kaybedemem. Bir an önce onu yurtdışına çıkarmam gerekiyor."
"Bu kişi kardeşin mi senin? Niye daha önce söylemedin? Bana olan biteni baştan sona anlatır mısın? Her şeyi bilmeliyim ki kimsenin başını istemeden belaya sokmayayım. Kardeşin suçlu mu? Hapisten mi kaçtı?"
"Yanlış anladın. Ne suçlu ne de hapisten kaçtı. Kötü birinden kurtulması lazım. Uzun hikâye... Anlatacağım bana geldiğin akşam."
"Ah Bora, bu akşam gelemem, günler öncesinden eve misafir davet etmiştik, iptal için çok geç. Yarın akşam mutlaka gelirim. Her şeyi anlatırsın."
"Tamam. Ama sen de arada boş durma İlhami."
"Bana kardeşinin ayrıntıları da lazım. Kaç yaşında? Elinden hangi iş gelir? Eğitim durumu nedir?"
Elinden gelen iş, esrarı oraya buraya taşımak. Eğitimi, lise birden terk! Yaşı çoktan kemale ermiş! Öyle bir mal ki elimdeki, ilk bakışta baştan aşağı defolu. Ama kumaştan anlayana, özel iplikle dokunmuş bir ipek parçası. İşin zor İlhami Bey!
"Ben sana hepsini yarın bildireceğim. Pasaport demiştin. Bu arada pasaportu çıksın bari. Bir tanıdığın var mı işi hızlandıracak?" diye sordum.
"Biri var. Devreye sokarım onu."

Garson balıklarla salatayı getirdi. Sustuk. Yemekler tabaklarımıza servis edilirken bir kere daha dört ayağımın üzerine düştüğümü düşündüm. Yine hiç hesaplamadan, planlamadan üstelik... Cemile'nin beni perişan eden ölüm acısı, Recep'in işine yarayacaktı. Cemile yukardan yardım ediyor bana, her zaman olduğu gibi, canım kardeşim benim. *Meçhule giden gemideki* kardeşim, nereye doğru yol alıyorsun acaba? Beni de ister misin yanına?

Balığı yarıladım. Karnım doyunca üzerime bir rehavet çöktü. Yaptığım edepsizliklerden pişman oldum.

"Seni kırmak istemedim... Ama moralim çok bozuktu," diye fısıldadım.

"Ben seni anlıyorum; dedim ya, ben de yürüdüm bu yollarda. İnsan yüreği yanarken bastığı yeri görmez."

"Haklısın. Çok canım yanıyor. Bana biraz tahammül göster."

"Bileydim hiç gitmezdim üstüne. Zavallı sevgilim benim."

"İlhami... Senden isteğimi ihmal etme, e mi."

Cevap vermedi. Cebinden telefonunu çıkardı, ofisi aradı. Bir isim söyleyip bekledi. Biraz sonra, kendine söylenen numarayı not etti cep telefonuna. Yeni numarayı tuşladı.

"Mücahit Bey kardeşim, nasılsınız?" diye sordu, "ben İlhami... İlhan Yayınları'ndan... Sağ olasınız. Sizleri sormalı?.. Görüşemedik ne zamandır ama hep aklımdaydınız. Evet, evet..."

Hoşbeş uzun sürdü. Beni ilgilendirmeyen bir şeyler konuştular, sonunda sadede geldi İlhami, ben kulaklarımı diktim.

"Bugün akşamüstü uğramak istiyordum size. Biraz acil bir durum var da... Orada mısınız? En geç altıda sizde olurum. Yok gecikmem, çünkü akşama benim de bir işim var. Evet, evet... Görüşmek üzere... Eyvallah!"

Kapattı telefonu.

"Bak, ihmal etmiyorum," dedi, "bu randevu pasaportu hızlandırmak için. Hele bir pasaport sahibi olsun, gereğinde iş bulamasa da çıkartırız dışarı..."

"Mutlaka bir işi olmalı. Yurtdışında parasız pulsuz nasıl kalsın? Kendine bir düzen kurmalı ki..."

"Merak etme Bora, iş meselesini de halledeceğim. Sırayla..."

"Sen sanıyorsun ki o polisten veya birinden kaçıyor. Öyle değil işte. Anlatacağım sana."

"Tamam. İnanıyorum. Ama sen de bir sakin ol. Bana güven."

"Başka güvenecek kimsem yok zaten."

Bunu dediğim an pişman oldum. Benim güveneceğim kişi, Recep'ti. Sadece o! Koca dünyadaki tek gerçek dostum, Cemile'den sonra... Ölümüne neden olduğum... Gözlerim yaşlandı yine.

Sevgilim elini uzatıp gözümün altına dokundu usulca.

"Sevdiklerimizin kaybı çok tahribat yapıyor ama hayat devam ediyor, Bora. Zamanımız gelene kadar buradayız ne çare ki. Toparla kendini canım. İstersen yemekten sonra işe gelme, evine git, uyu biraz. Çok perişan gözüküyorsun."

"Öyle yapayım," dedim, "hiç uyumadım dün gece."

Hesabı istedi. Garson hesapla birlikte, istemediğimiz halde müessesenin ikramı olarak birer fincan Türk kahvesi ve birer adet lokum da getirdi. Hatırlı bir müşteriydi demek ki İlhami.

"Birkaç yudum içelim, ayıp olmasın," dedi bana.

Lokumu ağzıma attım. Bir gül tadı ağzımda... Cemile'ye bir kese kâğıdının içinde, yüz gram lokum alıp götürmüştüm cebimize para girmeye başladığı günlerde. İçinden bir tane alıp yemiş, gerisini yemeye kıyamadığı için sandığına saklamıştı. Bir yıl sonra annem bulmuştu kurtlanmış lokumları. Kardeşimin kısa ömrüne sığdırdığı, nadide tatlardan yegâne nasibiydi tek bir güllü lokum. Lokumu yutamadım, ağzımdan çıkartamadım, lokma büyüdükçe büyüdü ağzımda. Biraz suyla yuttum.

"Ne oldu, hüzünlendin yine... Daldın..."

"Lokum," dedim, "bir şey hatırlattı."

"Lokantanın karşısında güzel lokum satan bir yer var, alalım sana, madem seviyorsun."

Ah İlhami, bundan böyle lokum geçer mi benim boğazımdan, gırtlağımı, gözlerimi, yüreğimi yakmadan!

"Ben tatlı sevmem." Kahveden bir yudum aldım ve konuyu değiştirdim.

"Yarın muhasebe işini mutlaka halledelim, benim biraz nakit paraya ihtiyacım olabilir, bu şey işi için."

"Sabri Bey'le halledemezsek ben sana veririm gerekeni. O işler için de düşünme sen. Ben bakacağım her şeyin icabına."

Hesabın üstü gelince kahveleri yarım bırakıp kalktık. Kapıda değnekçinin arabayı getirmesini beklerken, "Ben biraz yürüsem deniz kenarında," dedim, "temiz hava alırdım."

"Hani eve gidip uyuyacaktın?"

"Yürürsem açılırım, kafam dağılır. Belki de işe dönerim."

"Beraber yürüyelim."

"Yalnız kalmaya ihtiyacım var."

"Sen bilirsin," dedi biraz kırık.

Elini tutup sıktım avucumda, sonra Recep kafamı karıştırdığından beri hayat arkadaşım mı, değil mi, bir türlü emin olamadığım adamı, arabaların, insanların, trafiğin ortasında tek başına bırakıp vapur iskelesine doğru yürüdüm.

Birkaç martı kocaman kanatlarını açarak, denize doğru pike yaptılar. Gaarkk... Gaarkk... Gaarkk... Görünüşleriyle ters orantılı, çirkin seslerini duyunca baykuş sesi duymuş gibi ürperdim. Bizim oralarda baykuşun sesini duymak hayra yorulmazdı. Oysa martı sesiyle kıyaslandığında çok daha sevimli bir ötüşü vardır baykuşun, insanın kulağını tırmalamaz. Anam baykuş öttüğünde irkilirdi. Anasının öldüğü gece baykuş ötüyormuş karşı damda. Cemile doğar doğmaz da bir baykuş ötmüş. Ebe istediği kadar, baykuş falan ötmedi, sen yorgunluktan daldın, rüya gördün, dese de, Cemile yürümeye başladığında emin olmuş ki, rüyada değil, gerçek hayatta ötmüş o baykuş, kızın bacağının aksayacağını haber verircesine. Halbuki kızlarının arasında en güzel yüzlü, en temiz ahlaklı ve anama en hayrı dokunan evladı Cemile'ydi. Belki bir ince altın bileziğin dışında başlık parası getiremedi; ama anamın yamacından ayrılmadı, her işinde yardıma koştu, şikâyetlerini dinledi, derdine ortak oldu.

Cemile'yi aksak diye gözden çıkarmayıp kollasaydık sağı solu, ona abayı yakmış olan komşu delikanlıyı hemen fark ederdik. Mezarda yatacağına şimdi, kocasının koynunda yatıyor olurdu. Ama o duyarlılık nerde bizde. Önyargılarla, inatlarla köreltilmiş insanlarda...

Martılar bir balıkçı teknesine musallat oldular şimdi de. Teknenin peşinden gittikleri için sesleri uzaktan geliyor. Bir yük tankeri geçti sahile yakın, arkasında kabarmış dalgaları bırakaraktan. Recep böyle bir tankerde mi çalışacak acaba? Gelip geçecek İstanbul Boğazı'ndan ve ne ben ne de Hüsam, haberdar olmayacağız gelişlerinden. Hüsam onun rakip kaçakçılar tarafından bir yerde vurulduğunu düşünecek. Ben hayatta olduğunu bileceğim ama mutluluğundan emin olmayacağım hiç. Nebahat adındaki kadını bulmuş olsa bile. Cemile'ye dair duygularını öğrendiğimden beri, Nebahat gözümde değerini yitirdi zaten. Nebahat'i arayıp bulması, onunla bir hayat kurması için ısrar eden ben değilmişim gibi, lafını dahi etmedim sonradan, adeta kız kardeşimin üzerine kuma getiriyormuş gibi, tuhaf bir kıskançlıkla.

Oysa biz ne kadar da alışığızdır analarımızın, ablalarımızın üstüne kuma gelmesine. İçimiz burkulsa da aldırmamış gibi yaparız. Denilebilir ki, sizin içiniz niye burkulsun, ey erkek canlar? Kuma sizin üzerinize geliyor değil ya. Haydi, bir ananın kız çocukları olsanız neyse... Ama öyle değil işte, ana anadır. Onun yüreği çat diye ortadan kırıldığında, sesini erkek evlatlar da duyar. Anaların duygularını özellikle erkek evlatlardan saklamalarına rağmen, duyar. Analar konuşursa, kızlarıyla konuşur, onlarla dertleşir. Oğullarına karşı ise kuyruğu dik tutmaya çalışırlar da... Boşuna. Ne yaparsa yapsın, anasının gözlerindeki buğuyu, yüzüne sinen hüznü görür evlat, erkek de olsa. Kocası, üstüne gelen kadını koynuna çektiğinde, analar yataklarını çocukların en küçüğünün yanına sererek yatar. Gece, bir yanık kokusu alır çocuğun burnu... Anasının yürek yangınının dumanı, odaya sis gibi dağılır. Perde gerisinde de olsa, kapı arkasında da, sesler, iniltiler, gıcırtılar... Tavşan kulağı gibi dikilmiş kulaklarından hiç kaçmaz ananın. Bir süre dinler, sonra başını bu sesleri duymamak için yastığının altına gömer, ana. Gözlerinden yaşlar ancak o zaman dökülür gizli gizli.

Ana, sabah olunca, yine kapı gibi dikilir mutfaktaki ocağın başına... Yüzü ifadesiz... Gözlerinde ne üzüntü, ne sevinç... Ağzı mühürlü... Duvar gibi bir suratla gündelik işini yapmaya koyulur. İşte o zaman, bir ince nefret gelir yerleşir evladın yüreğine, ister kız olsun, ister erkek. Eğer kuma çok genç değilse, gözü yoksa kumada, ondan nefret eder erkek çocuk... Çoğu kez hiç kabahati olmadığını bildiği halde. Anasına bunları yaşatan babasından da nefret eder, farkına bile varmadan ve düşünür; anaların evlatlarına karşı çoğu kez duygusuz, acımasız olmaları, duygularını dışa vuramayıp hep yüreklerinde saklamalarından mı kaynaklanır acaba diye?..

Ben de bu yüzden mi hiç sevememiştim evde gölge gibi dolanan kumayı, ilk zamanlar bana hiçbir kötülüğü dokunmadığı halde. Cemile'ye iş buyurmaya başladığında ise, nefret etmiştim ondan. Önce için için, sonra iyice belli ederek duygularımı.

Gaark, gaaark... Geri geldi martılar. Kanat uçlarını suya vura vura uçuyorlar yanımda. Tek sıra olmuşlar. Arada bir, içlerinden biri değişik yöne kanat çırpıyor, bir süre özgürce uçuyor havada, kafasına göre takılarak. Uzun sürmüyor özgürlüğü, hoop yine katılıyor arkadaşlarının arasına... Hep aynı çirkin şarkıyla... Gaark... Gaaark!

Hırsız ve arsız kuşlar.

Bir keresinde, bir hafta sonu tatilinde, yayınevindeki diğer çalışanlarla birlikte Büyükada'ya gezmeye gitmiştik. Sahildeki balıkçı lokantalarından birinin deniz kenarındaki masasına oturmuştuk. İki martı musallat olmuştu masaya. Kaşla göz arasında, balıklarımızı, mezelerimizi gagalarıyla çalıp çalıp kaçmışlardı. O gün bu gündür sevmem sevimsiz, hırsız kuşları.

Ama beni kanatlarına alıp havalandıracaklarını bilsem, bulutlara, bulutların ardına, ayın, yıldızların, güneşin çok ötesine, kardeşimin gezip dolaştığı semalara uçuracaklarını, hemen barış ilan edeceğim martılara. Kulları köleleri olacağım.

Arnavutköy'e yaklaşıyorum hızlı adımlarla.

Suyun rengi koyu lacivert.

Güneşin sadece doğarken ve batarken bin bir renge boyadığı Boğaz'ın rengi, hep koyudur. Ya da ben ne zaman geldiysem Boğaz'a, tesadüfen koyuydu rengi. Dibini, derinliğinden olsa gerek, hiç göremedim. Belki de "Karadeniz" gibi, "Koyudeniz" denmeliydi adına.

İşte şimdi, kıyısında durup seyrettiğim bu koyu deniz, tarifi imkânsız bir güçle, beni kendine doğru çekiyor. İki şık var önümde, kurtuluşu ya martıların tüylerine asılıp bulutların ötesinde ya da siyahla mavi arasında kararsız kalmış suyun derinlerinde aramak.

Ne demek kurtuluş?

Kurtuluş, doğduğumdan beri taşımakta olduğum yükü sırtımdan indirmek demek.

Benim yüküm, cinsel kimliğim.

Allah'a bütün kalbimle inanan ben, Allah'ın beni yaratırken bana biçtiği kimliği niye bir suçlu gibi önce gizli taşıdım bunca yıl, şimdi de ezik taşıyorum? Haykırsam gerçeğimi, en yakınlarım tarafından lanetleneceğimi hep bildim, arkadaşlarım tarafından alay konusu olacağımı da...

Sitem hakkım yok mu Allahıma, beni madem böyle yaratacaktı, bari doğum yerimi dünyanın anlayışlı toplumlarından birine denk getireydi diye.

Bezgin ve yorgunum...

Önce gerçeğimi kendime kabul ettirirken yoruldum. Sonra gizlerken... Daha sonra yüzleşirken... Kendim olmaya hakkım olduğunu anladığımda... Kendimle barışırken... Gerçeğimi başkalarına kabul ettirmeye çalışırken... Benim gibi binlerce, on binlerce insanın var olduğunu öğrenirken... Bezdim, yoruldum!

Kurtuluş, bu mücadeleyi bırakmak demek. Kendim olmaktan vazgeçmek. Kendimden vazgeçmek.

Kurtuluş ayrıca, geldiğim yörenin âdetlerinden, ağırlığından, aidiyetimden, günahlarımdan, hasretlerimden, pişmanlıklarımdan, vicdanımdan, beynimi gagalayan düşüncelerden, bir gün beni mutlaka yakalayacak olan yalnızlığımdan kaçmak demek...

Ama ben zaten kaçmadım mı yöremin beni boğan zincirlerinden?

Demek tamamen kurtulamamışım.

İnsanlarından kaçsam hasretlerim, günahlarımdan kaçsam vicdanım beni bir köşede yakalayıveriyor.

O halde, ya bir kuş gibi uçmak açık maviye doğru ya da bir balık gibi süzülmek laciverdin kalbine...

Bir korna sesiyle sıçradım.

"Önüne baksana, babanın bahçesinde mi dolaşıyorsun!" diye bağırdı bir taksi şoförü. Eliyle çirkin bir hareket yapıp geçti gitti önümden.

Arkasından gelen bir sonraki taksiyi ben durdurdum.

"Cihangir," dedim koltuğa otururken. Sonra telefonumu çıkarıp bir mesaj attım Recep'e: **Bu akşam işin bitince benim eve gel, sana anlatacaklarım var. Çok önemli**. Mesajın sonuna adımı Bora mı Bedri mi yazayım, bir an kararsız kaldım, sonra B yazdım sadece.

Ben Bora mıydım, Bedri mi?

Hangisiydim, birkaç günden beri, ben de bilmiyordum artık...

KUŞLAR SERT IŞIKTA SOLDU, GÖRÜNMEZ OLDULAR

Ölüm serin bir el
benim de alnımda
yüreğimde
*şakaklarımda şimdi.**

Eve girmeden önce mahalle kasabına ve biraz ilerisindeki markete uğrayıp alışveriş yaptım, Recep'e bizim yörenin ünlü çorbasını pişirmek için. Bir şişe de rakı aldım. Çorbayı hazırlarken oyalandım, karanlık düşünceler uzaklaştı kafamdan. Sofrayı kurup arkadaşımı bekledim.

Recep o akşam gelemedi.

Bir mesaj düştü telefonuma akşam dokuz sularında: **Hüsam döndü. Gelemiyorum. Yarın akşam görüşürüz. R.**

Hay aksi şeytan, yarın akşam hangi birini ağırlayacaktım evimde? Recep'i getirtip pasaport çıkartmak için gerekli bilgileri almak mı, İlhami'ye kardeşim zannettiği Recep'in öyküsünü anlatmak mı öncelikliydi?

Yarının neler getireceğini bekleyip görmeye karar verdim.

---

* Ayşe Kulin, *Saklı Şiirler*, "Sular Küskün."

Sofraya oturup çorbayı tek başıma içmeyi denedim, ama hiç iştahım yoktu. Sadece bir elma soyup yedim. İçimden içki içmek de gelmiyordu.

Yatak odasına gidip dolabın üzerindeki valizi indirdim. Valizde sakladığım Kuran-ı Kerim'i çıkardım, yatağın üzerine bıraktım. Banyoya gidip abdest aldım. Odama geri gelip yatağıma oturdum ve kardeşim için Yasin Suresi'ni okumaya başladım. Çok uzun bir zamandır ne Kuran okumuştum ne dua etmiştim. İyi geldi Yaradanı'mla buluşmak. Cemile'nin ruhuna yolladığım duaları okurken uyuyakalmışım.

Ertesi sabah işe erkence gittim. Öğle yemeğini telif işini halledeceğini umduğumuz Sabri Bey ve İlhami'yle birlikte Etiler'deki kebapçıda yiyecektik ama çok acil bir işi çıktı yine İlhami'nin! Önce telefonuma yemeği iptal eden mesajı düştü, yarım saat sonra da İlhami odasına çağırttı beni. Gittim. Odanın ortasında, ayakta durmuş, beni bekliyordu.

"Sana iki önemli müjdem var," dedi, "önce önemlisi... Sabahtan beri kardeşinin işiyle ilgileniyordum. Rahmetli babamın armatörlük yapan çok yakın bir dostu vardı, işini oğullarına devretmişti. Trieste'ye mal taşıyan gemileri çalıştırıyorlarmış. Onlarla konuşmuştum da... Tahminimden daha çabuk halledeceğim bu işi galiba. Az önce telefon ettiler, bir sonraki sefer için eleman ihtiyaçları varmış. Tesadüfe bak sen! Ama dediğim gibi, önce pasaportu çıkaralım, sonra da iş başvurusu için ayrıntılı bir özgeçmiş hazırlayalım."

"Bulurum Recep'i bu akşam, yaparız ne lazımsa," dedim, "yarın sabah her şey hazır olur!"

"Hani bu akşam ben sana gelecektim? Anlatacakların vardı?.."

"Yarına kadar Recep'i göremezsem istediklerinin hazırlanması bir gün daha atar. Lütfen İlhami, bir an evvel bitsin şu iş! Uyku uyuyamaz oldum."

"Bora, benim de başkalarına tavsiye ettiğim insanı tanımak, bilmek hakkım değil mi?"

"Elbette hakkın. Tek bir gün daha, lütfen... Bu iş acil çünkü!"

"Birisi tehdit mi ediyor kardeşini?"

"Tam olarak değil. Ama her yeni gün bir tehdit onun için. Yanında çalıştığı kişi tekin biri değil. Bir gün daha izin ver bana, seninle yarın akşam buluşuruz."

Bıkkın bir sesle, "Öyle olsun," dedi İlhami.

"Öteki müjde neydi?" diye sordum.

"Haa, az daha unutuyordum yahu! Telifin hesabına yattı."

"Öyle mi?.."

"Ben kendi hesabımdan ödemeni yaptım bu sabah. Güle güle harca. Sabri Bey'le bir formül bulunca icabına bakacağım. Orası seni ilgilendirmez zaten."

"Şimdi benim param mı var hesabımda?"

"Tam altmış beş bin liran var!"

Başka zaman olsa tavanlara sıçrayabilirdim. İçim yara gibi olduğundan gülümsemekle yetindim.

"Teşekkür ederim. Çok teşekkür ederim."

"Ne demek! Bu senin hakkın, Bora."

İlhami'nin odasından çıkarken Handan Hanım'la karşılaştım.

"Sizin de, bakıyorum içtiğiniz su ayrı gitmiyor," dedi, "ne zaman gelsem seni burada buluyorum Bora. Artık neler planlıyorsanız birlikte..."

İlhami'yle bakıştık, "Sen yerine dön Bora, çizimlerini bitir, sonra yeniden değerlendirelim," dedi İlhami. Kapıyı usulca kapattım arkamdan, Handan Hanım'ın ve sevgilimin üzerine! Başımı çevirince tam karşıdaki masasında oturan Nadide Hanım'ın sorgu dolu bakışlarıyla karşılaştım. Başıyla odayı işaret etti ve sesini iyice alçaltarak, "Birazdan kıyamet kopacak galiba içeride, bizimki sabahtan beri pek sinirliydi," dedi.

"Kim?"

"Handan Hanım."

"Bir sorun mu var aralarında?"

"Öyle anlaşılıyor."

Beni ilgilendirmez gibisinden omuzlarımı silkeleyip odama yürüdüm. Yerime geçince hemen bir mesaj attım Recep'e: **Karanlıkta bir ışık göründü. Mutlaka bu akşam gel! Mutlaka!** Okudum yazdığım mesajı. Karanlıkta bir ışık diye yazmışım. Karanlıkta olsa iyi, zifiri karanlıkta bir ışık!

Işık!

Aman Tanrım, İlhami'ye Işık adını takmamış mıydım ben? Ne tuhaf bir tesadüftü Recep'in ışık kaynağının da İlhami olması! Gerçekten de çok tuhaf bir ilinti vardı kelimelerle insanların, hatta olayların arasında. Recep'i gördüğümde, bunu hatırlatacaktım ona. Bu gibi tesadüflere, batıllara, gizli güçlere ve onca öğretiden sonra elbette ki cinlere pek inanırdık Kör Hoca'nın öğrencileri, bizler.

Bu arada roman diye başladığım metin, giderek bir anı defterine dönüşüyor. Oysa amacım, doğduğum yerin ve insanlarının özelliklerinden esinlenerek gerçekçi bir roman yazmaktı. Doğunun unutulmuş köşelerindeki kayıp hayatları, dar ufukları, mutsuzlukları, cehaletten kaynaklanan inanılmaz hataları, ikiyüzlülükleri, riyakârlıkları, acımasızlıkları, anlaşmazlıkları mertçe yüzleşerek halletmek yerine pusu kurma usulüyle çözenlerin hayatlarını bir roman formatında dile getirmekti. Sadece beni köyümden kaçıran olumsuzlukları değil elbette. İnsanların zor şartlara dayanma gücünü, gayretini, inanılmaz konukseverliğini, yoktan var etme becerisini, kadere baş eğen, Tanrı'ya koşulsuz inanan temiz yüreklerini ve modern zamanlarda olduğumuzu bilmeden, tüm yoksulluklarına, tüm olumsuzluklara rağmen, ortaçağ koşullarında tuhaf bir mutluluk içinde yaşamalarını da... Ve bu kez sadece kendi başımdan geçenleri değil, başka hayatları da anlatmaktı.

Bu niyetle çıkmıştım yola, ellinci sayfanın sonlarına doğru bir de baktım ki, ben yine sadece kendi yaşantımı ve iç çalkantılarımı anlatmaktayım.

Olsun...

Elimden bir roman çıkmadı ama içimi kâğıda dökmek iyi geldi bana.

Biz, Amerikalılarla Avrupalılar gibi, bir ruh doktorunun önünde tersyüz olmaya alışkın insanlar değiliz. İçimizi ya bir arkadaşa ya bir akrabaya dökerken rahatlarız ya da benim yaptığım gibi, dosya kâğıdına. Aslında çıktı alana kadar dosya kâğıdına bile değil ya. Parmaklarımın tuşlara değmesiyle, önümdeki ekranda yazıya dönüşen düşüncelerime ne denir? Nedir bunun adı? Sanal düşünce mi, sanal anı mı? Sanal roman mı yoksa? Bence şimdilik yazdıklarıma, *İleride Bora'nın Kitabı'nı Oluşturacak Olan Satırlar* demek en doğrusu.

Ya da kısaca *Bora'nın Kitabı*!

İlhami, roman yazdığımı zannettiği için okumak istiyor yazdıklarımı. Yayıncım olarak buna hakkı var. Roman diye yola çıktığım metnin bir hatıra defteri kıvamı aldığını bilse, okumakta ısrarcı olmaz. Terbiyelidir çünkü. Saygılıdır. Ama ben hem okutmuyorum hem de yazdıklarımın roman olmaktan çıktığını (Hele de Recep'le karşılaşmamızdan beri!) söyleyemiyorum ona.

Belki hâlâ toparlar, roman formatına dönerim diye düşünüyorum.

Recep için paraya ihtiyacım olacaksa öyle yapacağım. Gerekirse sıkarım kendimi, sabahlara kadar oturur, çalışırım. Öyle yapmadım mı askerde sınavlara hazırlanırken? Gayretliyimdir ben. Ayrıca, alışığım sıkıntıya girmeye. Yeter ki ikinci kitabım da birincisi gibi iyi satsın. Ama Recep'in işi kolay hallolursa bir ikinci roman yazmak için acele etmeyeceğim. Canım istedikçe, keyfimce yazacağım, içimden ne geliyorsa onu.

Ve madem yazmak rahatlatıyor beni, şu andaki karamsar ruh halimden kurtulmak için içimi satırlara dökmeye devam edeceğim, anlaşılıyor...

Yayınevi beklesin biraz, telifini bir türlü ödeyemediği esrarengiz yazarın ikinci romanı için...

Bugün işim ağır değil büroda. Bu yüzden öğleden sonrayı, *Bora'nın Kitabı*'na son yaşadıklarımı aktarmakla geçireceğim. Ama önce bir liste yapmam gerekiyor. Yapılması gereken öncelikli işler listesi.

Listeme başlamadan, mutfağa kadar gidip bir koyu kahve koydum kendime. Ersin pencereyi açmış, sigara içiyordu mutfakta. Başka zaman olsa, mutfakta sigara içtiği için uyarırdım onu. Ağzımı açmaya bile üşendim, görmezden geldim musluğa atıp söndürdüğü sigarayı. Odama döndüm, bilgisayarı önüme çektim ve bastım tuşlara:

Yapılması Gereken Öncelikli İşler Listesi!

1) Recep için iyi hal kâğıdı alınacak, bilgi formu hazırlanacak, pasaport işlemleri başlatılacak. (Gerekli kâğıtların tamamlanması için hiçbir fedakârlıktan kaçınılmadan, gereken rüşvetler gerekli yerlere verilecek. Bu para benim banka hesabımdan alınacak.)

2) Bana bir şey olduğu takdirde kitap gelirlerimin Recep'e aktarılması için gerekli yasal işlem yapılacak. Kol saatlerim, müzik aletlerim ve bilgisayarım Recep'e teslim edilecek. Benim tek yasal vârisim odur.

3) Hesabımdaki para ile önce kız kardeşim Cemile'nin mezarı düzenlenecek. Mezar taşının üzerinde bir çift kanarya kabartması olacak. (Kardeşim hayattayken bir çift kanaryası olsun çok istemişti.)

Yazdığım listenin altına günün tarihini, adımı yazdım, imzamı attım. Sonra elime boş bir dosya aldım, içine listeyi koydum ve İlhami'nin odasına gittim. Beni elimde ince bir dosyayla görünce, "Kardeşinin dosyasını mı getirdin?" diye sordu.

"Yok, daha göremedim ki onu."

"Belki telefonla halletmişsindir diye düşündüm."

"Bu akşam bana uğradığında birlikte hazırlayacağız."

"İhmal etme."

"Eder miyim hiç. Bir an önce bu şehirden gitmesini isteyen ben değil miyim?"

"Elindeki ne?"

"Ben sana bir şey getirdim de..."

Uzattım listemi. Eline aldığı kâğıda göz atmadan önce, "Burada yine Handan'la karşılaşırsan, karışmam bak," dedi, "kadının burnu koku mu alıyor ne, her seferinde tam isabet!"

"Aranızdaki sorunu hâlâ halledemediniz mi?"

"Bir sorun olsa halledeceğiz ama hayali sorunla uğraşmak kolay değil. Çin meselesi bitti, şimdi de seninle benim aramda bir şey var sanıyor!"

"Ne?! Ne diyorsun İlhami?!"

"İlişkimizden bahsetmiyorum. Seninle bir olup onun arkasından gizli iş çevirdiğimizi zannediyor."

"Ne işi? Nasıl yani?"

"Gizli anlaşma yaptığımızı, şirket kurduğumuzu... Herhalde ondan para kaçırdığımızı filan."

"Şaka mı yapıyorsun?"

"Keşke şaka olsa! Seni her burada gördüğünde işkilleniyor."

"Delirdi mi bu kadın?"

"Kesin delirdi! Birlikte çıkıyoruz ya bazen... Ben seni hazır Taksim tarafına giderken evine bırakma bahanesiyle arabaya alıyorum ya... Bir de Derya ile olan arkadaşlığın var, işte."

"Ne olmuş arkadaşsak? Yasak mı arkadaş olmamız?"

"Oraya buraya gidiyorsunuz ya birlikte, sizin flört ettiğinizi zannediyor."

"Yok artık!"

"Eda'nın ağzını aramış. Eda'yı da işkillendirmiş üstelik."

"Tut ki öyle, ona neymiş?"

"Aranızda bir şey olursa... Yani evlenmeye filan kalkarsanız, bizim kayınpeder-damat ilişkisi içinde ona kazık atacağımızdan korkuyor."

Gülmeye başladım. Hesabımda ilk defa bir iki saatten beri sadece altmış beş bin liram olduğunu bilse, hâlâ korkar mıydı benden Handan Hanım?

"Güldüğüme bakma, ağlanacak bir durum bu. Vahim yani..." dedim.

"İşte ben de bu yüzden, ortaklığımızdan kurtulmaya çalışıyorum. Paranoyak biriyle nereye kadar?"

"Yapma ya!"

"Ayrılacağız ama öyle kavga dövüş değil Bora, iyilikle, güzellikle. Geçenlerde konuştuk. O da farkında işlerin böyle yürümeyeceğinin, ayrılmayı kabul etti. Neyse, yüzdüm yüzdüm kuyruğuna geldim. Bugün avukatlarımızla yemeğe çıkıyoruz."

"Yeni bir ortak buldun mu?"

"Onun hisselerini kendim satın alıp bir başkasına teklif edeceğim."

"Kime? Tanıyor muyum?"

"İyi tanıyorsun. Her sabah tıraş olurken gördüğün biri."

Önce anlamadım ne demek istediğini. Bir an sonra jeton düşünce kıpkırmızı oldum.

"Benim param yok ki?"

"Olmasın, benim var. İstemez misin yayınevinin küçük ortağı olmayı?"

"Bilmem? Hiç düşünmedim böyle bir şey," dedim. Çok sevinmem gerekirken bir el boğazımı sıkıyor gibi oldu. Altın kafesteki kuş gibi, esir alınmış hissettim nedense...

"Düşünmeye başla o halde," dedi İlhami.

Sonra başını eğdi, elindeki kâğıtta yazılanları okumaya başladı. Ben masanın önünde, ayakta dikiliyordum. Bitirince başını kaldırdı, yüzüme baktı, "Bu ne Bora?"

"Bir nevi vasiyet."

"Hayrola? Savaşa mı gidiyorsun?"

"Şaka değil. Ciddiyim ben."

"Niye yazdın bunu?"

"Dünyanın bin türlü hali var. Şuradan Taksim'e giderken bile bir kazada ölüveriyor insan. Hani, bana bir şey olursa, senden ricam şu üç kalem işi takip etmen, hatırım için."

"Bora, dikilme ayakta, otursana canım. Yahu, senin bayağı moralin bozulmuş. Yarın seninle şöyle şehirdışında bir yerlere uzanalım... Hay Allah, yarın öğlen randevum vardı. Akşam çıkarız olur mu? Eve tıkılmayız, Boğaz'a gideriz yine, sen bana anlatacaklarını mehtaba karşı anlatırsın."

"Moralim bozuk değil."

"Değilse ne bu vasiyetler, bu mezar taşları filan?"

"Kardeşimin intiharını öğrendiğimden beri ölümü düşünür oldum."

"Düşünme ölümü bu yaşta."

"Bu yaşta ölümü düşünme diyorsun ama kardeşim benden iki yaş küçüktü, İlhami."

"Benim ölen çocuğum da on yaşındaydı. Ölümün yaşı yok Bora! Ölüm bir piyango."

"İşte, o piyango bana vurursa, senden istediğim, bana söz vermen..."

"Peki, sana söz! Sana bir şey olursa kardeşinin mezarını yaptıracağım... Bana köyünü, mezarın adresini filan da yaz."

Elindeki kâğıttan diğer maddeleri okudu.

"Recep mi adı kardeşinin? Onun işini zaten hallediyoruz. Ama miras işi beni aşar. Başka kardeşlerin varsa, abilerin, ablaların filan. Hepsi vârisin olur, bilesin. Annen baban da vârisindir."

"Onlar öldü."

"Öteki kardeşlerin hayatta değiller mi?"

"Hayattalar ama ben sadece Recep'e kalsın istiyorum. Çaresini düşünelim."

"Lütfen böyle şeyler düşünmeyelim. Sen yaşıyorsun. Genç ve sağlıklısın."

"Vasiyet yapma hakkım yok mu?"

"Vardır herhalde. Avukata danışırız."

Bir süre sessizce oturduk karşılıklı, o masasında, ben masanın yanındaki iskemlede. İlk ben konuştum.

"Recep'e iyi hal kâğıdıydı, şuydu buydu... Rüş... Bahşiş lazım olabilir. Elimde para bulunması iyi oldu, biliyor musun?"

"Sen o işlere karışma, gerekeni yaparım ben. Ne zaman tanışacağız kardeşinle?"

Recep benim senin anladığın manada kardeşim değil, diyemedim. Ah bu gerçekleri zamanında söyleyememe huyum...

"Önce benden hikâyesini bir dinle, sonra tanıştırırım. Ama uzun bir hikâye dinleyeceksin bilesin, bir Doğu hikâyesi!"

"Yazan ya da anlatan sen olduktan sonra, ben okurum da, dinlerim de."

"Ben odama döneyim o halde. Listemi kaybetme sakın."

"Etmem, merak etme. Ezberime aldım bile. Sen de bu gece yatmadan önce bir çorba kaşığı Pasifloran iç. Hani geçenlerde getirmiştim sana bir şişe... İyi gelir, rahatlatır. Ben bir ara onsuz uyuyamazdım. Bağımlılık filan da yapmıyor. Gevşetir seni, derin uyursun, e mi canım."

"Emrin olur, patron."

Odadan çıkarken dönüp baktım İlhami'ye, ona bıraktığım listeyi bir kere daha okuyordu yüksek sesle; arkasındaki camdan gelen ışıkta, yüzünün hatları seçilmiyordu ama sesi o kadar sevecendi ki, "bir çift kanarya" derken gülümsemesini duyabildim sesinde.

"Yarın görüşürüz," dedim.

"Yarın akşam mutlaka," dedi.

Öğleden sonraydı, çalışıyordum odamda, telefonum çaldı, açtım, İlhami'nin endişeliden de öte, adeta panikteydi sesi.

"Benim kızı al, hemen ofisten çık, bugün geri dönme oraya!" diyordu.

"Hangi kızı? Derya'yı mı?"

"Başka kızım var mı?"

"Neden, ne oldu?" diye sordum.

"Şimdi anlatamam. Vakit yok! Handan'la birbirimize girdik. Kudurmuş boğa gibi geliyor oraya. Sana da bulaşabilir, karşılaşmamaya bak, Bora! İkiniz de çıkın gidin yayınevinden. Hemen! Akşama anlatırım..." Lafını kestim.

"Bu akşam ben meşgulüm, söylemiştim sana..."

"Tamam, tamam. Yarın anlatırım, şu kadarını söyleyeyim: Çin'de beraber olduğumuzu öğrendi. Derya'ya sakın bir şey belli etme, sakın! Hemen gidin oradan!"

Kapattı telefonu. Bir an kalakaldım masamın başında. Sonra bilgisayarın kapağını dahi kapatmadan, fırladım yerimden, Derya'nın bulunduğu bölüme gittim, paniklediğimi belli etmemeye çalışarak kulağına eğildim.

"Birden bir sıkıntı bastı bana, gel bugün işi asalım," dedim, "seni pasta yemeye davet ediyorum. Gelir misin? Çabuk olursan bir de film yakalarız."

Gözleri parladı Derya'nın. Patron kızı olmanın ayrıcalığına sığınarak hemen toparlandı. Biliyor ki Nadide Hanım hepimizin başöğretmeni olarak, tek kaşını kaldırıp, "Bu saatte nereye böyle?" diye soramaz ona, diğerlerine yaptığı gibi.

"Çabuk, çabuk... Haydi!"

"Sen benden beter çatlaksın, Bora!" dedi Derya, "bilgisayarı kapatıp geliyorum."

Derya ile birlikte kapıya seğirtirken koridorda Ersin'le çarpıştım.

"Aceleniz var galiba?" dedi yüzünde şaşkın bir ifadeyle.

"Evet, fuara koşturuyoruz."

"Dönecek misiniz... Ben o kapağı şey edeyim mi?"

"Yarın bakarız artık," dedim.

Derya'yı açtığım kapının dışına iteledim. Çıktık. Yan sokağa sapana kadar kolundan tutup koşar adım yürüttüm kızı. Beraber sağa sola gitmek, konser dinlemek, film seyretmek yapmadığımız şey değildi, Derya bu yüzden, ani teklifime şaşırmamıştı ama telaşımı anlayamıyordu. Ancak yan sokağa sapınca sakinledim. Etiler'in oralarda bir pastaneye girip oturduk. Sonra da sinemaya gittik. Kızcağız, o kadar iyi niyetliydi ki, babasının emrini yerine getirmeye çalıştığımı aklının ucuna bile getirmedi.

Sinema çıkışında onu evine bıraktım, bilgisayarımı almak için yayınevine döndüm.

Nadide Hanım çıkmak üzereydi.

"Bu saatte ne diye geri geldin?" diye sordu, "kimse kalmadı içeride Bora."

"Bilgisayarımı alacağım. Açık bırakmıştım, kapanması birkaç dakika alır. Hemen çıkacağım sonra."

"Benim beklememe gerek var mı?"

"Yok. Ben de hemen çıkıyorum zaten."

"Bora... Söylesem mi bilmiyorum ki... Siz Derya ile gittikten sonra Handan Hanım geldi, bağırdı çağırdı, duman etti burayı. İyi ki gitmişsiniz. Sana da kızmış, haberin olsun."

"Allah Allah! Neden?"

"Ne bileyim ben? Yarın öğrenirsin. Sen ışıkları kapatır, kapıyı çekersin sıkıca, e mi şekerim," dedi.

"Elbette," dedim.

"Allahaısmarladık canım. Yarın görüşürüz."

Nadide Hanım gitti. Ben olanlara canım sıkkın, yürüdüm koridorda, kendi bölümüme girdim. Beni hiç ilgilendirmeyen bir işe bulaşmıştım yok yere. Ne diyeceğim şimdi ben yarın bu Handan Hanım'a! Bilgisayarın ekranını açtım, karşıma sabah yazdığım vasiyetim çıktı. Vasiyeti İlhami'ye götürüp emanet ettiğim için pişmandım biraz. Şu anda pek çocukça geliyordu yaptığım ama her zamanki gibi hem duygusal hem aceleci davranmıştım.

İlhami de çocukça bulmuş olmalı ki, bana belli etmeden gülümsemişti, "bir çift kanarya" derken.

İskemlemi çekip oturdum. Ekranda boş bir sayfa açtım ve İlhami'nin kulağımda son kalan sözlerini somutlaştırdım bu sayfada. Dudak dudağa iki kanarya çizdim. Sarı, narin, sevgili...

Ne kadar az şey istemiş Cemile. İki kuş, fesleğen saksıları penceresinde, bunlar bana söyledikleri... Yüreğinin içini görebileydim, belki de onu sevecek bir erkek bulacakmışım Recep'e benzeyen...

Böyle şeyleri hiç konuşmazdık onunla. Ben onun ağabeyiydim. Söylenmezdi ağabeylere gönül işleri. Ayıptı, yasaktı. Zaten o çok konuşmaz, sadece dinlerdi. Konuşan bendim, ben habire anlatırdım ona. Evin dışında Recep'le konuşurdum, evde Cemile'yle. Çünkü beni de evde Cemile'den başkası dinlemezdi. Dinlese de anlamazdı. Aynı evin içinde, başka dünyalarda yaşardık. Ben uzaydan düşmüş gibiydim aralarına. Görünüşte cılız, sessiz sedasız ama içimi görebilene, tam bir çetin ceviz! Cemile, dışında, evdekilere göre ürkek, korkak, pısırık, oysa gerçekte tuttuğunu koparan, baş eğmeyen... Cemile'yi bana benzediği için mi çok sevdim acaba? Üflesen uçacakmış gibi duran kardeşim, ablalarından çok daha dayanıklı, dirayetli çıkmadı mı? Dayağı, hatta ölümü göze aldı, bir haftada alt etti sevmediği adamı, geri döndü evine. Diğerleri hâlâ koca kahrı çekmekteler. Benim iyiliğim söz konusu olduğunda da gözünü kırpmadan çıkarmış yorgandaki paraları. Babam beni ölesiye döver, dememiş. Paralar gidince çaresiz kalırım hiç dememiş. Hayattaki yegâne kişisel serveti, ince altın bileziğini de çıkarmış gözden, benim için feda etmiş.

Evet, gerçekten de iki uzaylıydık biz o köyde.

Cemile döndü gezegenine...

Şimdi sıra bende.

Batıya bakan pencerenin plastik panjurunu iyi kapatmamışım, alçalan güneşin önünden bulut çekilince ışığı hoyratça ekrana vurdu; sert ışıkta Cemile'nin kuşları soldu, görünmez oldular.

İlhami Bey,

Size bu mektubu yazmakta geciktiğimi biliyorum. Birkaç kere yazmak üzere elime kalemi kâğıdı aldım ama bir türlü beceremedim. Söylemek istediklerimi toparlayamadım, imla hataları yaptım, çünkü hayatım boyunca iki mektubun dışında yazı yazmış biri değilim. Neden sonra yardım istemeyi akıl ettim. Avukatlık bürosunda çalışan bir arkadaşım var, benim ona anlattıklarımı bu arkadaşın yanında çalıştığı avukat, toparlayıp kaleme aldı benim için. Daha doğrusu, ben söyledim, o yazdı.

Şu anda okuduğunuz, onun elinden çıkmış olan benim mektubumdur.

Siz beni tanımazsınız ama ben sizi tanıyor sayılırım. Adım Recep. Bedri'nin çocukluk arkadaşıyım. Sizi ondan çok dinledim. Siz Bedri'yi Bora diye biliyorsunuz. Esas adı Bedrettin'dir. Biz köyde ona Bedri, Bedros veya Kıvırcık derdik saçlarından dolayı. Bora demeye alışamadım. Mektup boyunca ondan Bedri diye bahsedeceğim, kusura bakmazsanız.

Bedri'nin balkondan düşerek öldüğü akşamın ertesi günü, gazetelerde katil zanlısı olarak adınızı ve resminizi görünce şaşırıp kaldım. Acaba dedim, ben mi yanlış okuyorum. Birkaç değişik gazete aldım, her birinde sizin adınız, sizin resminiz vardı.

Resminizi ilk kez görüyordum. Bedri bana sizi iyi tarif etmiş, hemen tanıdım. Dediği kadar yakışıklıymışsınız, hakikaten.

Bedri, sizinle ilgili çok güzel şeyler de anlattıydı bana. Yaşasaydı tanışacaktık. Onun hayatı sayenizde değişmiş. Onu çok mutlu etmişsiniz. Beni de başımdaki beladan kurtarmak için sizden yardım istemiş Bedri. Allah razı olsun, kabul etmişsiniz. Bana yurtdışına işleyen gemilerin birinde iş bulmuşsunuz. Gidebileydim ben de sayenizde özgürlüğüme kavuşacaktım.

Kısmet değilmiş...

Bizler kısmete, kadere inanan insanlarız. Ben halimi kabullendim de, sizin halinizi anlamakta zorluk çekiyorum. Katil olmadığınız, hatta kaza gecesi orada dahi olmadığınız halde, bu suçlamayı niye kabullendiniz, işte bunu hiç anlamadım. Ama inanın ki, ben sizi özgürlüğünüze kavuşturmak için çok uğraştım. Hem Bedri'nin ruhu huzura kavuşsun hem de vebaliniz üstümde kalmasın diye, serbest kalabilmeniz için üstüme düşenleri yaptım.

Önce karakola gittim, olay gecesi orada olduğumu, her şeyi gördüğümü söyledim. Bana inanmadılar. Kimseye derdimi anlatamadım. Başvurduğum insanların gözünde, benim gibi garibanların sözünün hiçbir kıymeti yoktur, doğru söylediğimize kimseyi inandıramayız. Hep bir menfaat peşinde olduğumuzu düşünürler. Yine öyle oldu, beni önce meşhur olmak isteyen bir açıkgöz zannettiler, sonra da akıl hastası.

Aldırmadım, bildiğimi söylemekte ısrar ettim, fakat söylediğim her şey size karşı işledi. Israrım size yarar yerine zarar ver-

meye, polis beni tarafınızdan tutulmuş bir yalancı şahit sanmaya başlayınca vazgeçtim.

En büyük şanssızlığım ise Bora'nın Bedri olduğunu ispat edememek oldu.

Aynı okulda okuduğumuzu, hemşehriliğimizi, komşuluğumuzu kanıtlayacak kayıtlar, Bedri artık Bora olduğu için bir işe yaramadı. Adı ne zaman, nerede ve kim tarafından değiştirildi, en ufak bir fikrim yoktu. Sadece kimlik değiştirmiş olduğunu biliyordum. Yeni kimliğini kimin düzenlediğini bileydim, inanın o kişinin de peşine düşerdim.

Size yazmaya, polise verdiğim ifadenin bir işe yaramadığını görünce karar verdim zaten. Umarım avukatlarınız mektubumu okuyunca yeni bir savunma hazırlarlar, işlemediğiniz bir suçtan dolayı hapislerde çürümezsiniz...

Diyelim ki yazacaklarım işinize yaramadı, en azından o gece olanları öğrenmiş olursunuz. Üstlendiğiniz cinayeti işlediğinizi zannettikleri o gece, neler olduğunu bilmeye hakkınız var.

Olay gecesi siz orada değildiniz.

Ben oradaydım.

O gece olanları size ayrıntılarıyla yazacağım.

Ben sizin suçsuz olduğunuzu bilen üç kişiden biriyim.

Diğer iki kişinin ikisi de kadın.

Ben ne gördümse onlar da gördü.

O geceye dair ben ne biliyorsam onlar da biliyor.

Benim bilmediğim, onların kim oldukları ve sizi niye kurtarmaya çalışmadıkları. Size anlatacaklarımdan belki kim olduklarını anlar, onları sizin için şahitlik yapmaya ikna edersiniz.

Galiba tek kurtuluş umudunuz, şimdilik bu.

Ama önce ben size Bedri'yle olan dostluğumuzun hikâyesini anlatayım.

Biz Bedri'yle, bir sabah, jandarmalar onu asker kaçağı olarak evinden alıp götürdükleri güne kadar, nerdeyse birbirimize yapışık yaşadık. Köyde komşuyduk, okulda aynı sınıftaydık. Hani şu şarkıdaki gibi, beraber yürüdük biz bu yollarda! Kaderin tuzağına da bu yüzden, birlikte düştük.

Bedri askere alınmış olmasaydı, Güney illerinde bir üniversitede okuyacaktı. Yollarımız bir süre ayrılacaktı ama ileride mutlaka yine bir araya gelecektik, çünkü kardeşten daha yakındık biz.

Onun bu zoraki gidişi, yollarımızı tamamen ayırdı.

Askerdeyken bir iki kere mektuplaştık, sonra ailesinden hastalandığını duydum, bir daha da ondan haber alınamadı.

Askere gidenlerin de başına, karakola düşenler gibi tuhaf şeyler gelebiliyor bu ülkede. Bu yüzden, aramızda dillendirmesek de, öldüğünü zannettik. Bana kalsa mutlaka kurcalardım ama benim, akrabası olmadığımdan dolayı zaten hesap sorma hakkım yoktu. Ailesi içinse, sanırım ölmüş olması işlerine geldi. Neden derseniz, bizim oralarda gizli kaldığı sürece her şey mubahtır. Ailesi Bedri'nin farklı olduğunu biliyor, görmezden geliyordu ama kendini inkâr etmeyeceğini anladıkları zaman ona kızdılar. Babası, abileriyle ablaları ölümüne memnun bile olmuşlardır.

Bir yıldan fazla bir zaman geçti. Babası bir gün bana Bedri'den, yurtdışında olduğunu, geri dönmeyeceğini bildiren bir mektup aldığını söyledi. İnanmadım, mektubu görmek istedim. Gösterdi. Mektubu kendi gözlerimle okudum ve kahroldum. Söylediği doğruydu. Arkadaşım hepimizi terk etmişti!

Bir yıl daha geçti, Bedri'nin anasıyla babası, köydeki bir düğünde, kalabalıktan çöken damın altında kalarak öldüler. Bedri'ye anasıyla babasının ölümünü bildirmek istedim. Almanya'da ça-

lışan hemşehrilerimize haber yolladım ama kimse Bedri'nin nerede olduğunu bilmiyordu.

Aradan birkaç yıl daha geçti.

Bir hafta kadar önce kader bizi tekrar bir araya getirdi. Tesadüfen yolda karşılaştık. Bu dünyadaki son birkaç gününü, ayrı kaldığımız yılların acısını çıkarmak istercesine yine birlikte geçirdik. Babasıyla annesinin nasıl öldüklerini bir gazetede okumuştu ama ayrıntıları bilmiyordu. Ona, çöken damın altında yaralananlardan sadece beş kişinin öldüğünü ben söyledim. O beş kişiden ikisinin Bedri'nin anası ve babası olması da kaderin bir cilvesiydi bence! Düğün eğer ki muhtarın oğlunun düğünü olmasa, babası kesin katılmazdı. Babası gibi eğlenmekten, gülmekten nefret eden bir adamın, gönülsüz katıldığı bir düğün eğlencesinde vefat etmesi, ilahi bir ders miydi acaba? Bedri'yle bunu aramızda konuştuk, cevabı bulmaya ikimizin de aklı yetmedi.

Bedri, hazır beni bulmuşken, çok düşkün olduğu ama bir yanlış anlamadan dolayı darıldığı kız kardeşini de sordu ısrarla. Keşke dilim kopaydı da söylemeseydim. Kız kardeşinin yıllar önceki intiharını da benden öğrendi. Çok sarsıldı. Ölümü için kendini suçladı. Suçluluk duygusunun onu ölüme kadar götüreceğini tahmin edememişim. Böyle olacağını bilsem, söyler miydim hiç!

Ölüm bazen bir tutkuya dönüşür. Size bunlar çok mantıksız gelebilir ama bizim gibi çok küçük yaşlardan itibaren öbür dünyayla iç içe yaşayarak büyüyen insanlarda, bir gün serseri bir kurşun gibi geliverir bu istek, alnımızın ortasından vurur bizi. Dinimiz bir yandan intiharı lanetler, bir yandan da ölümün insanı rahmete, huzura kavuşturan bir düğün gecesi olduğunu yüreğimize kazır! Ölümü özendirir! Özletir!

Bedri ölümü özlemeye başlamış meğer!..
Ben işaretlerini görememişim!..

Oysa, bir gün önce geç saatlerde onunla bir barda buluşmuştuk. İkimiz de pek karamsardık. Ne yaparsak yapalım, hep çıkmaz sokaklara mahkûm olduğumuzu düşünmüştük. İnsanoğlunun karamsar günleri, geceleri olur, o anlardan biri sanmıştım. Anlayamamışım arkadaşımın ruh halini. Gönül gözüm kapalıymış.

Neyse, fazla uzatmadan, sizin bilmeniz gereken son geceye geleyim.

Ben Bedri'nin evine saat yedi buçuk sularında gittim. Sayenizde bulduğum iş için pasaport gerekiyormuş. Ona nüfus kâğıdımı bırakacaktım, bazı başka bilgiler verecektim ki, başvuru formunu doldurabilsin... Daha doğrusu, o güne kadar ne gibi işlerde çalıştığıma dair bir şeyler uydurup yazacaktık birlikte.

Evine gittiğimde içkiliydi. İçmeye ben gelmeden epey önce başlamıştı. Bana da şarap ikram etti. Ben rakıyı tercih ederim ama arkadaşımı kırmadım. Kadehime şarap doldurdu. Bir sigara yaktım, içmeye başladım, sonra birden onun artık sigara içmediğini hatırladım. Bedri çocukluğundan beri titizdir, evi sigara kokmasın diye balkona çıkmak istedim. Ayağa kalktım balkona gitmek için. Bana, "Boş ver Recep, bu gibi şeylerin gözümde hiç önemi yok artık," dedi, "istediğin yerde iç sigaranı! Külü yere bile silkeleyebilirsin!"

Şaşırdım. "Ne demek bu şimdi?" diye sordum.

"Bundan böyle benim için önemi olan tek bir şey kaldı, o da bir an önce senin işini halletmek. Bu hayatta ben iyi günler gördüm, sen de gör istiyorum," dedi bana. Sigaramı içeride içmem için ısrar etti.

Ben yine uyanamadım. Ruh halini anlayamadım...

Salonda oturup, ben sigara üstüne sigara, o şarap içerek, birlikte benim pasaport formunu doldurduk. İş hanesine "ticaret ve taşımacılık" yazarken güldük biraz. Sonra da benim için güzel hayaller kurduk. Doğru dürüst bir işim olacak, onun yapmış olduğu gibi ben de hayatıma çeki düzen vereceğim. Belki bir kadın hayatımda... Belki bir çocuk... Böyle şeyler işte, gariban hayalleri!..

O gece içtik, konuştuk, kâh ağladık kâh güldük. Bedri, sohbet bölünmesin diye telefonunu sessize aldı. Bir şişe şarabı bitirdik. İyice çakırkeyif olmuştuk. Saatin kaç olduğunun hiç farkında değildik. Bedri yeni bir şişe açmak için mutfağa giderken, yahu kardeş, sen bana şarap yerine bir kadeh buzlu rakı versene, dedim. Emrin olur diyerek mutfağa yürüdü. O mutfaktayken bir mesaj düştü sehpanın üzerinde duran telefonuna. Uzanıp baktım: **Niye açmıyorsun? Eda hatıratını okumuş, her şeyi biliyor! Mahvoldum! Benimle konuşmadan evden çıkma,** *yazıyor. Telefonu kapıp mutfağa koşmak için ayağa kalktığım sırada sokak kapısı gümbür gümbür vurulmaya başladı. Kapıyı vuran her kimse, zile asılmış, parmağını kaldırmadan çalıyor da çalıyordu. Bedri de mutfaktan koşarak geldi, holde çarpıştık. Bir kadın sesi, "Açsana kapıyı, alçak!" diye bağırıyor, ana avrat küfrediyordu kapının gerisinde. Hiç susmuyordu kadın: "Bora alçağı, erkeksen aç kapıyı! Aç kapıyı!" İşte o zaman, Bedri açmak için kapıya yöneldi, ben önüne geçerek mâni olmak istedim ama Bedri, "Bizim ofisten biri bu, bazı şeyleri yanlış anlamış, korkacak bir şey yok, bu işi fazla uzatmadan hemen halletmem gerekiyor," diye fısıldadı bana, beni arka odaya yolladı.*

Herhalde bir gönül meselesi diye düşündüm. Yatak odasına koştum. Telefon o hengâmede elimde kalmış, onu cebime koydum, kendimi balkona atıp bir sigara yaktım. İçeriden bağrışmalar geliyordu. Kadın da, Bedri de bağırıyorlardı. Sesleri birbirine karışıyordu. Ne dediklerini anlayamıyordum ama ikisinin de çok kızgın olduğu ses tonlarından belliydi. Sigaramı bitiremeden sön-

dürdüm, yatak odasına geçtim. Odadayken daha iyi duyuyordum konuştuklarını. Bedri, "Deli misiniz nesiniz? Ne şirketi? Ne ortaklığı?" diye soruyordu, kadın da, "Nankör piç! Seni işe alanda kabahat!" diye bağırıyordu.

Derken araya, nereden çıktıysa, birden bir başka kadının sesi karıştı. Sonradan geldiğini sandığım bu kadın, Bedri'nin bilgisayarını istiyordu galiba. Kulağımı kapıya dayayıp dinledim. Bedri'nin, "Bilgisayar vallahi burada değil, ofiste bıraktım," dediğini duydum. Kadın, "Seni yalancı! Ofisten geliyorum, didik didik ettim orayı, almışsın bilgisayarını ofisten!" diye haykırdı. "Sileceksin oraya yazdıklarını! Kimse okumayacak o rezaleti! Kimse bilmeyecek benden başka!" Bedri'nin başucundaki masada duran bilgisayar, işte o an çarptı gözüme! Bilgisayarı oradan alıp dolaba saklamak üzere masaya doğru koştum ama geç kalmışım, kapı açıldı, kadınlardan biri önde, Bedri ve diğer kadın arkada, üçü birden odaya daldılar! Ben balkona fırladım, odaya ilk dalan sarışın kadın gördü beni, "Bir kişi yetmedi, bir sevgilin daha mı var, Allah'ın cezası ibne!" diye bağırarak Bedri'yi yumruklamaya, tırmıklamaya başladı. Bedri kendini hiç savunmuyordu, kollarını bile tutmadı kadının. Ben arkadaşımın yardımına koşunca kadın bana da saldırdı. Diğeri de hiç susmadan bağırıyordu zaten. Sarışın kadın o arada başucu masasında duran bilgisayarı görmüş olmalı, birden o yana atılıp bilgisayarı kaptı. Bedri bilgisayarı onun elinden almaya çalıştı, uzun boylu kadın da karıştı aralarına. Birbirlerinden bilgisayarı almak için uğraşırlarken bir yumak oldular. Bir ara Bedri bilgisayarı eline geçirdi ve balkona kaçtı. Kadınlar üstüne gittiler, tekrardan yumak oldular. Ben de aralarına girip Bedri'ye yardım etmeye çalıştım. Hepimiz bir ağızdan bağırıyorduk, itişip kakışıyorduk. Bedri balkon demirlerinin tarafındaydı, bilgisayarı göğsüne bastırmıştı, sonra onun demirlere doğru hamle yaptığını gördüm, Bedri sanki boşluğa doğru bir kuş gibi uçtu. Onu yakalamaya çalıştım, paçasından tuttum ama bir anda elimden kaydı. Düştü mü, atladı mı, emin olun bilmiyorum. Dedim ya, adeta uçtu demirlerin üzerinden. Gövdesinin yere vuruşunu duydum. Aşağı baktım, biri hareket edince kendiliğinden yanan ışıklardan olmalı, birden bir ışık yandı, Bedri'yi bir an yerde yatarken gördüm. Bilgisayar göğsünün üzerindeydi, başı ise bir kan gölünün içinde. Yüzünde inanılmaz mutlu bir ifade vardı. Gülümsüyordu. Sanırım kız kardeşine gülümsüyordu. Öyle olduğuna inanmak istedim. Bedri, kız kardeşiyle birlikteyken hep çok mutlu olurdu çünkü. Onun yere vurduğu an yanan ışık, yine kendiliğinden sönüverdi. Karanlıkta kaldı Bedri. Anladım ki, onun için yapabileceğim hiçbir şey kalmamıştı.

Bütün bu anlattıklarım aslında çok kısa sürdü, İlhami Bey! Birkaç saniye içinde oldu bitti her şey.

Balkondaki bizlere gelince... Çok kısa bir an donduk kaldık, sonra nereden geldiğini bilmediğim bir çığlık duydum ya da bana öyle geldi. Kadınlardan biri fırladı, içeri geçti, diğeri onu takip etti, ben de peşlerinden çıktım, robot gibi hiç düşünmeden önümde koşan kadınların arkasından gittim. Birbirimizi itiştirerek merdivenlerden indik... Bir de kız vardı. Merdivenlerden hızla inerken sanki bir kızın yanından geçtim. Öyle zannetmiş de olabilirim, çünkü beynim durmuştu, kafam çalışmıyordu, düşünemiyordum, herkes ne yapıyorsa onu yapıyordum ben de: Kaçıyordum! Evime varınca telefonu aradım, o kargaşada bir ara cebimden düşmüş.

Size söylemek istediğim şu İlhami Bey: Kadınlardan birini koruduğunuzu sanıyorum. Her kimi koruyorsanız, korumayın! Ortada suç yok! Suçlu yok! Bedri'yi kimse itmedi, öldürmedi, balkondan aşağı atmadı! Ben yanındaydım, kendi düştü, hatta daha büyük bir ihtimalle kendi atladı.

Sizin bu işe nasıl bulaştığınızı anlamaya çalıştım. Tahminim, Bedri sabah işyerine gelmeyince, telefonu da açılmayınca, meraklanıp evine gittiğiniz. Sonra da bu talihsiz kaza ya da intihar, sizin işlediğiniz bir cinayet gibi üzerinize yapışıp kaldı. Eğer tahminim doğruysa, korkunç bir yanlışlığa kurban gidiyorsunuz.

Ama içimden bir ses diyor ki, İlhami Bey, belki siz de Bedri'nin seçtiğine inandığım yolu seçtiniz kendiniz için. Çünkü kendinizi, tıpkı Bedri gibi, cezalandırmaya ihtiyacınız vardı. Eğer öyleyse, ne benim ne de bir başkasının sizin için yapabileceği pek bir şey yok. İnsan önce kendi gözünde temize çıkmalı, öyle değil mi? Vicdan azabıyla yaşamak, ölümden beter olmalı, zira...

Sizin Bedri'yi öldürmediğinizi ben biliyorum. Başka bir vebali ödüyorsunuz siz. Allah yardımcınız olsun...

Kendinize biçtiğiniz cezanız son bulduysa, bu mektubun size yardımcı olabilmesini bütün kalbimle diliyorum, çünkü hayatımdaki tek arkadaşımın çok sevmiş olduğu birisiniz.

Yasal cezanız bittikten sonra veya cezanızı çekmekte iken, Bora'dan söz etmek isterseniz, beni arayın. Ben size Bedri'yi anlatırım, siz de bana Bora'yı.

Size Allah'tan huzur ve sabır, yargıdan ise adalet diliyorum.

Not: Dilerim bu mektup elinize ulaşır. Adres olarak size bu mektubu yazmama yardımcı olan avukatın bürosunu verdim, çok sık adres değiştirdiğim için benim şimdilik belli bir adresim yok, zira!

Av. T. Mizaner eliyle
Recep Kasapoğlu
Paşazade Han No: 147/12
Eminönü / İstanbul